À la Lueur des Aurores

Charlie L

À la Lueur des Aurores

ROMANCE de Vie

DÉDICACE

Mentions légales

À la Lueur des Aurores
Charlie L.

ISBN Broché : 9 782 957 293 995
Couverture : Dragonfly Design
Mise en page : Dragonfly Design
Source image : Adobe Stock - Deposit Photos
Corrections : Correction – La Belle Page et Œil de Lynx

À Bleue, à Rose, à Noir...

Mes trois rangers, sans vous rien ne serait possible.

1

ISAAC

18 NOVEMBRE

— Roosa ? Que se passe-t-il ?

Je parcours du regard les tas de vêtements sur le sol et me rends compte que l'intégralité du contenu de sa penderie est là. Roosa est assise au milieu, à côté, non pas d'une, mais de deux valises ouvertes.

Elle relève la tête et l'expression de son visage m'est étrangère. Mon sang se glace ; la lueur triste dans ses yeux ne m'échappe pas, mais je refuse d'admettre ce qui est en train de se produire. Après avoir essuyé les mains sur son pantalon, Roosa se redresse pour me faire face. Elle ne s'approche pas pour m'embrasser comme à son habitude. Le manque se fait sentir. Comme elle est plus petite que moi, j'ai l'habitude de sa taille parfaite pour qu'elle vienne se lover contre ma poitrine et que mon menton repose sur sa tête. Comme si nous nous complétions à la perfection.

Son attitude distante augmente le malaise entre nous. Mon ventre se noue et, bien malgré moi, mes jambes flageolent. J'avance pourtant d'un pas hésitant pour être plus près d'elle. J'ai besoin de l'enlacer, de l'entendre me dire que tout va bien. Ce qui se passe ici n'est pas ce que je crois ? Pas vrai ?

J'essaie de m'en persuader, mais au fond, je sais... J'attends le moindre mouvement de sa part pouvant démentir cette scène. Mais Roosa se contente de me fixer droit dans les yeux, la peine se lisant dans son regard. Quand elle se décide à approcher, elle frôle mon avant-bras de ses doigts fins sans pour autant s'arrêter.

— Allons discuter au salon. Tu veux bien ? me demande-t-elle en s'y dirigeant.

Je la suis, elle s'installe sur le canapé et je m'assieds à ses côtés. Elle reste loin de moi et la distance crée un véritable froid dans la pièce. La météo extérieure s'est invitée sous ma peau. Glaciale, inconfortable, mordante... Elle m'observe et replie ses genoux contre son buste avant de les entourer de ses bras et de poser le menton dessus. Un frisson désagréable me parcourt et je peine à rester à ma place. La conversation à venir ne va pas me plaire.

— Isaac, je... je...

Sa voix est hésitante, elle n'arrive pas à parler, mais comme je ne veux pas admettre ce dont il est question, je l'encourage à continuer :

— Qu'y a-t-il Roosa ? Parle-moi.

Elle déglutit, inspire profondément, puis lâche :

— Je m'en vais !

Je fronce les sourcils, refusant toujours de comprendre

le sens de ces paroles.

— Roosa… Tu…

À mon tour de bafouiller. L'angoisse m'étreint la poitrine, mon cœur s'arrête l'espace d'un battement de cil. Elle s'en va ? Qu'est-ce que ça veut dire exactement ?

— Je…

Elle pousse un nouveau soupir, avant de prononcer ces mots que je ne suis pas prêt à entendre :

— Je te quitte Isaac. Je pars.

Je ne sais pas à quel moment le monde s'arrête de tourner, mon cerveau se met en mode veille. N'arrivant plus à bouger, je suis aussi incapable d'émettre le moindre son. Comment peut-on mettre un terme à huit années de relation avec un simple « je te quitte » ? Tout ce qu'on a vécu ne signifie donc rien, ne mérite aucune explication ?

— Quoi ? Comment…

Impossible d'aligner deux mots cohérents. Mes balbutiements renforcent ma nervosité. Je tente de me calmer, mais mes yeux commencent à piquer. Je lutte pour ne pas laisser les larmes couler. Ma tête se tourne en direction de l'extérieur, là où la nuit domine déjà. Il est très difficile d'intégrer une réalité que l'on ne veut pas admettre, et c'est exactement ce qu'il se passe.

— Isaac… Je ne peux plus rester avec toi, nous n'avons pas du tout les mêmes aspirations et je ne souhaite pas t'imposer les miennes.

Mais de quoi me parle-t-elle? Je ne comprends plus rien. Aurais-je été enlevé par des extraterrestres ? Aurais-je perdu la mémoire ? Elle me parle chinois. D'un mouvement lent, mon corps pivote pour lui faire face. Roosa triture ses doigts, mal à l'aise. Pas autant que moi.

— J'ai envie de partir visiter l'Europe. Tu sais à quel point le climat finlandais me pèse. J'ai besoin de voir le soleil plus longtemps que quelques heures par jour, plus souvent que six mois dans l'année...

Pourquoi n'a-t-elle jamais évoqué ses envies de voyage ? Bien évidemment que je l'aurais accompagnée, même au bout du monde.

— Nous pouvons toujours...

D'un geste de la main, elle m'interrompt avant que je puisse aller plus loin. Mes bras se croisent sur ma poitrine, une bien mince protection face à ce choc. Je lis la détermination dans ses yeux, elle a pris sa décision et je ne fais pas partie du programme. Un nouveau frisson me glace de l'intérieur, j'ai du mal à envisager un avenir où Roosa n'est pas présente.

— Il n'y a plus de nous... Isaac... Je veux découvrir la vie, seule... Même si ce que nous vivons depuis huit ans a été incroyable, j'ai l'impression de m'embourber dans une routine et de ne plus rien expérimenter. Tu as le droit aussi de vivre ta vie, pas de te complaire dans notre quotidien rangé et monotone.

Ses paroles me font terriblement mal. Elle me quitte parce que nous sommes bien ? Je ne comprends vraiment rien à ce discours. Je l'aime, et j'étais même prêt à lui offrir plus. Quand je songe à cette boîte cachée dans mon armoire, sous une pile de t-shirts... Un écrin contenant le symbole de mon amour pour elle, de mon engagement envers nous, envers un avenir à deux. Je comptais lui faire ma demande le soir de *Joulu*[1]... Pas très original, mais nous devions passer

1 Noël, en finnois.

les fêtes avec sa famille, comme nous le faisons depuis trois ans. J'aurais tout mis en œuvre pour qu'elle se souvienne toute sa vie de ce moment. Au lieu de quoi, je vais me retrouver isolé...

Bien trop abasourdi pour effectuer le moindre geste, je l'observe se lever et repartir en direction de la chambre. Elle se retourne avant de l'atteindre et m'annonce :

— Je vais retourner chez mes parents le temps de mettre mes papiers en ordre pour mon départ.

Comment ai-je pu ne rien voir venir ? Comment ai-je pu imaginer que nous pourrions continuer notre vie à deux, telle qu'elle était ? À quel moment ai-je loupé quelque chose ? Ce sont autant de questions qui resteront sans réponse.

Mes oreilles bourdonnent, j'aurais préféré ne pas entendre ces mots. Un poids se forme dans ma poitrine. Il m'oppresse, m'asphyxie, comprime mon cœur prêt à exploser en un million de fragments. J'aimais mon existence, j'aimais ce « nous », et surtout, j'aime Roosa. Une douleur aiguë s'insinue en moi, venant se loger en lieu et place de mon palpitant. Ce dernier a préféré se recroqueviller au fond de sa cage pour souffrir le moins possible. Je reste immobile sur le canapé, laissant les larmes couler le long de mes joues. Mon regard se focalise sur les flocons de neige virevoltant derrière la vitre, un spectacle que je trouve magique d'habitude, mais qui, ce soir, me fait davantage penser aux miettes qu'il reste de mon âme, s'échappant, à leur tour, vers l'immensité de la nuit, vers un monde où je n'ai pas ma place.

Lorsque Roosa a terminé ses valises et s'en va après m'avoir dit au revoir, tout s'effondre.

Elle est partie.

Je n'ai pas pu me résoudre à la regarder passer la porte pour la dernière fois. Le poids dans mon estomac s'alourdit au fur et à mesure que les minutes s'égrènent. En sortant du travail ce soir, je n'imaginais pas me retrouver seul, avec pour unique compagnie le silence le plus total. Les événements de ces dernières semaines paraissent soudain plus limpides. À l'approche des fêtes de *Joulu*, Roosa adore mettre le paquet pour la décoration de notre appartement et met toujours un point d'honneur à accorder chaque objet, couleur et matière pour donner à notre intérieur une véritable ambiance festive. Cette année, elle n'avait encore effectué aucun achat, si ce n'est une petite rose de Noël qui trône sur la table de la salle à manger.

Comment ai-je pu ne pas me rendre compte de son malaise ? La nuit polaire quasi perpétuelle ici, en Finlande, est assez difficile à vivre pour elle, même si elle habite ici depuis toute petite. C'est l'une des raisons pour lesquelles nous ne fêtons jamais *Joulu* avec ma famille, originaire du nord du pays. La nuit est reine là-bas, et le soleil n'a aucune place dans l'immensité du ciel durant l'hiver. Les seules lueurs qui illuminent le ciel sont les rayons de la lune, la multitude d'étoiles scintillantes par temps clair et les volutes irisées des aurores.

Roosa a toujours eu comme rêve de partir vivre dans un pays plus au sud, où l'ensoleillement est moins fluctuant qu'ici, mais à l'aube de nos trente ans, je n'imaginais pas que ce besoin la pousserait à remettre sa vie entière en question et surtout, qu'elle ne m'inclurait pas dans son projet.

Et moi, maintenant, qu'est-ce qui m'attend ?

2

Isaac

21 novembre

J'ai passé le week-end seul. Roosa n'est pas revenue. Plusieurs fois, j'ai composé son numéro avant de me raviser, puis ce sont les messages non envoyés qui se sont succédé. La boule dans mon estomac n'a fait que grandir, m'empêchant de me nourrir correctement.

Comment faire pour surmonter l'absence de Roosa ? Elle était mon soleil. La dose de bonne humeur et de bien-être dans mon quotidien, la douceur dans mon lit. La personne qui comptait le plus à mes yeux… Et me voilà, complètement déboussolé, à me morfondre dans mon canapé. J'ai résisté à l'appel de la bouteille, même si la perspective de m'oublier pour quelques heures était tentante, le magasin le plus proche est à une bonne demi-heure de marche, et ma motivation n'est pas assez grande pour faire le trajet. De plus, l'alcool serait capable de m'emporter dans des tréfonds que je ne veux pas atteindre.

Devant mon miroir, j'observe mon reflet. Mes yeux sont encore rougis et mes prunelles d'un noir d'obsidienne me paraissent très ternes aujourd'hui. Ma barbe semble négligée et c'est sans parler de ma tignasse emmêlée et retenue par un élastique en un chignon qui ne ressemble plus à rien. Pathétique... Je passe sous la douche pour me laver et me rendre plus présentable. L'envie n'est pas là, mais il est important de garder la face.

Le plus dur reste à venir. Parmi la tonne de questions ayant émergé dans mon esprit ce week-end, la plus importante a été : comment me comporter avec elle au travail ? Nous avons tous les deux été embauchés dans la même agence de communication *Take your place*, à Helsinki. Elle a obtenu une place en tant qu'assistante de direction quand moi, j'ai eu la chance d'être engagé en tant que chargé de communication. J'aime mon travail, et je suis plutôt bon pour inventer des concepts qui cartonnent sur le Web. Si, au départ, j'ai choisi ce cursus dans le but d'aider Inari, ma ville d'origine, à devenir une destination incontournable et à contribuer à son développement, j'ai changé d'objectif en cours de route lorsque j'ai rencontré Roosa. Trouver nos premiers emplois dans la même entreprise nous a permis de passer davantage de temps ensemble. Peut-être trop ?

Mon estomac se serre d'appréhension, et je renverse ma tasse de café dans l'évier, incapable d'avaler quoi que ce soit encore ce matin. Mes jambes flageolent alors que je rejoins ma porte d'entrée pour enfiler mes chaussures avant de sortir. Si je ne me couvre pas beaucoup, le froid pourra-t-il geler mon cœur afin qu'il soit moins douloureux ? Cela peut-être une solution, non ?

J'hésite en regardant mon bonnet tourner autour de mon doigt. Si j'arrive au boulot les cheveux mouillés, j'attraperai peut-être une bonne grippe et cela me donnera un peu de répit avant de devoir croiser à nouveau le chemin de Roosa… Je suis vraiment grave. Je suis un homme, je ne vais pas me laisser abattre tout de même !

J'ai l'impression d'avoir des voix dans ma tête. Elles me poussent à ne pas me laisser submerger par un tsunami de regrets. Mais comment huit années de ma vie pourraient-elles être balayées en un claquement de doigts, ou plutôt en une fermeture de valise ? Je ne sais depuis quand Roosa préparait son départ, mais je n'ai rien vu venir et je suis furieux contre moi d'avoir été si aveugle. Pourtant, tout l'appartement est vidé de ses effets personnels. Il ne reste absolument rien, sauf les meubles qui lui appartiennent, qu'elle viendra sûrement reprendre à l'occasion. Elle n'a pas précisé quand, et j'étais bien trop sonné pour ouvrir la bouche. Seule une photo de nous deux trône sur le bar séparant la cuisine du salon, pour témoigner de notre lien passé. Aurais-je pu agir différemment pour la retenir ? Même si ses envies de voyages tiennent la route, j'aurais pu faire un effort, la suivre. Mais pour elle, ce n'était même pas une option. Elle me quitte, pour être libre.

Et moi, j'ai tout lâché… pour Roosa…

La vie n'est pas tendre quelquefois. Me voilà à plus d'un millier de kilomètres de ma famille, à seulement quelques semaines de *Joulu*, seul… Je pourrais peut-être rejoindre mes parents cette année ? Je suis certain qu'ils seraient ravis de mon retour. Mais pour la première fois de mon existence, les festivités à venir ne m'enchantent pas. La joie et le bonheur partagés pendant ces moments de convivialité ne me font absolument pas envie. Je préférerais que tout ça soit déjà passé afin de penser à autre chose. Roosa aime tellement cette fête, chaque tradition me la rappelle, et je ne souhaite pas vivre dans les souvenirs.

Paumé, j'observe à nouveau mon bonnet, puis décide tout de même de l'enfiler, ainsi que des habits chauds pour braver la neige de novembre.

Le trajet me paraît interminable, quelques lueurs du jour commencent à apparaître à l'horizon alors que je marche sur les trottoirs enneigés jusqu'à la station de métro de Mellünmaki, la plus proche de mon appartement. Mon regard parcourt les usagers de la rame pendant les vingt minutes de trajet qui me séparent du centre-ville. Malgré l'habitude, la route me semble beaucoup plus rapide. L'univers a envie de me confronter immédiatement à la dure réalité. Croiser Roosa dans l'open space ne me réjouit absolument pas.

D'un pas traînant, je retarde le plus possible mon arrivée au bureau. Lorsque je rejoins finalement mon poste de travail, le regard de mes collègues sur moi n'est pas discret. Les nouvelles circulent vite, on dirait.

Niko, mon binôme, fait glisser sa chaise jusqu'à moi et me pousse du coude.

— Ça n'a pas l'air d'aller, mon pote, constate-t-il. Est-ce que les rumeurs disent vrai ? Le Viking est célibataire à nouveau ?

Le Viking, ce surnom me colle depuis mon premier jour ici, mais également depuis toujours dans mon village d'origine, comme une seconde identité. Au vu de mon mètre quatre-vingt-dix, de ma chevelure plutôt longue et de ma barbe, il ne leur a pas fallu longtemps pour me l'attribuer. Et pour mon couple, il y a déjà des rumeurs ? Difficile de faire autrement lorsqu'on sait que Roosa est très proche de certaines collègues. Elle leur en a forcément parlé. Je m'en doutais, mais savoir que l'information se répand déjà dans l'entreprise accentue ma mauvaise humeur.

— T'es déjà au courant… Donc je n'ai rien à ajouter.

Pour ajouter à mon malaise, Roosa entre dans l'open space en discutant avec Jason, notre supérieur. Elle est jolie, apprêtée dans un jean slim moulant à la perfection la forme de ses jambes galbées et élancées, ses cheveux blonds cascadent jusqu'en bas des reins dans une multitude de boucles inhabituelles. Elle est plus élégante qu'à son habitude. Cette constatation me chagrine. Ne faisions-nous plus d'efforts l'un pour l'autre ?

Lorsqu'elle se retourne et que nos regards se croisent, son visage est insondable. Une imposante muraille semble s'être dressée entre nous. Après huit années de vie commune… L'incompréhension me submerge. Nous allons vraiment devenir ce reflet-là ? Celui d'un couple qui s'évite ? Nous étions pourtant amis, autrefois. Et aujourd'hui ?

Simplement des inconnus…

Un haut-le-cœur me prend.

La main de Jason se glisse affectueusement dans son dos. Roosa avait des envies de voyage sans moi ? Je ne suis qu'un imbécile. Pourquoi ne lui ai-je pas suffi ? J'ai mal… Sa proximité avec Jason est un coup de poignard supplémentaire dans mon âme, finissant de la briser. Y a-t-il quelque chose entre eux ? Est-ce pour lui qu'elle est partie ?

Mon esprit se crée un film dans lequel la secrétaire tombe sous le charme de son boss, abandonnant son homme sur le bord du chemin. Et ce personnage pathétique laissé-pour-compte, c'est moi… Un rôle secondaire sans importance que l'on oublie vite. Cela me rappelle les scénarios de certains films que nous regardions avec Roosa, grande fan des comédies romantiques et autres histoires d'amour.

La semaine s'écoule lentement, il m'est plus difficile de me rendre au travail. Niko ne comprend pas que je sois si affecté par le départ de Roosa. Mais il ne doit pas composer avec la vision de son ex dans les bras d'un autre. Le rapprochement avec Jason est de moins en moins discret au fur et à mesure que les jours passent. Je les ai surpris à s'embrasser à la sortie de l'ascenseur alors que je rejoignais la machine à café ce matin. Je me suis senti trahi. N'aimant pas les conflits, je me suis dépêché de me rendre dans la salle de pause, mais la vision de leurs bouches pressées l'une contre l'autre a achevé de me mettre à terre.

Il faut que je trouve le moyen de tourner la page, ou de m'éloigner, car ma productivité décline et ce n'est pas bon pour mon poste. De plus, mon environnement de travail n'est plus propice à mon épanouissement, car je suis devenu la personne que l'on regarde de manière triste, celle qui attire la compassion.

Après un nouveau week-end à ne rien faire d'autre que de m'apitoyer sur mon sort, je décide qu'il est temps d'en parler, et appelle ma mère. Elle a toujours été là pour moi, et je ne me vois pas me confier à quelqu'un d'autre.

Après deux tonalités, la voix de Tuuli Johansson retentit dans le téléphone.

— Isaac, je suis ravie de t'entendre ! s'enthousiasme-t-elle en décrochant.

— Bonjour *aïti*[2].

Mon ton est monotone, presque triste, mais je n'arrive pas à masquer ce sentiment devenu si familier ces derniers jours, pour faire un effort et prétendre aller bien.

— Eh bien, tu as une petite voix. Tout va bien mon chéri ?

Comment mentir à la personne qui me connaît le mieux ? C'est tout simplement impossible, et je n'en ai surtout aucune envie.

— En fait, non...

Un profond soupir s'échappe de ma gorge, et la voix de ma mère appelle mon paternel pour qu'il assiste à notre conversation. Nous avons un lien unique tous les trois. Je suis leur seul enfant, et ils m'ont toujours donné assez d'amour et de force pour tout surmonter. Ce soir est encore un bon exemple, puisque c'est vers eux que je viens chercher du réconfort.

— Raconte-nous, *kulta*[3], m'encourage ma mère. Tu peux tout nous dire.

Je déglutis et mes yeux s'embuent. Depuis une semaine, je repousse le moment fatidique d'aborder le sujet. Mes collègues, je les ai laissés faire, sans plus d'explications. Les faits étaient assez éloquents. De plus, certaines personnes ont déjà pris leur distance avec moi. On se sépare et dans ce qu'il y a à partager, il y a aussi les amitiés... Beaucoup plus sociable que moi, Roosa a toujours eu le contact facile, et nos connaissances communes n'ont pas vraiment eu de

2 Maman, en finnois.
3 Chéri, en finnois.

choix à faire. Mes plus proches amis sont ceux avec qui j'ai passé mon enfance : Matias et Keijo. Même si nous n'avons pas de nouvelles souvent, j'ai été ravi de les retrouver lors de ma dernière visite chez mes parents, il y a quatre ans. Roosa les trouvait rustres, mais ils ont seulement une manière un peu différente d'appréhender la vie.

— Isaac ? m'interpelle Tuuli. Tu es encore là ?

Je reprends pied dans la réalité et lui réponds :

— Oui, désolé, *aïti*, j'étais en train de penser que j'avais une chance incroyable de vous avoir.

— Raconte-nous ce qui ne va pas, mon grand, ajoute Aleksander, mon père.

Après avoir pris une profonde inspiration, je leur relate le départ de Roosa, et ce que je vis au boulot depuis une semaine. Aucun d'eux ne m'interrompt et je termine mon monologue sur un aveu :

— C'est compliqué pour moi, cette situation. Je ne suis pas au top de mes capacités et cela se ressent dans mon travail.

— Oh, *kulta*, nous sommes désolés de ce qu'il t'arrive, me réconforte Tuuli. Est-ce qu'il ne serait pas temps pour toi de prendre des vacances ?

Elle a raison, cela me ferait le plus grand bien de faire une pause dans un environnement bienveillant.

— Tu as peut-être raison…

— C'est bientôt *Joulu*, tu peux venir à Inari pour les fêtes, me coupe ma mère. Je suppose que tu n'as plus rien de prévu ? On te trouvera une place chez nous.

Je réfléchis à sa proposition. Rentrer pour découvrir leur maison transformée me ravit. Ils l'ont modifiée en chambres d'hôtes. Ayant toujours eu envie de le faire, ils ont attendu mon départ pour réaliser leur rêve.

L'idée de retrouver ma chambre d'adolescent ne m'enthousiasme guère. Roosa n'aimait pas non plus, mais elle s'en accommodait le peu de fois où nous nous sommes rendus à Inari. Maintenant, cela ne dépend plus que de moi. Je préfère un matelas inconfortable et la chaleur du cocon familial, plutôt que le froid glacial de mon cœur abandonné dans un appartement vidé de son âme. Ma décision est prise.

— C'est une bonne idée. J'y ai également songé, à vrai dire. Je vais regarder les vols disponibles pour rentrer avant le début des festivités.

Une douce chaleur se propage dans mon corps et me réchauffe le cœur. La perspective d'un retour à la maison me réconforte.

Après plusieurs minutes à discuter de futilités, mes parents me laissent afin de s'occuper de leurs hôtes, non sans m'avoir fait promettre de les tenir au courant.

L'esprit plus léger, j'ouvre mon ordinateur pour jeter un œil sur le site de la compagnie aérienne interne.

3
ISAAC

10 DÉCEMBRE

J'arrive enfin à l'aéroport, cela fait trois semaines que je me languis de décoller pour le nord du pays. Trois semaines à observer Roosa être de plus en plus entreprenante avec Jason.

Je me suis refermé sur moi-même pour mieux endurer la vision de la femme que j'aime dans les bras d'un autre. Mes entraînements quotidiens de musculation n'ont pas suffi à me libérer l'esprit. Chaque jour, j'espérais entendre Roosa me demander ce que je voulais pour le petit-déjeuner pendant que je terminais ma séance. Pour être honnête, j'ai perdu mon appétit. Mon appartement me déprime un peu plus à chaque fois que je pousse la porte en rentrant le soir, même la présence du soleil ne réussit pas à égayer mes journées. Je me suis mis au footing, exercice que je ne pratique plus depuis mon arrivée à Helsinki. Courir en ville ne m'intéresse pas vraiment, les routes couvertes de macadam et les murs des maisons n'ont aucun attrait particulier. Rien n'égalera jamais un jogging sur les sentiers bordant le lac Inari. Je préférerais être dans la nuit polaire illuminée par la féerie de la toundra plutôt qu'ici.

Depuis le départ de Roosa, j'ai aussi perdu mes amis, enfin ceux que je considérais comme tels. Si j'ai reçu un ou deux messages de leur part lorsqu'elle est partie, j'ai rapidement compris que cela n'irait pas au-delà. Ensuite, plus de nouvelles. J'ai voulu sortir un soir, essayer de voir du monde… Malgré le fait que personne n'était dispo pour venir boire une bière avec moi, je me suis senti en décalage avec le reste du monde. Elle avait le dessus dans notre couple et c'est grâce à elle que nous entretenions autant de relations, que ce soit au travail ou dans notre voisinage. Ce constat me fait un choc. Sans Roosa, je ne suis plus rien. J'ai tout quitté pour elle, pour venir m'installer ici. Sans elle, je suis un étranger. Même mon boulot ne me fait plus vibrer depuis que je dois supporter mon ex dans les bras d'un autre.

Je me demande si ma bouche sait encore comment faire pour sourire…

Les presque deux heures de vol passent rapidement, et mes lèvres s'ourlent enfin lorsque le visage de mon père apparaît derrière les portes de sortie de l'aéroport. Il me serre dans ses bras et son étreinte me fait un bien fou. Il m'a manqué. Près de quatre années sans le voir autrement qu'à travers un écran de téléphone. Il n'a pas tellement changé. Entourés par une chapka, ses traits sont davantage marqués par le temps, sa barbe est devenue blanche comme la neige, ses iris sont le reflet exact des miens, noir comme la nuit qui nous enveloppe ce soir. On me compare souvent à mon père alors qu'à part la teinte sombre et la forme de nos yeux, je suis plus grand et plus costaud que lui. Mes cheveux m'arrivent bien en dessous des épaules et les siens sont coupés court. Même nos barbes ne donnent pas un effet semblable sur nos deux visages. Mon surnom de Viking est en partie dû à mon physique. Je ne sais toujours pas d'où je tiens une telle carrure. Il m'observe lui aussi et c'est à peine si je l'entends prononcer :

— Ça fait tellement longtemps.

La culpabilité d'avoir délaissé ma famille au profit d'une femme m'assaille. Comment ai-je pu les mettre ainsi de côté ? Tout ça pour une histoire qui s'est terminée en un battement de cils… Je baisse la tête, honteux, mais il me rassure.

— Ce n'était pas un reproche Isaac. Nous faisons tous notre chemin. Allez, rentrons, ta mère est impatiente de te voir, elle aussi.

Je le suis pour rejoindre son 4x4, une nécessité ici. Le long de la quarantaine de kilomètres qui nous séparent d'Inari, j'observe les silhouettes des pins se découper dans la nuit. Les branches plient sous l'épaisseur de neige les recouvrant et créent une arche hivernale magique au-dessus de la route. Plus au loin se dessine le lac Inari. Sa surface glacée scintille sous les reflets de la lune croissante.

J'écoute mon père me raconter les derniers événements de la ville. Mon copain d'enfance, Keijo vient de se fiancer à son amour de jeunesse, Aija. Cette dernière est également la sœur de Matias, son meilleur ami et le mien. Un heureux événement qui me ramène directement à ma déchéance actuelle. D'une part, je suis content pour Keijo, mais je ne peux m'empêcher de me référer à ma propre histoire.

Je cherche encore à croire en un avenir à deux qui n'est pourtant plus à l'ordre du jour. Incapable de savoir si j'ai envie d'endurer d'autres magnifiques nouvelles de cette sorte, je ne l'écoute plus que d'une oreille.

Lorsque nous approchons de notre destination, les lumières des maisons environnantes nous accueillent, faisant presque oublier la nuit polaire. Nous parcourons les rues blanches d'Inari jusqu'à un chemin en bordure de la ville. Dissimulée derrière un bosquet de pins enneigés, l'immense demeure familiale se dessine enfin. L'éclairage diffusé depuis les fenêtres et les lampes extérieures illumine les alentours et crée un cocon réconfortant. Les grandes baies vitrées laissent entrevoir la cheminée où brûle une bûche. Je ne peux m'empêcher de sourire devant cette vision si familière et pourtant si lointaine dans mes souvenirs.

Quand je passe la porte d'entrée, la chaleur m'enveloppe. Elle est accompagnée des délicieux effluves de cannelle et de pain chaud. Me voilà enfin à la maison.

Ma mère est attablée avec plusieurs couples et se lève dès qu'elle m'aperçoit. Elle accourt afin de me serrer dans ses bras. Je l'accueille contre mon torse et l'étreins. L'émotion me gagne lorsque son doux parfum à la senteur caractéristique de vanille et sa note orangée vient emplir les narines. Je lutte pour retenir mes larmes, mais la tristesse qui m'envahit depuis un mois est bien trop présente, et je me laisse aller contre ma mère. Elle relève la tête et, d'un délicat geste du pouce, essuie une larme dévalant ma joue.

— *Kulta*, ça va aller, me console Tuuli.

Elle fait une bonne tête de moins que moi, mais je me sens à nouveau tout petit, là, comme si j'avais dix ans, et que Kyllikki, la petite sœur de Keijo, venait de détruire mon bonhomme de neige. La petite peste était tout le temps dans nos pattes à casser chaque chose que nous créions. Keijo devait souvent s'en occuper pendant que leurs parents travaillaient, alors elle restait avec nous. À l'époque, j'avais du mal à accepter une fille dans notre groupe. Matias s'est beaucoup mieux adapté que moi. Malgré la distance que je gardais, elle prenait toujours un malin plaisir à s'en prendre à moi, du haut de ses cinq ans. Quelle plaie…

— Isaac ? Tout va bien ?

Je me rends compte que je suis parti loin dans mes souvenirs, délaissant l'instant présent afin de me promener sur les sentiers oubliés de ma mémoire. Je reporte mon attention sur ma mère et remarque qu'elle m'analyse.

— Tu manges ? On dirait que tu n'as que la peau sur les os !

Je ne peux m'empêcher de rire. Avec ma taille pour quatre-vingt-quinze kilos aux dernières nouvelles, je ne suis pas mince, très loin même. Mais je reconnais que, depuis un mois, mon alimentation presque exclusivement composée de café m'a fait fondre. Depuis le départ de Roosa, je ne me suis même pas pesé…

Parfois, j'ajoute à mon repas une pomme, quelques mûres arctiques ou quelques filets de hareng… Rien de bien nourrissant, mais mon appétit m'a quitté avec Roosa. Quel aspect désolant de devoir se préparer à manger pour soi-même uniquement !

— Ton air coupable parle pour toi. Allez, viens, nous allons justement passer à table.

Elle me désigne un siège libre jouxtant le sien pour que

je m'y installe, puis part en direction de la cuisine.

Aleksander en profite pour me présenter les différents voyageurs occupant les chambres du gîte pour les prochaines semaines. Deux couples et trois amis au total : John et Darren, les Anglais, Ophelia et Mario, originaires d'Italie, et les trois potes français, Arnaud, Jimmy et Julien. Ils viennent passer *Joulu* ici depuis deux ans. Et c'est également chez mes parents qu'ils se sont rencontrés tous les sept. Les discussions vont bon train, mais en anglais. Même si je le parle couramment, avec la fatigue du voyage, je ne participe pas beaucoup aux conversations.

— Nous sommes tombés amoureux de la région, m'apprend Darren.

Tomber amoureux... Les mots choisis me font mal. Je ne souhaite à personne de tomber amoureux pour ensuite souffrir de la perte de la personne aimée. Peu importe que l'autre soit vivant ou parti rejoindre les *henget*[4], la séparation est très compliquée à vivre. Je me demande pourquoi on perd notre temps à chercher un bonheur voué à disparaître un jour ou l'autre. Ces pensées de plus en plus noires m'assaillent de manière régulière ces derniers temps.

— Ça ne va pas, *kulta* ? m'interpelle ma mère. Tu n'as pas l'air dans ton assiette.

Si on considère que je me suis fait larguer, puis humilier, me voilà de retour à la maison, chez mes parents...

— Juste un peu fatigué. Ça ira mieux demain.

Je me lève et m'excuse auprès de l'assemblée. Je suis d'une humeur maussade, j'ai besoin de m'isoler. Passer d'un mois à être en tête-à-tête avec moi-même à une soirée à côté d'une dizaine de personnes, c'est un peu trop pour moi.

4 Âme d'un défunt en finnois.

— Je vais monter me coucher.

Ma mère se tourne aussitôt vers mon père, et je lis la panique dans son regard. Elle donne des petits coups de tête dans ma direction pour lui faire comprendre que c'est à lui de m'apprendre ce que je ne vais visiblement pas apprécier.

Il se racle la gorge, prend une profonde inspiration et se lance :

— Tu n'as plus ta chambre, Isaac. Tu n'es pas revenu depuis plusieurs années, nous l'avons transformée pour nos hôtes. Comme ton arrivée n'était pas prévue, et que toutes les chambres étaient déjà réservées, nous avons pensé que…

Il semble soudain très mal à l'aise, signe que le pire est à venir. Le silence règne autour de la table, seul le bruit des couverts dans les assiettes est audible. Tuuli pousse un soupir et se place devant mon père avant de reprendre :

— On a installé le canapé-lit dans le bureau de ton père. C'était ça, ou… ou… ou rien.

J'en tombe des nues. Devant mon air ahuri, ma mère argumente :

— On ne peut pas se permettre d'avoir une chambre libre pour un fantôme, Isaac. C'était la seule solution, au moins pour cette semaine, ensuite on va s'arranger.

Voilà le coup de massue final. Je n'aurais peut-être pas dû rentrer, ou ne jamais partir… Mes pensées se confondent, et je ne me sens plus à ma place dans cette pièce, ni dans cette maison, ni nulle part… Je prends sur moi et la rassure en lui laissant entendre que je comprends, ce n'est pas grave. Un peu plus, un peu moins… Vraiment, je ne suis plus à ça près.

— Merci *aïti*, pour le couchage, ça me convient très bien.

Je m'approche et lui dépose une bise sur la joue avant de prendre mon bagage dans l'entrée et de partir en direction du bureau de mon père. Je n'ai pas le droit de leur en vouloir, il est vrai qu'être aux abonnés absents depuis des années n'aide pas. Aujourd'hui, je suis là pour un mois, j'ai posé mon solde complet de congés et enchaîné les heures supplémentaires en me noyant sous le boulot afin d'avoir le droit à ces vacances. Il va donc falloir que je m'habitue à faire un peu de camping ici.

La nuit se révèle compliquée. Des cauchemars viennent me hanter depuis que Roosa est partie, m'empêchant d'avoir un véritable sommeil réparateur.

La tête encore enfarinée, les cheveux emmêlés, je me lève pour me rendre dans la salle de bains. Pas de chance pour moi, elle est occupée. Retour au bureau où j'attache ma tignasse avec un élastique – afin de ne pas débarquer en mode « homme des cavernes » à la cuisine – et passe des habits chauds et propres. La douche devra attendre.

L'odeur délicieuse des *korvapuusti*[5] chatouille mes narines et celle du café agit sur moi comme un aimant. Ma mère adore cuisiner, et notre habitat a toujours été envahi par les bonnes odeurs de la cuisine. Avec *Joulu* qui approche à grands pas, je suis certain qu'elle va encore se surpasser. Il y a au moins un point positif : je vais pouvoir me gaver de toutes les petites merveilles qu'elle va nous concocter.

— *Kulta*, tu es levé. Viens donc manger un peu, sinon tu vas finir par tomber malade.

Si j'en doutais encore, je suis bien de retour chez mes parents. J'ai à peine le temps de m'asseoir à table qu'une

5 Brioches roulées à la cannelle.

assiette remplie de tartines beurrées, d'une brioche à la cannelle et un immense bol de café apparaissent devant moi.

Ma mère vaque à ses occupations dans la maison et mon père est parti accompagner leurs hôtes en randonnée à motoneiges. Une heure plus tard, après m'être perdu sur mon téléphone, je décide d'aller prendre une bonne douche.

4

Isaac

11 décembre

— Isaac ! crie mon père en entrant dans la maison.

Allongé sur le canapé devant la cheminée avec le journal du mois dernier, je me redresse pour observer Aleksander : il n'est pas seul.

— Regarde qui j'ai croisé en venant.

Matias, un de mes meilleurs amis d'enfance, se trouve avec lui. Même avec sa chapka et emmitouflé dans ses épais vêtements, je le reconnais sans peine grâce à son regard glacier. Je suis ravi de le revoir et m'approche de lui pour l'étreindre. Il est recouvert de neige, mais ce n'est pas grave. Le plaisir de le retrouver est bien supérieur à quelques gouttes d'eau sur mon t-shirt.

— Tu restes boire un café ?

— Désolé vieux, décline-t-il, mais je dois rentrer

m'occuper des chiens. Si tu veux, on peut prendre un verre au bar ce soir. Keijo devrait être dispo aussi.

Cette perspective éclaire enfin ma journée. Je n'ai rien fait à part broyer du noir sur le canapé et répondre sans cesse à la même question de Tuuli, à savoir « Est-ce que je vais bien ? ». Lorsque j'ai voulu faire un tour à l'extérieur, mon père m'a informé que ma vieille motoneige était toujours au fond du garage sous une bâche. Constatant l'ampleur de la tâche pour la remettre en état, cela va nécessiter un peu d'huile de coude avant de la faire fonctionner à nouveau, de quoi accroître mon désarroi. Tout semble se liguer contre moi.

En revanche, revoir mes amis ne peut que me faire le plus grand bien.

— Avec plaisir, ce sera comme au bon vieux temps !

Lorsque je pousse les portes du seul bar de la ville, le contraste avec le froid polaire de l'extérieur est saisissant. C'est comme si j'arrivais dans un autre monde. La chaleur émanant de l'intérieur me fait du bien, mais le vrai bonheur est de voir mes amis attablés plus loin. En avançant dans la salle, j'observe autour de moi : rien n'a changé. Toujours les mêmes planches vernies sur les murs, des cadres de photos de la région sont disposés un peu partout, offrant aux touristes une belle vue de notre village et des alentours. Le comptoir massif en bois habille tout un pan, et toutes les places sur les tabourets juste devant sont occupées par des hommes dont les visages me sont familiers. Je salue les gens rapidement, avant de rejoindre la table où je suis attendu. Je suis heureux que Matias m'ait proposé de les retrouver. Même après une éternité sans se voir ni se parler – et je suis le seul fautif –, notre amitié semble toujours intacte.

Je m'approche d'eux et ôte mon bonnet. Mes potes me regardent avancer dans leur direction avec un grand sourire peint sur le visage.

— Voilà notre sudiste ! s'exclame Matias en se levant pour me donner une accolade.

Je la lui rends, puis c'est au tour de Keijo de me serrer dans ses bras. C'est comme si nous ne nous étions pas quittés pendant des années.

— Tu veux un *glögi*[6], me propose Keijo en interpellant la serveuse.

J'acquiesce, content de retrouver, pour la première fois cette année, le goût si particulier du vin chaud, des fruits et des épices réchauffés par un trait de vodka locale. Rien de mieux pour commencer cette période de *Joulu*.

— Ça fait un bail, déclare Matias. Quand ton père m'a annoncé que tu étais chez eux, j'ai eu du mal à y croire. Le grand Isaac, de retour dans notre nord, bravant la nuit et le froid polaire…

Son air théâtral réussit à me faire sourire. Puis il reprend :

— Alors, tu reviens à la maison pour les fêtes, finalement ?

Nous y voilà. Matias, à l'inverse de Keijo, a toujours été un amateur de ragots. Et c'est sans grande surprise qu'il met les deux pieds dans le plat. Pas la peine d'y aller par quatre chemins. Cela ne me dérange pas de raconter ce qu'il s'est passé à mes amis. En un mois, à part ma famille, tout le monde l'a appris d'une autre bouche que la mienne, et je

6 Boisson typique de Noël en Finlande. Un équivalent du vin chaud en France.

me suis senti comme un moins que rien, comme si je n'étais pas assez important pour qu'on vienne me demander en direct, préférant tourner autour du pot… Les mots sortent de ma bouche sans aucune émotion. Le verbaliser est très compliqué et j'essaie de mettre de la distance avec les sensations que ces phrases évoquent en moi.

— Au départ, je devais rester à Helsinki avec ma belle-famille. Mais Roosa m'a quitté pour notre boss, et me revoilà. J'ai posé le maximum de congés, et je suis ici pour le mois à venir.

Ma tirade jette un froid autour de la table. Je leur adresse un sourire contrit et ajoute :

— Je dois juste m'habituer à ce nouveau quotidien… Ça va aller !

Heureusement, la serveuse revient avec nos trois tasses fumantes. Nous trinquons tous ensemble, puis je les relance sur un autre sujet en me tournant vers Keijo :

— Félicitations pour tes fiançailles. Mon père m'a informé de cette bonne nouvelle hier soir.

Les traits de mon ami s'illuminent.

— Oui, ça s'est fait sans que je m'y attende vraiment jusqu'à ce qu'Aija se révèle comme une évidence, se justifie-t-il. Elle se serait jointe à nous avec plaisir, mais je lui ai fait comprendre que nous nous retrouvions entre mecs ce soir. Elle m'a proposé de t'inviter à la maison prochainement si tu n'es pas déjà enseveli sous les sollicitations.

Je doute qu'on ait envie de passer du temps en ma compagnie. J'ai toujours été quelqu'un de solitaire, je ne suis proche de personne à part de ceux présents autour de la table ce soir. Donc aucune sortie de prévue pour moi ces prochaines semaines. J'accepte sa proposition, ravi de trouver une occasion de sortir un peu.

— D'ailleurs, tu loges chez tes parents? me demande Matias. Il n'y a pas de locataires de *Joulu* ?

Il est le meilleur pour mettre le doigt où ça fait mal! Trente ans, de retour chez mes parents, et honteux, je leur explique les conditions dans lesquelles je vis.

— Oui, je suis chez eux et leurs clients sont ici. Je squatte le canapé pour l'instant.

Le même air surpris s'affiche sur le visage de mes deux amis.

Je ne peux reprocher ma situation à personne. Je me rends compte à quel point je ne possédais aucun contrôle sur ma propre existence, en me contentant de suivre Roosa. Je ne peux pas en vouloir à mon ex. Elle a pris les rênes de notre couple et je me suis effacé. Des œillères m'ont longtemps aveuglé à en croire la complicité déjà installée entre mon ex et Jason.

Deux doigts claquent devant mon visage, me ramenant à l'instant présent.

— Tu es parti loin, là. Tout va bien? se soucie Matias.

— T'inquiète, c'est juste que j'ai l'impression d'être passé à côté de plein de choses ici. Et je m'en veux d'être un si piètre ami et un si mauvais fils. Je ne savais pas que Keijo était fiancé. Je suis même surpris de partager ce verre avec vous ce soir, que vous m'acceptiez à vos côtés comme si rien n'avait changé.

Leurs mines incrédules me fixent, puis Keijo cligne des yeux comme pour revenir à lui.

— Tu te rends compte de ce que tu dis, mec? m'interroge-t-il. Comment l'éloignement pourrait-il interférer dans une amitié aussi vieille que la nôtre ? On a changé, oui ! Mais pas de là à mettre de côté l'un de nous. On a chacun notre vie...

— Arrêtez les gars, on est fleur bleue avec nos belles déclarations d'amitié ! Si Kiki était là, elle se foutrait de nos gueules.

Kiki ? La sœur de Keijo ? Que vient-elle faire au milieu de la conversation ? Je ne relève pas pour ne pas passer de nouveau pour un ignare et porte ma tasse à mes lèvres afin d'esquiver, mal à l'aise.

— Tu restes longtemps ? m'interroge Matias.

— Le temps des fêtes, ensuite, je reprends le travail à Helsinki.

Je leur explique les difficultés à percevoir mon retour au sein de la même entreprise que Roosa et son nouvel amant. Les missions passionnantes sur lesquelles je travaille en temps normal m'ont paru très fades ce dernier mois. Je me demande si c'est seulement dû à mon renfermement sur moi-même ou à un véritable ras-le-bol. Mais je n'ai pas envie de me poser ce genre de questions maintenant.

Je me surprends à me confier bien davantage que je ne l'aurais pensé. Cela me fait du bien, mon moral remonte pour la première fois depuis le départ de Roosa.

— Tu comptes dormir sur le canapé de Tuuli et Aleksander durant tout ton séjour ? s'étonne Matias.

Je hausse les épaules.

— Ai-je vraiment le choix ?

Ma question est rhétorique. Je n'ai pas d'autres solutions de toute façon.

— Et si je te proposais de rejoindre la coloc, qu'en dirais-tu ? enchaîne-t-il.

Je fronce les sourcils, peu sûr d'avoir correctement compris sa demande.

— Rejoindre ta coloc ? Mais tu vis en coloc ?

Keijo et Matias échangent un regard désemparé.

— Oui, nous étions trois, mais depuis le départ de Keijo, nous avons une chambre libre. Alors, si ça te tente, je serai ravi de te proposer de l'occuper pendant ton séjour ici ?

Je me sens stupide de ne même pas être au courant de ce détail. Ils ne m'en tiennent heureusement pas rigueur, et Matias réitère son offre. Je réfléchis quelques secondes pesant le pour et… Il n'y a pas vraiment de contre. Je m'assure que c'est vraiment bon de son côté, ne voulant pas imposer ma présence.

— Ça ne te dérange pas ? Et ton coloc ?

— T'inquiète, aucun souci de ce côté-là, je me charge de l'avertir, m'annonce-t-il.

Un large sourire étire mes traits, et j'acquiesce, heureux d'avoir trouvé une solution plus pérenne et confortable que le canapé de mes parents.

— Parfait, tu n'as qu'à t'installer demain matin, s'enthousiasme Matias. Keijo peut te laisser ses clés, car je pars en randonnée assez tôt.

L'intéressé sort un jeu de sa poche d'anorak et me les tend. Il m'indique l'adresse, et je suis étonné d'apprendre qu'ils ont repris ensemble l'affaire du vieux Kristian lors de son départ à la retraite, il y a deux ans. Matias travaillait déjà avec le *musher*[7], mais je n'étais pas au courant de la reprise de son activité. J'ai hâte de visiter leur domaine.

7 Conducteur de traîneau à neige tiré par un attelage de chiens.

Nous passons le reste de la soirée à discuter de nos souvenirs et frasques d'enfance. Un bon moment durant lequel nous enchaînons les *glögis*, et lorsque nous décidons de rentrer chez nous, mes pas sont un peu chancelants. Je ne me rappelle pas avoir déjà autant bu. Mes fréquentations du sud étaient plus habituées aux bouteilles de vin importées de France et préféraient les déguster plutôt que de laisser l'alcool les réchauffer de l'intérieur. Ce lâcher-prise ce soir m'a fait un bien fou, comme si je me libérais d'entraves m'ayant retenu depuis bien trop longtemps.

Le retour à la maison est un peu chaotique, mais ce n'est pas grave. L'épaisse couche de neige recouvrant les rues ne facilite pas mon parcours et je manque de chuter à de nombreuses reprises. Je ris tout seul, et cela fait du bien.

La porte de chez mes parents grince, et je ne peux m'empêcher de lui murmurer un « Chut », plus audible que le couinement en lui-même. Puis je rejoins le canapé dans le bureau de mon père où je m'écroule sans demander mon reste.

Dieu que c'est bon de retrouver ses amis...

Le réveil est difficile. Les bruits dans l'habitation me tirent du sommeil, mais mon cerveau est encore embrumé. Je sors de la pièce où j'ai dormi et tombe nez à nez avec ma mère. Je dois avoir une tête à faire peur vu le regard surpris qu'elle me lance avant de s'exclamer :

— *Kulta*, te voilà enfin !

Je lui dépose une bise sur la joue, puis l'informe que je passe par la salle de bains avant de la rejoindre.

Après avoir retrouvé une apparence humaine, j'arrive

dans la cuisine où Tuuli s'affaire pour préparer mon petit-déjeuner. Elle ne sait pas que je n'ai plus cinq ans et que je peux me débrouiller tout seul? J'apprécie ses attentions, mais passer de la solitude de mon appartement à la préoccupation constante d'*aïti* à mon égard est un peu trop pour moi. La vitesse de ses mouvements me semble excessive et sa silhouette devient floue. Je porte une main à mes tempes, un martèlement inhabituel venant frapper l'intérieur de mon crâne. Une telle consommation d'alcool est vraiment occasionnelle chez moi.

— Ta soirée s'est bien passée ? me demande ma mère.

Ses paroles se répercutent dans ma tête et mes paupières se plissent pour en atténuer les échos. Je ne me souvenais plus de cet effet dévastateur le lendemain de cuite. Pourtant, au vu de mon gabarit assez imposant, je devrais réussir à supporter quelques verres ? Visiblement non...

— Café ? m'interroge Tuuli en posant une tasse fumante devant moi.

Je la remercie, puis m'installe autour de l'îlot et porte le breuvage à mes lèvres. J'en avale une grande lampée avant de manquer de la recracher.

— *Aïti* !

L'exclamation sort de ma bouche alors que le liquide chaud descend difficilement le long de mon œsophage. Un haut-le-cœur me prend, et je me dirige en vitesse vers les toilettes.

Lorsque je reviens quelques instants plus tard, ma mère m'attend, accoudée à l'îlot central, un sourire aux lèvres.

— Pourquoi ?

Ma question ne nécessite aucune précision.

— Tu ne vas pas mieux maintenant ? me questionne-t-elle en retour.

C'est vrai, elle a raison, je me sens moins vaseux.

— Si, mais de là à mettre de la vodka dans mon café… J'ai plus vingt ans…

Comment ai-je pu oublier cette manie qu'elle avait de toujours glisser un trait alcoolisé dans mes boissons matinales lorsque ma consommation de la veille était excessive ? Un remède de sa mère soi-disant, mais c'est davantage une punition. Sa manière à elle de me prouver qu'il faut assumer jusqu'au bout.

Nous discutons de la soirée pendant que je sirote un vrai café. J'en profite pour l'informer de mon déménagement chez Matias. Son visage semble soudain amusé.

— Je vais aller prendre mes marques, et je reviendrai pour le repas avec vous.

J'embrasse sa joue, puis me dirige vers ma pseudo-chambre pour rassembler mes affaires avant de me rendre chez mon ami.

Ce n'est pas très loin, mais avec ma valise, j'emprunte tout de même la motoneige de mon père pour m'y rendre. Plus pratique, surtout avec la nuit omniprésente. Je râle en m'y reprenant à trois fois pour la lancer, comme si j'avais tout oublié ou que l'engin voulait me montrer à quel point je ne suis plus d'ici. Une fois garé devant le gros chalet, je suis surpris d'y voir de la lumière. Matias m'avait pourtant averti qu'il ne serait pas là ce matin. Peut-être son coloc est-il présent ?

Je monte les marches jusqu'à la porte d'entrée, puis secoue la cloche. Personne…

J'essaie d'actionner la poignée, mais elle résiste. C'est fermé. Il ne me reste plus qu'à utiliser la clé de Keijo. Après un tour dans la serrure, le battant s'ouvre enfin. Mais je ne m'attendais absolument pas à *ça* en pénétrant dans la bâtisse.

5

Kyllikki

12 décembre

Les écouteurs dans les oreilles, la musique à fond, je me dandine dans l'entrée pour aller au salon. Seule à la maison ce matin, j'en ai profité pour me détendre dans un bon bain chaud avant de commencer ma journée. En peignoir, une serviette enroulée autour de la tête, je pars vers la cuisine pour prendre un nouveau café.

Les bras en l'air, je danse en rythme et chante à tue-tête. Comme Matias est déjà parti, je peux m'époumoner sans qu'il ne me fasse de réflexion.

Je me heurte à une masse fraîche en arrivant devant la porte. Mes yeux s'ouvrent instantanément pour observer un anorak foncé recouvert d'une fine pellicule de neige. Je retire mes écouteurs dans lesquels le groupe Nightwish chante, et recule d'un pas. En face de moi se trouve un véritable colosse, pas loin des deux mètres. Mon regard remonte lentement jusqu'à son visage entouré d'une capuche en fourrure, il possède une bouche pulpeuse ainsi qu'une barbe fournie, mais entretenue, et deux billes d'un noir profond me happent quelques secondes.

Il me scrute, m'examine, choqué de me trouver sur son chemin. Moi, je le reconnais instantanément.

— Isaac ?

Son prénom sort comme un murmure. Je n'étais pas au courant de son retour en ville, mais il est impossible que je me trompe sur l'identité de la personne me faisant face. Comment ne pas reconnaître l'ami de Matias et Keijo, le troisième inséparable. Même s'il a quitté la région depuis plusieurs années, je suis certaine de ne pas me tromper, j'ai passé bien trop de temps à l'embêter lorsque j'étais petite pour ne pas me souvenir de son regard d'encre.

Ses sourcils se froncent, et il hoche la tête, me confirmant mon intuition. En revanche, il ne semble pas savoir qui je suis. Ses prunelles quittent mes yeux et descendent sur mon corps. Une ampoule s'allume dans mon esprit, et j'observe mon accoutrement.

Oups !

Instinctivement, je resserre les pans de mon peignoir sur mon corps nu, et m'écarte d'Isaac. Gênée, je m'enquiers de la raison de sa présence ici.

— Matias n'est pas là. Je peux t'aider ?

Isaac me fixe toujours. Il a perdu sa langue ou quoi ? Il débarque chez moi, comme ça et... et rien ! Mon absence de vêtements ne me permet pas d'être à mon aise alors que je suis chez moi. Je me soustrais à son examen. Pour une fois, il n'est pas intrusif, juste interrogateur. Isaac est encore moins à l'aise que moi.

— Je… je… balbutie-t-il, en reculant d'un pas en direction de la porte.

S'il est ici, il doit y avoir une bonne raison, et comme je suis de nature curieuse, j'ai envie d'en savoir plus sur les motifs de sa venue. Je le retiens en lui indiquant :

— Je vais m'habiller, je reviens. Installe-toi dans la cuisine, j'allais faire du café.

D'un geste, je lui montre la direction et me retourne pour rejoindre ma chambre en quatrième vitesse. Je me vêts chaudement, au vu de la journée de boulot qui m'attend, avec un legging polaire, un sous-pull et un pull à col roulé. Une fois ma crinière sèche, je prends de l'avance et la tresse pour que mes cheveux ne s'échappent pas de mon bonnet.

Intriguée de découvrir pourquoi le meilleur ami de Mat a débarqué ici ce matin, j'essaie de joindre ce dernier, mais il ne répond pas. Le contraire m'aurait étonnée étant donné qu'il est parti en randonnée pour la journée, mais on ne sait jamais.

Enfin prête, avec une allure présentable, je me dirige vers la cuisine pour éclaircir le mystère « Isaac ».

Il est de dos, et j'ai tout le loisir de l'observer à mon tour. Sa carrure est athlétique, on distingue ses muscles malgré un pull épais, et ses bras puissants laissent penser qu'il entretient son corps. Face à lui, je me sens encore plus petite que d'habitude. Ses épaules carrées augmentent cette impression de masse. Je me rappelle le surnom qui le suit depuis son adolescence : le Viking. En effet, il le porte à la perfection. Ses cheveux longs sont rassemblés en chignon, lui donnant une allure moins menaçante.

— Un café ?

Ma question le fait sursauter et il se tourne vivement dans ma direction.

— Je ne veux pas t'embêter, je devais m'installer ce matin, m'informe-t-il.

S'installer? Qu'est-ce que c'est encore que cette histoire ? Comprenant ma confusion, Isaac passe une main derrière sa tête qu'il frotte, signe de son embarras. Pour m'éclairer, il ajoute :

— Matias m'a proposé de prendre la chambre libre dans la coloc le temps de mon séjour ici. Il m'a dit de m'installer ce matin et m'a laissé une clé. Je ne savais pas qu'il y aurait quelqu'un ici. Comme la porte était verrouillée, et que personne n'a répondu lorsque j'ai sonné, j'ai cru qu'il n'y avait personne.

Je me frotte le visage pour cacher mon dépit. Matias et ses coups foireux... Il aurait au moins pu me prévenir. Isaac est prêt à repartir, mais ce n'est pas sa faute si Matias ne m'a pas avertie. Autant commencer notre cohabitation sur de bonnes bases plutôt que de le renvoyer d'où il vient. Je lui explique :

— Je n'étais pas au courant, désolée. Si Matias t'a dit que tu peux t'installer, il n'y a pas de problème. Les chambres sont à l'étage. Celle de libre est la première porte sur la droite avec la salle de bains attenante. Pour le reste, fais comme chez toi !

Je ne sais vraiment pas quoi ajouter de plus. Me voilà avec un nouveau coloc, devant le fait accompli, et si je ne déguerpis pas rapidement, je vais être en retard pour ma première sortie de la journée.

Je lui passe devant, ouvre un placard pour prendre deux tasses, sors aussi les différentes sortes de capsules pour notre super machine dernier cri, et l'invite d'un geste à me rejoindre.

— Je te montre comment elle fonctionne, comme ça, tu pourras l'utiliser.

Hésitant, il s'avance tout de même, mais reste à bonne distance derrière moi. Comme je ne suis pas très grande, je doute qu'il ait du mal à voir par-dessus mon épaule. Je passe en revue les différentes fonctions et fais enfin couler mon or noir. J'actionne ma bouilloire afin de remplir le thermos pour mon excursion à venir, puis attrape un paquet de biscuits dans un tiroir et remonte dans ma chambre pour terminer de me préparer.

Un nouveau coloc… Keijo n'est parti que depuis un mois, et nous voilà déjà avec une chambre occupée. Matias n'avait sûrement pas envie de se retrouver avec moi, seul ici…

Je me sens presque insultée de n'avoir pas été consultée. Ce n'est pas anodin de partager son quotidien avec quelqu'un. Lorsque nous avons repris la maison de Kristian, devenue trop grande pour lui et sa femme, après le départ de leurs enfants, j'ai eu du mal à me faire à un quotidien à trois avec Matias et Keijo. J'ai constamment la place de la petite sœur, celle qu'on voit comme candide et insouciante. Il m'a fallu pas mal d'efforts pour l'effacer. L'arrivée d'Isaac dans notre routine est un nouveau facteur à prendre en compte. Seulement, je n'ai pas envie de devoir faire valoir ma place à nouveau.

Heureusement que j'ai mangé avant de prendre mon bain, car me voilà presque à la bourre. J'enfile ma combinaison de neige, mon bonnet, mets mes lunettes au-dessus et descends pour prendre mes chaussures. Un détour par la cuisine pour poser ma tasse, et je m'aperçois qu'Isaac est toujours debout dans la pièce. Comme s'il n'avait pas bougé depuis tout à l'heure…

— Tu as besoin de quelque chose ?

Je pose ma question en même temps que je remplis une gourde isotherme de thé.

— Non, non. Je vais monter déposer ma valise et sinon je repasserai plus tard, lorsque Matias sera rentré.

Sa gêne me désarçonne. Son attitude est en parfaite opposition avec son physique baraqué et imposant. Il me paraissait évident qu'il en était de même dans ses actions, mais ce n'est pas le cas. On dirait un agneau déguisé en ours. Il est perdu, cependant je n'ai pas le temps de me pencher sur le problème, il va devoir se débrouiller.

Dans mes souvenirs, il avait déjà tendance à me fuir, à ne pas trop s'approcher de moi. Eh oui, j'étais la petite sœur chiante, apparemment.

— OK.

Je hausse les épaules, puis pars dans l'entrée enfiler mes bottes fourrées avant de sortir. Derrière la maison, je retrouve le vaste enclos où vivent les membres de ma meute. Aujourd'hui, c'est un des couples logés chez les Johansson qui m'a réservé une balade d'une cinquantaine de kilomètres sur le lac Inari.

En entrant dans l'espace clôturé, la famille au complet vient me saluer comme chaque matin. Accroupie, je passe les mains dans chacune des fourrures et adresse un petit mot doux à chacun d'eux.

Mes journées au cœur des paysages enneigés, en totale symbiose avec une nature paisible, me comblent depuis que nous avons commencé à travailler ici. Au départ, nous donnions simplement un coup de main au musher du village, en âge de prendre sa retraite, mais ne trouvant aucun repreneur. En m'associant avec mon frère et Matias, nous y avons vu une véritable opportunité, un moyen de faire revivre notre culture locale tout en explorant davantage notre complicité avec les chiens.

Chaque journée est pleine d'apprentissages. Partager ma passion avec des non-initiés est toujours enrichissant pour les deux partis. Au-delà des paysages gelés hypnotiques, je les informe sur les différents moyens de se repérer, leur inculque par la même occasion quelques notions d'astronomie. Au cours de certaines excursions, nous avons la chance de croiser la route d'une faune sauvage, comme les rennes, les élans ou les ours... D'autres animaux sont également présents, mais plus difficiles à discerner dans la nuit polaire. Aujourd'hui, nous pouvons observer un renard polaire. Phénomène assez exceptionnel laissant un souvenir impérissable aux randonneurs que j'accompagne.

Le cœur gonflé après une nouvelle journée épanouissante, je rentre à la maison.

Des rires me parviennent depuis le salon. La présence d'Isaac me revient soudain en mémoire. Il est temps d'éclaircir ce point avec Matias. En m'approchant d'eux pour les saluer, je surprends leur conversation.

— J'ai rencontré ta copine ce matin, annonce Isaac à Matias.

— Ma copine ? s'étonne mon colocataire.

— Une petite brune énergique. Elle était là à mon

arrivée.

Je retiens qu'il passe sous silence qu'il m'a vue en peignoir en train de danser au milieu du hall. Matias éclate de rire.

— Ah oui ! Mais, bon sang, vieux ! Tu ne l'as pas reconnue ?

Je me manifeste pour être aux premières loges et voir la tête d'Isaac lorsque Matias lui dévoilera mon identité.

6

Isaac

12 DÉCEMBRE

— Non, pourquoi ? J'aurais dû ?

— Si elle…

Matias ne termine pas sa phrase, car la silhouette de la jeune femme apparaît, comme si elle avait choisi son moment. À en croire le sourire sur son visage, c'est le cas. Depuis quand est-elle là ?

Elle vient se poser sur l'accoudoir du fauteuil de Matias et l'embrasse sur le front avant de lui donner un coup de poing dans l'épaule.

— Tu aurais pu au moins m'avertir que tu avais loué la chambre de Keijo…

Matias adresse un sourire désolé à la jeune femme.

— On ne s'est pas vus, Kiki. Hier soir, tu dormais quand je suis rentré et ce matin, je me suis levé aux aurores, s'excuse-t-il.

Kiki? Comme Kiki, alias Kyllikki, la sœur de Keijo? Maintenant que j'y pense, ses traits me sont de plus en plus familiers. Je ne l'ai pas vue depuis une dizaine d'années à l'époque où ce n'était encore qu'une adolescente... Je n'aurais jamais pu m'en rendre compte tout seul. J'ai dû faire une sacrée impression! Dire qu'elle m'a reconnue au premier coup d'œil...

— Kyllikki?

Son prénom sort de ma bouche dans un souffle.

— Ça y est, il a enfin compris qui j'étais! Bravo Isaac! m'applaudit-elle comme si je venais d'accomplir un exploit. Bon, maintenant que le mystère est levé sur mon identité, je monte dans ma chambre.

Sans me laisser le temps d'en placer une, elle se lève et s'en va à l'étage. Je l'observe grimper quatre à quatre les marches en bois jusqu'à ce qu'elle disparaisse.

— J'y crois pas! Purée, mais sérieux, tu n'avais pas reconnu Kiki! s'étonne Matias.

Je ne suis pas vraiment d'humeur à supporter une nouvelle humiliation.

— Ça fait un bail que je ne l'ai pas vue...

Je tente de me défendre, mais il me reprend.

— Tu n'as pas dû y faire attention, mais elle est dans les parages depuis toujours.

Je hausse les épaules, n'ayant rien à ajouter.

— Bon, ce n'est pas grave, de toute façon, cette maison nous appartient à tous, donc tu es mon invité, si elle n'est pas contente, c'est pareil. Tu verras, elle est cool.

Je me remémore la petite fille un peu folle, tonique qui venait souvent nous embêter pour que nous jouions avec elle.

— Je sais ce que tu penses, mais je t'assure qu'elle n'est plus la chieuse qu'elle était lorsqu'elle était petite, elle est devenue une vraie femme.

Son clin d'œil équivoque ne laisse aucune place quant à ce qu'il insinue. Je n'étais donc pas si loin du compte tout à l'heure en l'informant avoir vu sa copine.

— Alors toi et elle, vous...

Il me stoppe d'un geste de la main et me contredit :

— Non...

Le hochement de sa tête dément ses paroles. J'ai compris le message. Néanmoins, un détail me turlupine :

— Elle habite aussi ici ?

Il éclate de rire, et confirme :

— Oui. Elle habite ici. C'est la troisième coloc.

Il se frotte le menton, puis reprend :

— Cela te pose un problème ?

Je secoue négativement la tête. Puis Matias me laisse pour aller se reposer un peu, il part en expédition nocturne chasser les aurores.

À Helsinki, les aurores étaient des phénomènes assez rares contrairement à ici. Mais comme nous étions dans une routine plus métro-boulot-dodo, je ne me rappelle pas avoir veillé pour en observer.

Ayant grandi dans une région où elles font partie des manifestations courantes durant l'hiver, c'était un phénomène que j'adorais contempler. Je les ratais rarement, au grand dam de mes parents. Quand les conditions étaient propices, je pouvais veiller jusqu'à ce qu'elles apparaissent. Il m'est aussi arrivé de m'endormir sur le bord de la fenêtre, trop fatigué pour lutter davantage. Ces instants m'ont manqué à Helsinki, puisqu'elles y étaient beaucoup moins visibles qu'ici. J'ai perdu l'habitude de les attendre.

Roosa préférait le climat moins rude du sud du pays, raison pour laquelle nous ne revenions presque jamais dans le coin. Même l'été, alors que le soleil reste en permanence dans le ciel, elle n'était pas satisfaite, arguant qu'il est difficile de garder un rythme convenable pour notre organisme avec des conditions si extrêmes.

Ne voulant ni la déstabiliser ni la froisser, car j'étais vraiment amoureux – et je le suis encore malgré tout –, j'ai mis de côté ma famille pour elle, et voilà le résultat. Je suis devenu un véritable citadin ! Le retour aux sources demande un léger temps de réadaptation.

J'observe le feu crépitant dans la cheminée en pierre au milieu du salon, me demandant, comme bien trop souvent ces derniers temps, ce que j'aurais pu faire pour retenir Roosa, pour la garder et qu'elle n'ait jamais eu cette envie de partir… J'étais pourtant présent à la maison, nous avions des rôles équilibrés au sein du foyer, nous sortions avec ses amis devenus les miens au fil des années, nous étions à l'aise financièrement… Tout allait bien, nous nous aimions, nous filions l'amour parfait…

Lui manquait-il du piment dans notre relation ? Pourtant je l'emmenais souvent pour des week-ends surprises, visiter des endroits splendides, je lui aurais tout donné, j'étais même prêt à la suivre dans un autre pays si elle me l'avait demandé…

Au lieu de ça, elle m'a quitté, me laissant sur le bord de la route, seul, perdu, en train de ruminer sans cesse ces années de bonheur pour trouver le moment où tout a commencé à partir en vrille. Je n'arrive pas à mettre le doigt dessus…

— Tu manges ici, ce soir ?

La question de Kyllikki me tire de mes songes et je me tourne pour lui faire face. Elle s'est changée pour passer un survêtement très près du corps et ses cheveux sont détachés. J'avoue qu'elle n'a vraiment plus rien d'une gamine. Mes yeux s'attardent sur son corps avec de jolies formes, une poitrine petite, mais galbée, une chute de reins cambrée menant jusqu'à de belles fesses rebondies. Elle est tout en muscle, le résultat de ses longues randonnées en extérieur, je suppose. Sa silhouette est très bien proportionnée, mais la vue de son corps ne me fait pas vraiment d'effet. Tant mieux ! Ce n'est pas le moment de me compliquer la vie avec une coloc qui m'attire.

— Isaac, la question est simple, donc la réponse est « oui » ou « non », s'impatiente-t-elle. Pas besoin de me regarder comme si je t'avais demandé de préparer un *Poronkäristys*[8].

Je me rends compte que je la fixais et que je ne lui ai pas répondu.

— Oui, désolé. Je peux t'aider si tu veux ?

Ses yeux s'arrondissent de surprise.

— Toi, tu sais cuisiner ? s'étonne-t-elle.

À mon tour d'être choqué par sa question. Elle me prend pour un homme des cavernes ?

---

8 Spécialité lapone très consistante à base de viande de renne sautée, de purée de pommes de terre et d'une sauce aux airelles rouges.

— Je suis un homme moderne, je ne chasse pas l'ours pour que les femmes cuisinent. À la maison, nous partageons les tâches ménagères.

« À la maison »... je n'ai même plus de chez-moi. Roosa était mon refuge, aujourd'hui, je dois tout reconstruire, à partir de rien.

— Ici, c'est chacun pour soi en ce qui concerne la lessive, Matias et Keijo oubliaient un peu trop souvent leur tour. J'en ai eu marre de toujours la faire pour tout le monde, m'informe-t-elle. Pour le reste, je m'occupe des repas la majeure partie du temps et les garçons, vous vous occupez du ménage. J'espère que ça te convient ?

Je n'avais pas encore eu droit à la liste des règles de la colocation, mais on dirait que Kyllikki vient de m'en dicter une partie. Il est important que chacun fasse sa part, mais à la manière dont elle communique les informations, cela ne tolère aucun refus.

— Parfait pour moi. Cela ne m'empêche pas de te donner un coup de main pour le repas.

Je ne sais pas, mais j'ai l'impression qu'elle est sur ses gardes et que son ton autoritaire n'est pas vraiment celui qu'elle emploie habituellement. Comme si elle maintenait une certaine distance entre nous. Je ne lui veux aucun mal, je ne suis pas là pour déranger, j'ai juste besoin d'espace pour réussir à franchir un cap difficile de ma vie.

— Je fais juste une *Lohikeitto*[9], rien d'extraordinaire, conclut-elle. Je vais m'en sortir.

N'ayant aucune envie de me la mettre à dos le premier soir, après ma bourde de ce matin, je repars vers le salon

9 Soupe traditionnelle à base de saumon, de pommes de terre et de fromage à la crème.

et sors mon téléphone pour aller naviguer sur les réseaux sociaux.

Mon cœur se brise à nouveau lorsque je passe sur une publication de Roosa, où elle informe la Terre entière qu'elle part en vacances avec son nouveau copain. Lors de notre séparation, j'avais été blessé de voir son statut passer de « Fiancée » à « Célibataire », et maintenant, elle est de nouveau « En couple ». C'est si difficile pour moi d'être devenu seulement l'ex… Voilà, après dix années ensemble et près de huit ans de vie commune, je ne suis plus rien. Seul, dans la nuit et le froid, de retour à la case départ, le moral en berne pour couronner cette pathétique période…

7
Kyllikki

12 DÉCEMBRE

Après un repas dans un silence de mort, je laisse Isaac au salon et remonte dans ma chambre. J'y suis peut-être allée un peu fort avec mes informations logistiques, mais comme ce n'est pas Matias qui va s'y coller, il fallait bien que je m'en charge. Et puis, c'est aussi une des bases de la vie en communauté : si chacun connaît les règles, c'est plus simple et plus sain.

J'aurais aussi pu accepter son aide. Mais je ne sais pas pourquoi, j'ai refusé… Sûrement parce que j'ai été prise au dépourvu. Jamais Matias ou Keijo ne se sont proposés, et cela m'a déstabilisée.

Je scrute le ciel étoilé, parfaitement clair en cette fin de journée. Matias est parti chasser les aurores et je n'ai aucun doute quant à leur apparition ce soir. Toutes les conditions sont réunies. Pour ma part, je me contente de les attendre sur le balcon de ma chambre. Je l'ai équipé d'une chaise longue extra-large pour être à mon aise, d'une petite table pour y poser ma tasse de café ou mon livre lorsque j'ai le temps de m'y plonger.

Emmitouflée dans d'épaisses couvertures, je me suis allongée sur mon immense transat. Il ne manque qu'un bon *glögi* pour parfaire le tableau. Et peut-être un homme en guise de coussin…

Sauf qu'ici, aucun des mâles du village ne me donne envie de plus. On se connaît tous depuis toujours et même si j'ai déjà fini dans le lit de certains d'entre eux, je n'ai jamais ressenti ce « truc », comme dans les films, où la fille voit son univers s'illuminer lorsqu'elle aperçoit son amour. Ici, rien de tout ça, et ces derniers temps, ils sont même devenus assez lourds. Je ne peux plus sortir sans me faire aborder. Si l'intérêt que je suscite chez eux reste flatteur, je ne cherche rien de sérieux, juste une nuit sans contrainte, sans attachement, de toute façon, sur le long terme, je ne suis pas pour eux. J'ai arrêté de sortir avec les hommes d'ici, il y a bien trop de complications derrière. Je n'ai pas non plus envie qu'ils comparent les nuits que nous avons partagées.

Les mecs sont pires que les femmes, contrairement à ce que pense tout le monde. Ils racontent leurs conquêtes et comparent leurs expériences. J'en ai déjà surpris en train de parler de moi, et je suppose qu'ils ne sont pas les seuls. J'ai aussi eu ma période de relations éphémères avec les touristes. Sauf que je ne crois pas me tromper si je dis que cela m'a fait une sale réputation. Maintenant, je préfère m'éloigner du village si j'ai envie de m'amuser.

Mais nos erreurs nous rattrapent toujours, et l'arrivée de Jimmy, un Français, venu avec ses amis passer *Joulu* pour la troisième année consécutive a quelque peu changé la donne.

Les messages qu'il m'envoie depuis son retour me laissent de marbre. Le flirt était sympa, cependant je n'ai pas cette étincelle dans les yeux, ce crépitement dans le ventre parce que je me languis de le revoir. C'est plutôt un frisson de désarroi, agrémenté d'une pincée de lassitude, qui s'empare de moi.

Cette année, je n'ai aucune envie de recommencer à le fréquenter intimement. Je le lui ai fait comprendre, mais il ne semble pas l'avoir vraiment saisi et continue de vouloir me voir.

— Kyllikki ?

Une voix me parvient depuis le dessous de mon balcon. Quand on parle de la sangsue… je me demande si mes pensées ne l'ont pas fait apparaître…

— Je sais que tu es là ! Je t'ai vue.

Pourquoi fallait-il que Jimmy se mette en tête que nous vivions une histoire d'amour, parfaite et passionnée ? Pour lui, elle est entrecoupée de pauses, elle redémarre lorsqu'il arrive à Inari. Je vais devoir trouver un moyen de m'en débarrasser.

Je me redresse en gardant la couverture sur les épaules, viens m'accouder à la rambarde pour lui demander :

— Qu'est-ce que tu veux ?

— Juste te voir, *ma puce*.

Son accent français doit sûrement en faire craquer plus d'une, mais ce n'est pas du tout mon cas. Au départ, il m'a charmée, l'abus des surnoms français m'a vite exaspérée. Je ne sais même pas par quel miracle j'ai accepté de coucher de nouveau avec lui l'année dernière. La facilité peut-être. Je suis vraiment pathétique d'en arriver à de telles extrémités.

— Il n'y aura plus rien entre nous Jimmy, je pensais avoir été claire…

Comment faire pour le repousser ? Rentrer ? C'est une situation difficile et délicate, il faut absolument que je la démêle et au plus vite.

— Pourtant, nous deux, ça matche, c'est quoi le problème ?

— Je n'en ai pas envie. Je suis capable de te dire « non » si je ne veux pas. Et c'est définitivement « non ».

— Ce n'est pas ce que tu disais la dernière fois que j'étais en toi !

Quelle délicatesse ! C'est incroyable de ne pas réussir à accepter que la personne en face n'ait plus les mêmes aspirations.

— Ce n'est pas avec des remarques si déplacées que tu augmentes tes chances…

— Donc j'ai une chance de te convaincre ?

— Non, il n'y a plus moyen, Jimmy. Fais-toi plaisir, et oublie-moi !

Je recule d'un pas, prête à retourner à l'intérieur. Ce dialogue de sourds a réussi à me fatiguer et à me faire perdre l'envie d'observer les aurores ce soir. Quel gâchis… Je ne sais même pas pourquoi je le laisse m'atteindre.

— Je vais te montrer que je peux être l'homme qu'il te faut ! D'ailleurs, je cherche un travail pour me rapprocher de toi, *kultaseni*[10].

Je ne suis pas sa *kultaseni*. Cette discussion ne mène

10 Mon amour en finnois.

à rien ! Et il est vraiment sérieux ? Il veut venir ici ? Définitivement ? Mais je ne veux pas de lui !

— *Minä rakastan sinua*[11] ! s'exclame-t-il.

Là, c'en est trop !

— Jimmy, non, on se connaît à peine, on a flirté ensemble deux fois quelques jours, mais ça s'arrête là ! On ne peut faire de telles déclarations à quelqu'un que l'on ne connaît pas, c'est complètement insensé !

Il continue de parler, mais j'en ai assez, je ne l'écoute plus. Je ramasse mes couvertures et rentre, incapable d'écouter un mot de plus dégoulinant d'amour. Juste avant de refermer la porte-fenêtre, je lui lance un :

— Bonne nuit, Jimmy.

Mon ton est glacial, mais je n'ai aucune envie d'adopter une attitude chaleureuse. Je ne veux rien de lui, ni une nuit, ni une heure, ni même une minute…

Je devrais en parler avec Matias. Il m'aidera à trouver une solution pour qu'il me lâche enfin. La première année, j'ai été attirée par la peau légèrement hâlée de Jimmy, ses cheveux noirs très courts, son visage carré rasé de près, son mètre quatre-vingt et une taille très fine… l'inverse des hommes d'ici finalement, une nouveauté bienvenue, car je venais de lancer notre entreprise et je me suis laissée emporter par l'euphorie du moment…

Lorsqu'un point lumineux apparaît au loin sur la neige, je suis rassurée de savoir que mon ami sera bientôt de retour, et Jimmy n'aura pas envie de se frotter à lui. Tout serait plus simple si j'entretenais une relation avec Matias. Ce n'est pas faute d'avoir essayé, une fois, une seule… Nous

11 Je t'aime en finnois.

avons eu conscience très rapidement que c'était une erreur de parcours. Un soir où nous étions seuls à la maison, l'idée d'être en couple tous les deux nous a paru être simple et cool. Jamais le stade de l'amitié n'avait été dépassé entre nous. J'ai eu l'impression de coucher avec mon frère. Ni lui ni moi n'avons réussi à nous laisser aller, et d'un commun accord, nous avons clos l'incident sans jamais revenir dessus. Il est cependant très protecteur à mon égard, et m'aidera pour faire changer Jimmy d'avis.

Depuis son arrivée, ce dernier cherche à me voir par tous les moyens. Cela amuse les garçons, mais pas moi. Me sentir comme une proie est loin de m'enchanter. Devoir vérifier sans cesse par-dessus mon épaule, non plus.

Je redescends au rez-de-chaussée pour attendre Matias, et quelle n'est pas ma surprise de constater qu'Isaac n'est pas encore couché ? En pleine contemplation du feu dans la cheminée, il ne m'entend pas arriver. Je prends quelques instants pour détailler l'homme assis là. Ses cheveux sont lâchés, étonnamment longs et ondulés, beaucoup plus que les miens. Comme ils étaient attachés toute la journée, je n'avais pas vu ce détail. Pas étonnant que son surnom de Viking lui aille si bien. Quelques tresses dans les cheveux et il pourrait sans problème jouer dans un film.

Je m'approche et me pose dans le fauteuil non loin de lui tout en continuant à l'observer. Ses yeux se détournent du foyer crépitant pour se porter sur moi, et je ne peux que remarquer la tristesse se reflétant dans son regard sombre. Elle disparaît presque aussitôt, comme s'il ne souhaitait pas montrer cette facette de lui. Je ne sais pas ce qu'il lui est arrivé pour qu'une telle expression se reflète sur son visage pourtant si dur d'habitude.

Je le connais depuis toujours, même si lui n'a vu en moi qu'une peste, d'aussi loin que je me souvienne. Je l'ai entendu parler avec Matias tout à l'heure. J'ai grandi. Mon attitude un peu plus tôt n'a pas dû lui inspirer une grande sympathie à mon égard, et si nous devons cohabiter, je préfère que ce soit dans une ambiance sympa plutôt que sous tension. Aussi, lorsque Matias rentre enfin, je décide de faire part du problème aux deux hommes. Ils sont certainement tous les deux de bons conseils.

— Vous n'êtes pas couchés? nous demande Matias, surpris de nous voir tous les deux au salon.

Il se met à l'aise et vient nous rejoindre avec trois bières dans les mains.

Nous acceptons avec plaisir, et j'avoue avoir besoin de courage liquide pour ce que je m'apprête à leur demander.

8

ISAAC

12 DÉCEMBRE

Kyllikki tremble lorsqu'elle porte le goulot à ses lèvres. Je m'attarde un peu trop sur son geste, la détaillant plus qu'à mon habitude. Je sais qu'elle a reçu de la visite à l'extérieur. Comment louper la silhouette de la personne venue lui parler sous sa fenêtre ? Je m'attendais à la voir descendre pour lui ouvrir, mais non. Je n'ai pas écouté leur conversation, cela ne me regarde absolument pas. J'ai commis assez de bourdes pour la journée.

Comment ai-je pu ne pas reconnaître la lueur joueuse dans ces prunelles cerclées d'or ? Cette marque a toujours été une caractéristique spécifique de la petite sœur de mon meilleur ami. Leurs yeux sont exactement identiques, et je devais vraiment être sous le choc pour ne pas la reconnaître. Elle n'a eu aucun mal à deviner qui j'étais, bien que nous ne nous soyons pas vus depuis de nombreuses années.

Lorsqu'elle a prononcé mon nom, j'ai été très surpris et je me suis retrouvé comme un abruti, incapable de mettre un prénom sur la personne qui me faisait face.

Comment réussir à faire le rapprochement avec la peste qu'elle était avant ? Elle est devenue une vraie femme. Même si elle n'est pas très grande, son corps a gagné en courbes, lui ôtant l'air enfantin que je lui connaissais. J'avais gardé en mémoire les traits poupins qu'elle avait lorsque nous étions gamins. Je ne l'avais jamais vue autrement.

D'une oreille distraite, je l'écoute nous relater sa discussion avec la personne à l'extérieur tout à l'heure. Il s'agissait d'un des clients de mes parents, un certain Jimmy, venu ici plus pour la conquérir dans l'espoir de rester que pour passer des vacances avec ses amis comme on me l'a expliqué le soir de mon arrivée.

— Je ne sais pas comment faire pour qu'il me lâche, nous confie Kyllikki.

— Lui dire « non » ? lui propose Matias.

— Il m'a dit qu'il m'aimait... Je ne pense pas pouvoir m'en débarrasser aussi facilement, mais je ne veux pas non plus passer de nouveau pour la garce briseuse de cœur.

Je ne peux m'empêcher de relever :

— De nouveau ?

Kyllikki se frotte le visage, exaspérée que je ne retienne que ça de sa tirade. Matias m'explique :

— Notre chère Kiki est un véritable bourreau des cœurs. Elle a couché avec un bon nombre de mecs, d'ici ou d'ailleurs, et n'a jamais accepté de s'engager...

— Eh bien, vas-y, ne te gêne pas, surtout ! le coupe Kyllikki.

— Ose me contredire, Kiki.

Elle se lève, la rage s'étant emparée d'elle en l'espace de quelques secondes.

— Si un mec agissait de la même manière, on n'en discuterait même pas ! Je ne comprends vraiment pas quel problème vous avez avec ça ! Je fais ce que je veux !

Elle se dirige vers l'escalier pour remonter et s'arrête alors que son pied se pose sur la première marche. Elle se tourne vers nous et lâche avec du venin dans la voix :

— Je n'aurais rien dû vous confier. Vous êtes bien tous les mêmes.

Matias bondit sur ses pieds pour s'élancer à sa suite.

— Kiki, attends ! Ne le prends pas mal ; je donnais juste le contexte à I...

La porte claque et je suppose que Matias n'est pas passé loin de perdre un bout de nez.

Mon ami peste en redescendant dans le salon. Il se saisit de sa bouteille qu'il termine d'une traite.

— Désolé pour tout ça. J'ai été maladroit..., s'excuse-t-il.

— Ce n'est pas grave... mais c'est à elle que tu devrais dire ça.

Il hoche la tête et passe une main dans ses cheveux desquels il retire l'élastique pour les laisser tomber sur ses épaules. Si nous arborons tous les deux la barbe et une crinière longue, nous n'avons pas du tout le même résultat. Mon gabarit plutôt imposant contraste avec la silhouette plus affinée de mon ami. Son allure semble beaucoup plus soignée que la mienne, même si je suis loin de la négliger. Nous sommes similaires tout en ne pouvant être plus différents. Le contraste est assez saisissant, car là où je ressemble à un Viking, Matias pourrait très bien se fondre dans la masse des gens de la ville. Et pourtant, je suis parti et il est resté...

— Tu as raison, approuve-t-il. Je vais laisser passer la nuit et demain je m'excuserai. Elle n'a pas tort. Jamais un mec ne serait confronté à des paroles comme celles que j'ai balancées. Je me sens con... Je ne pensais même pas à mal en te racontant ça...

— Je te crois...

Je n'arrive pas à lui dire que ce n'est pas grave, car je ne cautionne pas la manière dont il a parlé d'elle. Les femmes ne sont pas des objets. Elles sont nos égales, il faut que les hommes apprennent à les considérer ainsi. Cela passe par ce genre de moment gênant où chacun prend la place qui lui est due.

— Bon, je vais me coucher, m'informe Matias en allant poser sa bouteille vide à la cuisine. La journée a été longue...

Matias semble peiné d'avoir blessé Kyllikki, mais je n'ai pas pour habitude de me mêler d'histoires qui ne me concernent pas. Je me contente de lui souhaiter une bonne nuit. Je termine ma bière tranquillement, retrouvant le silence qui m'enveloppait tout à l'heure, avant de monter à mon tour rejoindre ma chambre.

Lorsque je passe la porte, mon regard est attiré par l'étendue glacée se perdant au loin. La couche blanche reflétant la lumière des rayons de la lune rend le décor magique. Je ne me rappelais plus la beauté de cet endroit. Comment ai-je pu vivre si longtemps loin des grands espaces ? Les eaux du golfe de Finlande sont gelées en cette période, les paysages n'ont rien à voir avec la nature sauvage que l'on peut observer ici. Dommage que Roosa n'aime pas...

Penser à ma copine, enfin à mon ex... -- j'ai tellement de mal à me faire à cette idée — est douloureux. Je m'attends à tout moment à la voir surgir ici en me demandant de revenir avec elle à la maison. Je ne sais pas si j'accepterais. À quoi bon me torturer l'esprit avec de telles questions ? Il est presque impossible qu'une telle chose se produise. Elle doit être dans les bras de Jason... Y penser me serre la poitrine et la tristesse m'envahit. J'ai eu la chance de partager une partie de ma vie avec la personne que j'aimais, ce ne sera jamais le cas de ce Jimmy. Je songe à notre discussion de tout à l'heure en bas et aux explications de Kyllikki. L'amour est un sentiment bien difficile...

Je comprendrais presque Jimmy : il est amoureux, prêt à venir vivre ici comme il l'a insinué. Il est dommage que Kyllikki n'ait pas établi de barrières auparavant. Être amoureux ne se commande pas, on est pris dans les filets du cœur, on ressent l'énergie de l'autre et on a conscience de lui dans chaque fibre de son être. Jimmy trouve cet équilibre en Kyllikki, il va être difficile de lui faire comprendre que rien n'est possible entre eux.

Enfin, j'ai déjà bien assez à faire avec mon propre chagrin sans devoir me préoccuper de celui d'un mec que j'ai côtoyé une seule soirée.

Je me couche, le regard rivé sur le plafond en bois, observant les nœuds du pin. Le sommeil ne semble pas avoir envie de se manifester. Les minutes, puis les heures s'égrènent à la vitesse de la fonte des neiges éternelles.

Je finis par m'endormir. Je ne saurais dire combien de temps je m'assoupis, mais lorsque j'ouvre les yeux, j'ai plutôt l'impression que cela ne fait que quelques secondes.

Le besoin de me sentir vivant prend le pas sur le reste. Je commence une série de pompes et d'abdominaux, regrettant d'avoir oublié de glisser ma barre de tractions dans ma valise, pour réveiller mes muscles engourdis après des semaines de laisser-aller. Depuis l'abandon de Roosa, je n'avais plus envie de rien. Seuls les footings au grand air me permettaient de continuer l'entretien de mon corps. Pourtant, je ne sais pourquoi, ce matin, cela me fait du bien de renouer avec certains rituels bénéfiques pour la connexion de mon corps à mon esprit. Mais je sens la perte de muscles, car mon être entier brûle après seulement une trentaine de minutes d'exercices.

Peut-être que le plein air me serait préférable. Je m'habille en vue d'une course à pied, n'oubliant pas la lampe frontale, indispensable à cette période de l'année.

J'arrive en bas, prêt à sortir, mais je me fige en sentant l'odeur du petit-déjeuner emplir mes narines. Courir le ventre vide n'est sûrement pas une bonne idée. Je retire une couche de vêtements, puis rejoins la cuisine où Matias est attablé devant une tasse de café et des brioches à la cannelle.

Je me joins à lui et aperçois un grand bol prêt à être rempli de café et une assiette de brioches trônant au centre de la table. Les douceurs de *Joulu* sont parmi mes préférées, mais Roosa n'aimait pas vraiment les cuisiner. Elle acceptait de faire avec moi des petits sablés, mais cela s'arrêtait là. Le reste, elle se contentait de l'acheter. Retrouver le goût de ces mets faits maison me procure un bien fou, même si cela me pince le cœur.

— Tu parais bien songeur ce matin, constate Matias.

— Je repensais à mon ex-copine, et j'étais un peu nostalgique de la période de *Joulu* que je vais devoir passer sans elle cette année. Je n'ai même pas envie de le fêter.

Un long soupir de lassitude s'échappe de mes lèvres.

— Tu n'as pas frappé à la bonne porte alors, je suis désolé de te l'apprendre, mais Kyllikki est une des plus grandes fans de *Joulu* que je connaisse. Demain, c'est la Sainte-Lucie, et Kyllikki prend plaisir à décorer la maison à l'extérieur, avant d'investir l'intérieur. C'est son plaisir, et dès la première année, nous lui avons laissé carte blanche pour s'exprimer. Alors attends-toi aux chants traditionnels, ils vont retentir de manière constante très bientôt dans toute la maison !

Cette perspective ne me réjouit pas vraiment, je pourrai toujours rester à l'écart, même si je doute que ma mère accepte que je ne sois pas présent pour *Joulu*…

Le moral en berne à l'idée de devoir affronter tous ces gens heureux de fêter *Joulu*, je termine mon repas, et sors courir afin de me changer les idées.

Un aboiement se fait entendre sur ma droite. Je n'ai pas encore pris le temps de faire le tour du propriétaire, mais je suppose qu'il s'agit des espaces clôturés pour les meutes. Une ombre est accroupie au milieu des chiens, et leur chuchote des mots que je n'entends pas.

Soudain, un des chiens s'écarte des autres et s'avance dans ma direction. Un grillage nous sépare et je ne veux pas les déranger. Je m'apprête à partir dans le sens opposé lorsque je remarque que la silhouette se relève avant de se tourner vers moi. La lampe frontale me dissimule les traits de son visage, mais à en croire la taille, il s'agit de Kyllikki.

— Tout doux, Asha ! ordonne-t-elle, avant de rappeler son chien qui la rejoint immédiatement.

La jeune femme sort de l'enclos avec deux molosses attachés à un harnais à sa taille et s'approche.

— Tu partais courir ? me demande-t-elle après avoir scruté ma tenue.

— J'ai besoin de prendre l'air, donc oui, cela me fera le plus grand bien, et toi ?

Elle désigne ses deux compagnons et m'informe qu'elle part faire une heure de canicross avec ses chiens de tête. Elle me propose de l'accompagner, ce que j'accepte, n'ayant pas envie de me perdre dans la toundra.

Kyllikki passe devant et part sur un chemin tassé. À sa suite, je m'élance avec une bonne foulée. Attentif au départ à ne pas me tordre une cheville dans la neige, je prends peu à peu confiance en mes appuis. La sensation de marcher sur un tapis me ramène à mes souvenirs. Le temps où nous jouions à cache-cache dans les bois avec Keijo et Matias, où chaque recoin n'avait plus de secrets pour nous. Aujourd'hui, je suis un étranger. Je serais bien capable de me perdre. Certains endroits, comme la clairière où nous coupons les sapins de *Joulu*, ou encore les alentours de chez mes parents, sont ancrés à jamais dans ma mémoire pour en avoir arpenté chaque centimètre carré pendant des heures. Ici, de nuit, je ne reconnais rien.

Les troncs sombres contrastent avec la blancheur immaculée du lac un peu plus loin. Ce décor est magnifique. La lune décroît lentement, mais ses rayons viennent faire scintiller le manteau neigeux recouvrant entièrement la surface gelée. Tout semble à l'arrêt. Le froid a emprisonné le temps, la nuit a capturé l'espace. Nous sommes des privilégiés de pouvoir parcourir ces paysages.

Kyllikki s'arrête et je manque de la percuter, perdu dans

ma contemplation des environs. Elle se baisse et me fait signe d'approcher. Je ne sais pas exactement ce qu'elle veut me montrer, alors j'évite de faire du bruit. Quelle surprise de découvrir une hermine qui nous observe à quelques mètres ? Relevée sur ses pattes arrière, la tête tournée dans notre direction, elle guette le danger. Les chiens de Kyllikki sont assis à ses côtés et ne bougent pas. Nous avons le loisir de regarder le petit animal quelques minutes avant qu'il ne s'en aille plus loin.

— Je trouve tous les animaux vivant ici fascinants, je ne me lasse pas de les croiser, lâche Kyllikki avant de repartir sur le chemin.

Elle ne m'a même pas laissé le temps de lui répondre. Je la rattrape et, en arrivant à quelques pas d'elle, la lumière de ma lampe se pose sur les jambes musclées de Kyllikki. Son bas ne laisse pas de place à l'imagination, chaque courbe de ses muscles est soulignée par le tissu moulant.

Je me reprends ; ce n'est pas le moment de me laisser distraire par le corps de ma colocataire.

Je me concentre sur les branches des pins, le ciel dégagé nous offrant une vue magnifique sur les constellations et les montagnes plus au loin, agrémentant d'un relief singulier ce paysage hypnotique.

9

Kyllikki

12 DÉCEMBRE

Je ne pensais pas partager ma balade du matin avec Isaac. Il est resté silencieux durant notre heure de course. Cependant, changer ma routine n'était pas désagréable. Je n'ai pas eu la sensation de l'attendre ou l'inverse, nous avions tous les deux une bonne foulée. Je l'ai observé à la dérobée pour essayer de comprendre cet homme dont le caractère semble à l'opposé de son physique. Qui s'imaginerait voir un Viking taciturne et renfermé ? J'avoue avoir eu quelques préjugés hier. Je m'attendais à devoir le remettre à sa place et à subir des remarques, mais il m'a même proposé de m'aider pour faire à manger, je n'en reviens toujours pas. Ce n'est jamais arrivé à Matias ni à Keijo de faire chauffer quoi que ce soit si je suis à la maison. Ça me donne presque l'impression qu'ils ne veulent pas me *voler* ma place.

Isaac est difficile à cerner, il ne se dévoile pas beaucoup

et ses pensées semblent divaguer très loin de l'instant présent. Je ne sais pas pourquoi il est ici, et plus précisément chez nous, car Matias et lui n'ont pas abordé la question et je n'ai pas envie de mettre le sujet sur le tapis. Cela ne me regarde pas. Enfin un peu quand même, car j'aimerais savoir aussi pour combien de temps il est là. Il loge tout de même chez moi.

En rentrant à la maison, après une douche bienvenue, nous partageons un café, mais Isaac n'est pas plus bavard que pendant notre balade. Si j'aime le silence lorsque je suis en communion avec la nature comme lors de notre sortie matinale, j'avoue que j'apprécie d'échanger avec les autres le reste du temps.

— Tu restes ici aujourd'hui ?

Ma question franchit mes lèvres et Isaac relève la tête de sa tasse. Il hausse simplement les épaules. Je l'observe de nouveau et m'arrête sur son t-shirt. Il moule à la perfection chaque contour de ces biceps, la vue est vraiment sympa.

Je remarque qu'il me fixe, et ses prunelles noires comme la nuit recèlent une lueur de tristesse. Nous allons devoir apprendre à vivre ensemble, et si tout est naturel avec Matias et Keijo, je me suis ouverte à lui hier soir en l'incluant dans la discussion au sujet de Jimmy. L'envie d'en découvrir plus sur lui se fait de plus en plus forte.

— Tu ne parles jamais, ou…

Ou quoi ? Ou je lui fais peur ? Non, je ne peux pas lui dire ça… et puis pourquoi pas, cela le détendra peut-être.

—… tu as peur de moi ?

Une étincelle amusée apparaît dans ses iris, mission accomplie.

— Je ne suis pas très bavard, ma compagne parle pour deux… enfin parlait…

Il termine sa phrase dans un murmure, mais je la perçois tout de même. Il s'agit donc d'une femme à l'origine de ses tourments. C'est bizarre, car je ne pensais pas cela possible. Son physique baraqué me porte à croire qu'il est celui qui fait flancher les cœurs, pas celui qui souffre de la perte de l'autre. Au final, je ne sais rien de sa vie et ne dois pas juger. Lorsque j'étais plus jeune, nous nous fréquentions plus par obligation. Je gravitais très souvent autour de mon frère, souhaitant tout faire avec lui et ses deux meilleurs amis, même si aucun d'eux ne voulait m'inclure dans leurs activités. Nous n'avons jamais été très proches. Je lui proposerais bien de me raconter, mais le groupe pour la randonnée du jour ne va pas tarder à arriver et je n'ai pas préparé mes chiens.

Matias dort encore après sa virée nocturne pour chasser aux aurores, et il est en congé aujourd'hui, il pourra aider Isaac à prendre ses marques ici. Il sera plus à même que moi de le mettre à l'aise. Je relève mes yeux sur Isaac, les siens sont de nouveau perdus dans le vide. Son air désemparé me peine. Je n'ose rien ajouter et lui souhaite simplement une bonne journée avant de monter me préparer.

Je suis absorbée par mes pensées lorsque j'arrive à l'enclos. Toutes convergent vers le lendemain. C'est la Sainte-Lucie, je suis impatiente de voir enfin les festivités de *Joulu* commencer. Cette saison est de loin ma préférée, faire une multitude de pâtisseries pour tout le monde, profiter d'une atmosphère familiale et chaleureuse où chacun est content de partager un moment avec les autres. J'ai hâte de pouvoir installer les lumières à l'extérieur de la maison. Elle sera éclairée avec mes créations confectionnées tout au long de l'année. Il est difficile de ne rien faire dans l'attente de cette période si chère à mon cœur.

Si cela ne tenait qu'à moi, je les mettrais en place le premier jour de l'avent, mais Keijo et Matias m'ont demandé de me tenir au moins jusqu'à la Sainte-Lucie. Ma journée sera exclusivement consacrée à la mise en place de l'ambiance spéciale *Joulu*...

— Comment peux-tu me faire ça ?

La voix de Jimmy s'élève dans la nuit et me fait sursauter. Je n'ai pas remarqué qu'il était adossé à la porte du parc de la meute.

— Que fais-tu ici ?

J'essaie de rester calme, mais sa présence me met mal à l'aise.

— Je veux te convaincre que je suis un homme pour toi. S'il te plaît Kyllikki, laisse-moi une chance de te prouver que nous deux ça peut marcher.

Cherchant à nouveau le meilleur moyen de l'éconduire, j'ouvre la porte et la referme derrière moi pour qu'il ne me suive pas, mais c'est peine perdue, il se glisse à ma suite dans l'enclos.

— Ce n'était pas sérieux entre nous, Jimmy, tu ne peux pas m'obliger à me lancer dans une relation que je ne désire pas.

— Qu'est-ce que je dois faire pour que tu m'acceptes ?

Ma patience est mise à rude épreuve. Je m'accroupis auprès des chiens afin de gagner du temps, espérant secrètement qu'il me laissera tranquille et s'en ira. Je constate qu'il ne bouge pas et attend une réponse. Je soupire et lui demande :

— Est-ce vraiment important ? Je ne veux pas sortir avec toi ni être en couple. Je pensais que toi et moi nous étions sur la même longueur d'onde.

Cela me paraît clair que non, et son comportement l'année dernière aurait dû me mettre la puce à l'oreille. Sa présence permanente dans mon sillage et ses attentions constantes étaient louches pour un simple plan cul.

— Tu hantes mes songes et mes nuits depuis deux ans maintenant, Kyllikki, et je te jure que je ferai tout pour te prouver que je suis l'homme qu'il te faut dans ta vie. À moins que tu sois déjà passé à autre chose avec le Viking qui vient d'emménager chez toi. C'est ça qui te plaît ? Les hommes barbus, les cheveux longs et les gros muscles ?

Il ne sert à rien de répondre à ses insinuations, je ne veux pas me lancer dans une discussion stérile. Je me dirige vers Asha. La belle husky sera mon chien de tête aujourd'hui. Je choisis les cinq autres membres de la meute qui nous accompagneront pour la balade. C'est un père avec sa fille qui viennent profiter de la promenade sous les étoiles.

Jimmy me retient par les épaules lorsque je sors pour aller récupérer mes harnais. Il me retourne face à lui et plaque sa bouche contre la mienne. Une fois la surprise passée, je reprends mes esprits et lui envoie mon genou dans les parties. Il me lâche avant de se plier en deux pour essayer d'atténuer la douleur liée à mon geste.

— Si je te dis « non », c'est « non » ! Ce n'est pas par la force que tu obtiendras ce que tu désires. Alors maintenant dégage !

Mon ton est monté au fur et à mesure. La colère gronde en moi. Ne le voyant pas bouger d'un pouce, je le bouscule en direction de la sortie, il se redresse et me lance un regard triste.

— Je t'aime Kyllikki ! Je suis désolée, je suis fou de toi !

Un malaise m'envahit. Je suis rarement décontenancée, mais Jimmy me fait franchir mes limites en matière de *self-control*. Je le contourne et pars en direction de la maison.

Lorsque je relève la tête vers le bâtiment, je crois voir une ombre se dessiner à la fenêtre, mais il n'y a personne.

Les Occidentaux ont de drôles de manières tout de même, j'avais déjà vu ce genre de comportements dans les films, mais de là à y être confrontée dans la vraie vie, il y a un monde ! Un peu plus de temps m'est nécessaire pour préparer l'attelage. Encore troublée par la venue de Jimmy, je ne cesse de regarder par-dessus mon épaule et de vérifier que je suis seule ici. Je contrôle plusieurs fois les attaches et le traîneau pour être certaine de ne pas commettre d'étourderies ou d'erreurs avant la balade.

Les chiens sont prêts à partir, et je donne les instructions à mes clients du jour. La petite est tout excitée. Je la prends par la main et l'amène à hauteur d'Asha, attachée à l'avant du peloton.

— C'est elle qui va nous conduire aujourd'hui. Tu peux lui dire bonjour et la caresser sur la tête si tu veux.

L'enfant ne se fait pas prier, et son père en profite pour la mitrailler avec son téléphone portable.

10

Isaac

12 décembre

Prêt à intervenir, j'observe Kyllikki remettre à sa place l'homme qui la ceinture. Mon sang n'a fait qu'un tour, mes instincts primaires ont repris le dessus, je ne supporte pas la supériorité dont font preuve certains hommes. Lorsqu'il s'est plié en deux sous l'effet du coup dans son entrejambe, je me suis éloigné de la fenêtre. Elle maîtrise la situation, parfait. Je jette un œil depuis la cuisine pour m'assurer du départ de Jimmy. J'en toucherai quand même deux mots à Mat lorsqu'il se réveillera.

Notre balade matinale était plaisante. Kyllikki ne se sentait pas obligée de faire la conversation, ce qui me convenait totalement. Un guide pour parcourir les sentiers enneigés était une aubaine. Néanmoins, j'ai senti le relâchement dont j'ai fait preuve dans mes entraînements ces dernières semaines, mes footings n'ont pas suffi. Mes muscles se sont rebellés et j'ai dû forcer pour garder l'allure jusqu'au bout. D'ailleurs, pourquoi n'ai-je pas demandé à Kyllikki de ralentir ? Excès de fierté sûrement.

En jetant un œil sur ce qu'il se passe à l'extérieur, je suis soulagé lorsque l'importun s'en va. Je repars vaquer à mes occupations, soit contempler la cheminée en ressassant mes idées noires.

Une tape sur mon épaule me tire de mes pensées, Matias est debout derrière moi, une serviette autour de la taille. Il m'en tend une autre et me propose :

— Un sauna, ça te tente ?

Étonné par sa suggestion, je lui demande :

— Tu ne travailles pas, aujourd'hui ?

Il secoue négativement la tête et m'explique :

— Non, autant en profiter. Et puis, on a du pain sur la planche ensuite. Kyllikki m'a laissé un message pour qu'on accroche les lumières de *Joulu*. Autant te dire qu'on n'y coupera pas, sinon elle est prête à nous faire travailler dès son retour et c'est un vrai tyran lorsqu'il s'agit de cette fête. Tout doit être comme elle l'a décidé. Alors, tu verras qu'un sauna, c'est vraiment une bonne idée avant d'entamer notre grosse journée.

Installer les illuminations de *Joulu*... Je n'ai pas envie de ça. Par contre, le sauna est une excellente façon de passer le temps.

Après m'être changé, je rejoins mon ami. Nous devons franchir les quelques mètres qui nous séparent du cabanon en bois, et lorsque Matias ouvre la porte, le vent glacial nous fige sur place. Il se retourne dans ma direction, avant de s'écrier :

— Go !

Puis, il s'élance dans la pénombre.

Je le suis, sans oublier de fermer la porte à ma suite et nous avançons le plus vite possible jusqu'au Graal. Contre l'arrière de la maison se trouve un petit chalet tout en bois, où s'échappe de la vapeur de l'antre surchauffé. J'adore ce petit plus installé dans toutes les habitations, avec un accès depuis l'intérieur comme chez mes parents, ou extérieur comme ici. Heureusement qu'il n'y a que quelques mètres à parcourir, la simple serviette entourant ma taille ne fait pas un rempart efficace contre les moins vingt degrés. Braver le froid glacial a le mérite de détourner mes pensées. L'impression d'étouffer me prend lorsque je pénètre dans l'endroit. J'inspire profondément pour habituer mes poumons à la chaleur de l'enfer régnant ici. Mais c'est tellement bon. Les odeurs du bois chaud et des huiles essentielles ravissent mon nez, me replongeant dans une époque où j'étais beaucoup plus insouciant. À Helsinki, les saunas existent, mais font moins partie du folklore. Roosa n'aimait pas l'atmosphère lourde et bouillante à l'intérieur. Elle préférait enduire sa peau d'une multitude de produits pour dilater les pores et autres crèmes pour la raffermir. Alors qu'un bon sauna a le même elle s'il est suivi d'un saut dans la neige.

Nous remettons un peu d'eau sur les pierres pour faire remonter le thermomètre aux alentours des quatre-vingts degrés. Je m'installe sur la banquette en cèdre et observe la pièce exiguë. Le bois recouvre les parois du sol au plafond, donnant à l'endroit une ambiance feutrée, accentuée par la lumière tamisée. Un véritable cocon. Je plaque mon dos contre les planches bouillantes, me délectant de cette sensation unique. Je ferme les yeux et profite de ce moment de détente pour me laisser porter par la béatitude de l'instant.

Après dix minutes, Matias me secoue et m'indique qu'il est temps de sortir. J'acquiesce et nous nous préparons à affronter le choc thermique avec l'extérieur. Comme lorsque nous étions adolescents, Matias court, puis s'affale dans un talus de neige encore poudreuse. Il est fou ! Je suis plus raisonnable et rentre à l'intérieur pour prendre une douche tiède afin d'évacuer la transpiration et me laver.

Matias m'attend au salon, déjà prêt, sirotant un café et mangeant une tartine.

— T'es devenu un vrai citadin, se moque-t-il.

Je ne le contredis pas. Je prends aussi une tasse dans la cuisine, la remplis de ma boisson préférée encore brûlante, puis je m'installe près de lui.

— Kyllikki s'est fait aborder par le lourdaud dont elle nous parlait hier soir.

L'information s'est échappée de mes lèvres sans que je la contrôle. Matias fronce les sourcils et me fait signe de continuer. J'enchaîne donc :

— Il l'attendait avant sa randonnée. Il a voulu l'embrasser et elle l'a mis au tapis.

— Et tu n'as rien fait ?

Son air est plus sévère, je m'empresse de me défendre :

— J'étais à l'intérieur et elle lui a mis un coup dans les parties avant que je n'aie eu le temps d'intervenir. Ensuite, j'ai vérifié qu'il s'en allait.

— Tu lui as fait peur, au moins ? s'enquiert-il, menaçant.

Je lève les mains en signe d'apaisement. Je n'y suis pour rien, et je me suis assuré qu'il quittait la propriété.

— Je ne sais pas par quel moyen nous pourrions lui faire comprendre qu'elle n'est pas une femme pour lui. Sérieux, et c'est nous les hommes du Nord qui avons une réputation de rustres ?

Il frotte sa barbe et m'informe :

— La prochaine fois qu'il l'approchera, je vais lui dire ma façon de penser.

Mon ami souhaite protéger son amie, je comprends parfaitement, mais ne ressent-il pas pour elle plus qu'il ne me l'a fait entendre à mon arrivée ? Enfin, je n'ai pas envie de me mêler d'histoires qui ne me regardent pas. Mon propre cas est déjà assez difficile à gérer, pas la peine que j'en rajoute une couche.

Matias m'informe qu'il va téléphoner à Keijo pour le mettre au parfum et qu'ensuite, nous devrons braver le froid pour installer les guirlandes lumineuses. Cette année, *Joulu* va être un véritable calvaire. Je sens une vibration dans ma poche, regarde qui tente de me joindre. Le mince espoir que ce soit Roosa s'allume dans ma poitrine avant d'être douché en voyant le nom de ma mère sur l'écran.

— Ah, enfin, *kulta* ! s'exclame-t-elle, soulagée.

— *Aïti* ? Il y a un problème ?

L'appréhension me gagne soudain. Aurais-je manqué un de ses appels pendant que nous étions au sauna ? Pourtant j'ai vérifié en revenant et il n'y avait rien.

— Non, non..., me rassure-t-elle. Je pensais que tu m'appellerais ou que tu viendrais me voir pour me raconter ton emménagement...

Voilà, on y est… Je tente de dédramatiser la situation.

— *Aïti*, ça fait un jour que je suis parti !

— Justement, je pensais que tu viendrais au moins manger à la maison avec nous. J'accepte même Matias s'il veut, et la petite Koskinen !

Je réfléchis un instant, et l'hypothèse que Matias croise Jimmy me paraît une bonne idée. Ce sera l'occasion pour mon ami de le remettre à sa place. Je ne me sens pas assez proche de Kyllikki pour prendre les devants par rapport à ça.

— C'est d'accord, nous viendrons partager le repas avec vous ce soir. Kyllikki et Matias en seront ravis.

Nous discutons encore quelques minutes de tout et de rien, surtout de rien d'ailleurs, et je raccroche, content de pouvoir aider mes amis. Matias revient dans le salon, les bras chargés de cartons d'où débordent des ampoules multicolores.

D'un ton enjoué, je lui annonce :

— J'ai une super nouvelle ! Ce soir, nous sommes invités à manger chez mes parents, avec Kyllikki et toi ! Je suppose qu'il y aura leurs hôtes, et donc le fameux Jimmy…

Une étincelle s'allume dans le regard de Matias.

— Tu sais que tu es un génie ? C'est une occasion en or.

Enthousiaste à l'idée de pouvoir aider, mon humeur est meilleure. Je déleste Matias d'un carton et nous allons déballer tout ça dans la salle à manger.

— Keijo est monté dans les tours, il n'aime pas qu'on touche à sa petite sœur, m'apprend-il. Il a envie, lui aussi, d'éloigner le *raskas*[12] de sa sœur.

12 Lourdeau, en finnois.

Mon ami paraît soulagé. L'esprit allégé, nous nous mettons au travail et commençons à accrocher les guirlandes à l'extérieur de la maison.

11

Kyllikki

12 DÉCEMBRE

Lorsque nous prenons place autour de l'énorme table en bois massif, la disposition des convives ne me met pas vraiment à mon aise. Ce n'est pas tant de me retrouver entre Mat et Isaac qui me perturbe, mais plutôt le regard insistant de Jimmy. Ce dernier est assis en face de moi et ses yeux ne me quittent pas depuis que nous sommes installés.

Les plats s'enchaînent, Tuuli a vraiment mis le paquet et j'apprécie de goûter à ses recettes. Ce n'est pas un air de « comme à la maison », car je n'ai jamais connu cette atmosphère au domicile familial, mais plutôt un cocon confortable.

Il m'est difficile de faire abstraction de la lourdeur des intentions de Jimmy. Au fil de la soirée, l'ambiance qu'il provoque me pèse de plus en plus. Je me concentre sur le contenu de mon assiette. Je joue avec les quelques petits pois qu'il reste avant de planter ma fourchette dans l'un d'eux. Une paume dans mon dos me fait sursauter. Je ne m'étais pas aperçue que j'étais déconnectée de la réalité.

— Tout va bien ? chuchote Matias à mon oreille.

De sa main libre, il se saisit de mon couvert levé devant moi et le repose sur la table. Son geste est tendre, et il me déstabilise. Nous ne sommes pas habitués à une telle proximité. Je hoche la tête pour lui signifier que tout est OK de mon côté, et il reprend sa place.

La pièce est soudain silencieuse. J'observe tour à tour les personnes présentes en cherchant la raison du calme.

Isaac se frotte l'arrière du crâne, le regard posé sur son assiette pourtant vide. Matias semble gêné et me scrute du coin de l'œil alors que Jimmy me fixe avec douleur. Je ne comprends pas ce qu'il vient de se produire. C'est Tuuli qui rompt le moment en s'exclamant :

— J'ignorais que vous étiez ensemble? Tu étais au courant, Aleksander ?

Elle regarde son mari qui secoue négativement la tête. Je peine à saisir de quoi elle parle. Qui est avec qui ? Je tourne la tête à droite, puis à gauche, mais je ne saisis pas du tout le sens de ses paroles.

— Je l'ai toujours su ! s'exclame Tuuli. Kyllikki, tu es faite pour être avec un homme comme Matias. J'aurais pu parier sur vous deux.

Matias et... moi? Mais qu'est-ce qu'elle insinue? Mon coup d'œil étonné la stoppe dans son enthousiasme, et elle demande :

— J'ai mis les pieds dans le plat ?

— Non, non..., la détrompe Matias, c'est juste que...

— Ouf! Vous êtes si mignons tous les deux. Quand Piritta va apprendre ça…

— Stop !

Je me suis levée, car ça va trop loin.

— Tuuli, je ne suis pas avec Mat…

Elle lève ses mains devant sa bouche, mais sa mine est plus amusée que désolée.

— D'accord, je comprends. Ne vous en faites pas, je ne dirai rien.

Je soupire d'exaspération, tout en cherchant un moyen de lui faire comprendre de manière diplomatique qu'elle se trompe sur toute la ligne. Je porte mon verre d'eau à ma bouche et au moment où j'avale ma première gorgée, elle chuchote à son mari :

— Je suis certaine qu'ils vont avoir de magnifiques bébés tous les deux.

Je m'étouffe avec le liquide, et tousse avant de tout recracher. Des bébés? Mais pourquoi parle-t-elle de ça? Matias est embarrassé à côté de moi et se tortille sur sa chaise. Tuuli, tout sourire, reprend à notre attention :

— C'est vrai qu'à votre âge, il faut y penser.

Je me crispe, mais me retiens de répondre que ce ne sont pas ses affaires, car visiblement, elle a décidé pour nous. Je comprends pourquoi elle s'entend si bien avec ma mère…

— *Aïti*, laisse-les ! intervient Isaac. Ce que tu avances n'est pas réel et tu les mets mal à l'aise.

— Oh, pardon ! s'excuse-t-elle avant de m'adresser un clin d'œil comme si elle avait compris quelque chose.

Je me fais violence pour rester à table et prendre le

dessert avec eux. Jimmy ne cesse de nous fixer, lançant des œillades assassines à Matias. Seule Tuuli continue de faire la conversation à tout le monde comme si de rien n'était, mais entre nous, les discussions sont stériles. Je me ressaisis, passant par-dessus les paroles maladroites prononcées plus tôt, car les parents d'Isaac nous ont invités pour passer un bon moment. Même si cela me coûte au vu de son entêtement précédent, je prends sur moi pour demander :

— Allez-vous voir la procession de Sainte-Lucie, demain ?

Le visage de la mère d'Isaac s'éclaire. Elle semble ravie que je relance un sujet neutre sur la table.

— Évidemment. La petite Veera est tout excitée à l'idée d'être en tête du cortège. Je suis certaine que tu vas encore nous éblouir avec tes décorations, cette année.

Cette période a le don de me mettre de bonne humeur. Malgré l'absence du soleil, toute la joie et l'implication des habitants afin d'égayer les rues et leurs habitations nous font oublier cette particularité. Nous pouvons profiter des illuminations toute la journée. C'est un effort collectif pour cette fête consacrée à la famille. Déjà étant petite, je décorais notre maison avec tout un tas de lanternes en papier et d'anges que je créais tout le reste de l'année. D'ailleurs, cela fait maintenant quelques années que la commune m'a confié la responsabilité de l'embellissement des rues durant cette période. C'est une mission que je prends très à cœur, car notre village vibre au rythme des festivités de *Joulu*, et nous aimerions qu'il devienne une escale incontournable pour les touristes venant chez nous.

Le regard d'Isaac pèse sur moi. Mes yeux trouvent les

siens, mais il est difficile de comprendre ce qu'ils reflètent… Il paraît intrigué.

— Qu'y a-t-il ?

Ma question le surprend et il se reconnecte à la réalité.

— Rien, je…

Il se frotte le crâne, détachant par la même occasion une longue mèche de son chignon. Il la repousse derrière l'oreille, et son geste transcrit sans peine son embarras, mais pour quoi exactement ?

Jimmy fronce les sourcils et nous observe d'un air mauvais. Je me concentre sur mon assiette où trône mon dessert, une part de tarte aux mûres arctiques, ma préférée. Lorsque le repas touche à sa fin, le soulagement m'envahit à l'idée de retrouver le confort de ma maison et surtout de m'éloigner du regard lourd de Jimmy.

Après avoir serré dans nos bras les parents d'Isaac, nous reprenons nos motoneiges. Jimmy m'observait depuis l'intérieur, le regard noir, surtout lorsqu'il s'est posé sur Matias.

En arrivant devant notre demeure, mon cœur se remplit de joie en contemplant les illuminations qui la recouvrent. C'est magnifique, les garçons ont vraiment bien travaillé, c'est splendide. Ne me lassant pas du spectacle depuis mon retour de randonnée, je fais une nouvelle fois le tour pour admirer notre œuvre. Ils ont su respecter mes directives à la lettre, et le résultat est incroyable. Une multitude d'ampoules multicolores viennent accentuer le rebord du toit, des balcons ainsi que le tour des fenêtres. Le bois de la façade ajoute un contraste chaleureux avec l'ensemble. La neige vient, quant à elle, ajouter cette touche de féérie à ce décor enchanté. Des lanternes sont plantées le long du chemin pour illuminer l'allée jusqu'à la maison, mais aussi pour se rendre aux enclos. Les clients vont adorer, en tout cas, j'en suis ravie.

Le parc des chiens a aussi le droit à sa décoration. Lorsque j'approche de la porte grillagée, Asha est déjà là à m'attendre. Elle reste ma protégée, celle qui est la plus câline à mon égard. Matias n'est pas d'accord pour qu'elle rentre dormir avec moi, il préfère que nous les laissions en meute, sans faire de favoritisme.

Après une bonne demi-heure passée avec les chiens, je rentre. Matias est prêt pour un sauna, et il me propose de le rejoindre. Ce soir, je suis assez fatiguée et décline. Surprise de voir qu'Isaac ne l'accompagne pas, je viens m'asseoir près de lui sur le canapé. Il semble perdu et je m'enquiers de son état :

— Tout va bien ?

Il se tourne dans ma direction et acquiesce en reprenant mes mots :

— Tout va bien. Je ne savais pas que tu t'occupais des festivités de *Joulu* pour le village, c'est chouette.

Un sourire timide s'étire sur mon visage.

— Oui, j'ai été très touchée lorsqu'ils me l'ont proposé la première fois. C'est un rêve de gamine qui prend vie chaque année.

— Roosa aime aussi beaucoup décorer notre appartement, m'apprend-il.

— Qui est Roosa ?

Avec le peu d'informations qu'il me livre, je ne sais pas qui est cette femme. Ou cette fille ? Et encore moins ce qui est à l'origine de cet air triste constamment présent sur son visage.

— C'est…, commence-t-il avant de déglutir.

Ses yeux sont fixés sur le feu dans l'âtre. Sa respiration est plus forte, comme s'il cherchait à contenir ses émotions.

— C'était…

Les mots ne sortent pas, ils restent coincés dans sa gorge, puis, au moment où j'allais lui dire que ce n'est pas important, il lâche :

— La femme de ma vie.

— C'était ?

Mon étonnement transparaît dans ma question qui fuse sans que je n'aie pu la retenir.

— Elle m'a quitté pour un autre, m'avoue-t-il.

Je perçois une larme douloureuse qui glisse le long de sa joue avant de se perdre dans sa barbe. Pour le réconforter, je prends une de ses paumes entre les miennes. Elles sont grandes et puissantes. Mon geste semble le surprendre, mais il ne la retire pas. D'un pouce, je caresse le dos de sa main et lui demande :

— Tu l'aimes ?

— Oui…

Il souffle, puis observe ses mains comme si elles détenaient certaines réponses.

— J'étais prêt à franchir toutes les étapes avec elle.

Les mots me manquent pour le réconforter. Ma seule relation suivie m'a fait comprendre que l'amour était une belle connerie. Un conte de fées raconté aux petites filles pour mieux les faire entrer dans le moule de la société avec un mari et des enfants... Le seul exemple qui confirme la règle est celui de Aija et Keijo. Mon frère file le parfait amour avec sa fiancée et leur bonheur est inspirant. Trouver sa moitié et tout partager. Leur quotidien, les aspirations, tout est en phase. J'aurais rêvé de vivre un jour ça, moi aussi. Mais mes dernières désillusions me font penser que ce n'est pas pour moi.

Le revers de la médaille : celui de perdre la personne que l'on aime est beaucoup moins glorieux. Isaac a le physique d'un Viking et pourtant, en cet instant, j'ai l'impression d'avoir près de moi un petit garçon.

— Je l'aimais vraiment, me confie-t-il.

Le soupir qu'il lâche ensuite en dit long sur sa détresse. Mais je n'ai pas les mots pour le rassurer, et lui dire que tout va aller mieux rapidement serait lui mentir. Je ne sais pas ce qui adviendra, ni pour lui, ni pour moi, ni pour personne, alors je préfère garder le silence.

— Tu sais, je comprends un peu Jimmy. S'il a eu le coup de foudre pour toi, cela doit être difficile d'être rejeté.

Je me redresse vivement et lâche sa main.

— Je n'y suis pour rien. Je lui ai clairement exprimé mes intentions dès le départ. Je ne donne jamais de faux espoirs, justement pour éviter tout attachement et ce genre de problème. Je suis très bien dans ma vie, j'aime m'amuser de temps à autre, mais ma famille, c'est Matias et Keijo, le reste n'a pas d'importance.

— Peut-être que..., commence Isaac.

— Peut-être que rien du tout. Je n'ai besoin de personne, pas d'un homme et encore moins d'un touriste qui pense que sortir deux fois avec une fille lui donne le droit de la revendiquer comme sienne et de vouloir s'imposer dans sa vie.

Énervée, je me lève et le plante là. Je manque de bousculer Matias quand il s'apprête à prendre l'escalier.

— Ça va Kiki ? me demande-t-il alors que je monte comme une furie.

— Bonne nuit !

Je fulmine et grimpe les marches quatre à quatre. Une fois dans ma chambre, je me jette sur mon lit et peine à retenir les larmes qui affluent.

Personne n'a vraiment envie de me comprendre...

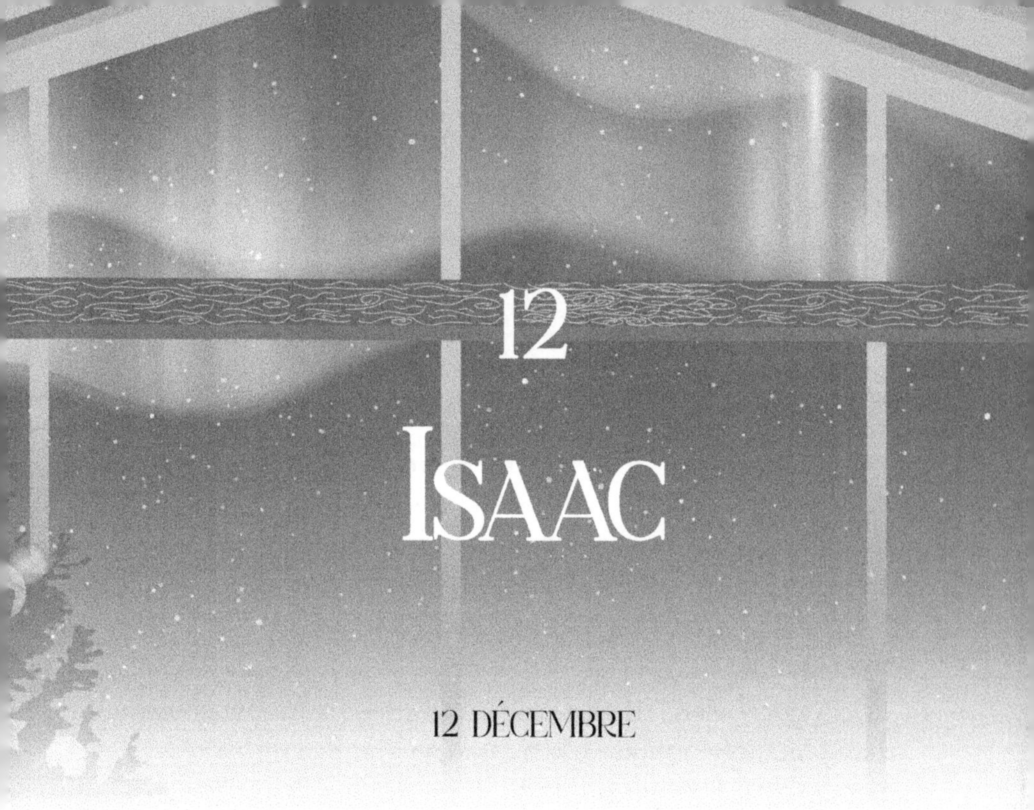

12

Isaac

12 DÉCEMBRE

Matias vient se poser dans un fauteuil juste à côté de moi. Je peine à comprendre ce qu'il vient de se produire exactement. Je ne m'attendais pas à une réaction si vive de la part de Kyllikki, et pourtant, je n'ai rien dit de mal, enfin, je ne pense pas.

— Que s'est-il passé ? me demande mon ami, curieux.

— J'ai dit à Kyllikki que je comprenais la détresse de Jimmy. Et elle s'est emportée.

Il se passe une main sur le visage, puis s'attarde dans sa barbe.

— Pourquoi lui as-tu dit une chose pareille ? Entre toi et ta mère, vous faites fort ce soir.

Je fronce les sourcils, je sais que les propos d'*aïti* étaient déplacés, mais si on ne peut plus être honnête… Las de cette journée, je m'emporte :

— Je ne lui ai pas dit qu'il avait raison, juste que je le comprenais ! Mais c'est pas compliqué tout de même, non ? Il est amoureux…

— Il la harcèle, me coupe Matias.

— Mais…

— Il n'y a pas de « mais », Isaac. Je sais que tu te reconnais peut-être dans ce type, mais je t'assure que tu n'y es pas du tout. Depuis qu'il est parti en janvier dernier, il ne cesse de lui envoyer des messages, de lui demander comment elle va, de lui dire qu'il a hâte de la revoir… Elle ne lui a jamais donné d'espoir sur un futur à deux.

Je n'ajoute rien… Il ne peut pas comprendre lui non plus s'il n'a jamais été amoureux, mais son point de vue est tout à fait normal. Être aussi insistant, c'est le meilleur moyen de griller toutes ses chances auprès de la femme qu'on aime. Je n'étais pas au courant de l'ensemble des éléments, et j'ai été maladroit… La journée a été longue. Ce repas devait nous permettre de passer un bon moment, au lieu de quoi, cela a viré au fiasco… Conscient de ma bourde, j'abandonne Matias à ses songes et monte me coucher.

Une lumière chatoyante attire mon regard vers la fenêtre avec vue sur le lac. Une onde flamboie au-dessus de l'étendue gelée. Elle me captive, et je me rapproche de la vitre pour profiter de ce spectacle. C'est incroyable de voir que le soleil ne nous oublie pas, même lorsqu'il est invisible. La poussée des vents solaires nous permet d'assister à ce phénomène incroyable. Les teintes varient du vert au violet sans cesser de remuer dans un ciel illuminé par leur présence.

Le réconfort est la première sensation qui me parcourt, celui d'être enfin de retour à la maison. Même si tout ne se passe pas vraiment comme je l'avais imaginé, je suis mieux ici, auprès de la nature dans sa beauté la plus pure, qu'au milieu des immeubles d'Helsinki à broyer du noir avec vue sur l'appartement d'en face. Un soulagement bienvenu s'insinue partout en moi, panse mon âme meurtrie. Ce spectacle est tout simplement incroyable. Comment ai-je pu m'en passer depuis toutes ces années ?

Un mouvement sur le côté attire mon regard, et je découvre Kyllikki, emmitouflée sous des couvertures, une chapka sur la tête, les yeux rivés sur le magnifique tableau qui s'offre à nous.

N'ayant pas envie de me mettre à dos mes deux amis à cause de cette histoire avec Jimmy et mes paroles maladroites, je décide de faire un pas vers Kyllikki. J'ouvre la baie vitrée donnant sur le même balcon qu'elle, et lui demande :

— Tu as une place pour moi ?

Sans se tourner dans ma direction, elle acquiesce et je me glisse à ses côtés, sur la chaise longue assez large pour nous accueillir tous les deux, sous les duvets chauds. Nous restons silencieux, attirés par l'immensité de la nuit zébrée de couleurs iridescentes, qui s'entremêlent en vagues ondulant jusqu'à l'horizon.

— Ce sont mes nuits préférées, me confie Kyllikki. Chaque volute a le pouvoir de nous reconnecter à l'univers. Nous sommes privilégiés d'avoir le droit d'observer une telle merveille. Dire que certains parcourent des milliers de kilomètres pour avoir cette chance, et pour nous, c'est presque normal. Beaucoup d'habitants de la région ne perçoivent plus réellement la beauté du phénomène, comme s'il était commun…

Je comprends chacun de ses mots, et ils me percutent. Lorsque le fabuleux devient banal, on en vient à l'oublier. Je ne peux m'empêcher de faire le parallèle avec ma relation amoureuse. Au départ, Roosa était à mes yeux quelqu'un d'extraordinaire. Quand nous avons commencé à sortir ensemble, je l'ai chérie et choyée comme un trésor, puis la routine et l'habitude se sont installées. Est-ce à cause de ça qu'elle est partie ? Je ne la vénérais plus comme si elle était unique, elle faisait partie du décor…

Je remarque que Kyllikki m'observe.

— C'est vraiment ce que tu penses ? m'interroge-t-elle.

Je prends alors conscience d'avoir parlé à voix haute. Penaud, j'acquiesce.

— Ne penses-tu pas qu'il est important que chacun des deux partis prenne soin de l'autre pour que cela fonctionne ?

— Je n'avais pas envisagé les choses sous cet angle, mais il est vrai qu'au fil des années, l'un comme l'autre, nous nous sommes embourbés dans un quotidien confortable, sans faire attention à l'autre, sans nous remettre en question non plus.

Son visage se tourne dans ma direction, je sens son regard posé sur moi, et un frisson me parcourt. Je n'ai pas encore mis de mots sur ce que je ressentais concernant ma séparation avec Roosa. J'étais loin de m'imaginer que je le ferais devant une presque inconnue. Je ne sais pas ce qu'elle doit penser de moi… Sous mon allure de Viking, beaucoup m'imaginent plus bourru et moins sensible. J'apprécie que Kyllikki ne fasse pas partie de cette catégorie de personnes et ne me tienne pas rigueur de mes propos quand j'ai défendu Jimmy un peu plus tôt. Je m'apprête à lui en faire part lorsqu'elle me devance :

— Sais-tu pourquoi nous avons le droit à un spectacle aussi magnifique ?

Intrigué, je lui indique que non.

— Le soleil nous prive de sa lumière, mais il prend tout de même soin de nous avec ces phénomènes incroyables. C'est son moyen de nous rappeler qu'il est là, et qu'il veille sur nous malgré tout.

Ses doigts s'entremêlent instinctivement aux miens. Ce contact est bien meilleur que je n'ose me l'avouer. Elle semble en communion avec ce qui nous entoure. Et lorsqu'elle continue, je la perçois différemment.

— La vie ici n'est pas faite pour celui qui est incapable de vivre en chérissant chaque instant.

Matias avait raison, elle n'a plus rien de la peste qu'elle était avant. Ce soir, j'ai découvert plus tôt une jeune femme affirmée, ancrée dans ses convictions, et maintenant, c'est une part plus sensible d'elle qu'elle me dévoile.

— Tu sais, Isaac, je te parais peut-être un peu dure, surtout dans mes réactions envers Jimmy, mais je ne serai pas capable de supporter qu'on m'abandonne à nouveau, car je ne partirai jamais d'ici...

Je reste coi en entendant sa dernière confession. Elle aussi a connu des déboires visiblement, la blessure est ouverte et elle ne veut pas revivre cette terrible sensation qui me saigne la poitrine en ce moment.

— Si tu n'es pas capable de t'émerveiller de la présence de la personne qui partage ta vie chaque matin lorsque tu te lèves, est-ce vraiment celle qu'il te faut ?

Sa réflexion est juste. Elle me permet de relativiser le départ de Roosa, car cette sensation de gratitude qui m'emplissait au début de notre relation s'est peu à peu éteinte au fil du temps. C'est tellement dommage d'en arriver à trouver une relation normale, au même titre que les aurores pour les personnes les apercevant de nombreuses nuits dans l'année.

Lorsque l'obscurité totale revient sur le lac, Kyllikki se tourne dans ma direction. Mes yeux se posent sur cette femme, que j'ai l'impression de voir pour la première fois, comme si ses confessions avaient levé le voile sur qui elle est réellement. Elle m'a révélé une partie d'elle et moi, un bout de mon histoire avec un naturel assez déconcertant. Jamais je n'aurais pu imaginer que Kyllikki ait une telle sensibilité. Nos prunelles se sondent, comme si on se découvrait enfin. Un frisson remonte le long de ma colonne. Cette proximité entre nous fait naître une douce chaleur dans mes tripes. Je me sens apaisé à son contact. La douleur est plus supportable, de nouvelles aides sont à ma disposition pour la combattre. Ce sentiment de bien-être, couplé à l'émerveillement de mon esprit face aux aurores, me pousse à faire quelque chose que je n'avais absolument pas prémédité. Sans prendre la pleine mesure de mes gestes, je me penche doucement en direction de Kyllikki. Mes doigts libres viennent se glisser lentement sous son menton pour relever son visage dans ma direction. Les paillettes dansant dans ses iris me captivent telles des étoiles illuminant le voile sombre de mon âme. Je me rapproche d'elle, millimètre après millimètre, son souffle se faisant de plus en plus proche de mes lèvres. Elle déglutit et je manque de capturer sa bouche. Je cligne des yeux, et la réalité me rattrape. Je ne peux pas faire ça. Je me reprends avant de commettre un acte que je pourrais regretter. Ni elle ni moi n'avons besoin de nouvelles complications dans nos vies en ce moment. Nous avons bien assez à gérer sans en rajouter une couche. Je change d'objectif, et ma bouche se pose sur son front, dans un geste plus fraternel. Sa peau est gelée, il est temps de rentrer.

Je m'écarte d'elle et quitte le cocon délicat pour me lever. Je tends ma main à Kyllikki qui s'en saisit. Elle se met debout en gardant les couvertures autour d'elle. Elle part en direction de sa chambre, mais je relâche sa main pour la laisser rentrer seule. J'attends que la porte-fenêtre soit refermée pour en faire de même de mon côté.

Instinctivement, je me place sur le côté droit du lit, comme si quelqu'un allait venir passer la nuit avec moi… Roosa ne reviendra pas. Ni sur son choix ni dans ma vie… Je dois apprendre à vivre sans elle et surtout, il va me falloir prendre certaines décisions à l'issue de ces vacances. Pour l'instant, je vais profiter de ma famille et de mes amis ici…

Ce dernier moment passé avec Kyllikki me revient en mémoire, et j'avoue qu'échanger avec elle m'a fait du bien, comme si je m'étais libéré un peu de ce mal qui me ronge.

Le lendemain, je me réveille encore fatigué. La nuit a été compliquée, peuplée de cauchemars. Depuis le départ de mon ex, ils sont revenus en force hanter mes songes. Pourtant, même plus jeune, je n'ai jamais eu à en subir à une cadence si élevée. Pour reprendre pied avec la réalité, je commence par ma séance quotidienne de sport. Elle permet à mon corps de se remettre en marche. J'enchaîne les séries de pompes, squats et abdos jusqu'à ce que mes muscles deviennent douloureux. Ce matin, la brûlure réussit à faire ressortir une colère sourde tapie en moi depuis plusieurs semaines. Je décide de pousser mon corps dans ses retranchements. La cadence augmente, me demandant un effort plus important pour me concentrer, ne pas abandonner. C'est exactement ça, lorsque ça fait mal, il faut continuer, ne pas abandonner.

Cette constatation a l'effet d'un électrochoc sur mon cerveau. Je ne dois pas laisser tomber, derrière cette souffrance lancinante, il y a un avenir qui s'ouvre à moi. Je dois seulement accepter que la page se tourne, balayée par le vent polaire. Inari est un endroit sûr, un des seuls où je suis certain de ne pas devoir croiser mon ex, ne pas devoir lui faire face. Fort de mes nouvelles convictions, je me relève. Mes jambes tiraillent d'avoir été poussées dans leurs retranchements, mais je me traîne jusqu'à la salle de bains. Je regarde mon reflet dans le miroir, et l'impression d'avoir un homme des cavernes en face de moi me fait réagir. J'aime mes cheveux et ma barbe longs, mais pas emmêlés, ou avec un aspect négligé. J'ai toujours apprécié de prendre soin de moi, et depuis le départ de Roosa, je ne peux pas dire que j'aie porté beaucoup d'intérêt à mon apparence. Je prends le temps de laver ma tignasse avant de la démêler. Ensuite, c'est au tour de mon visage ; je prends mes produits à barbe et passe de l'huile pour la nourrir et la discipliner. Lorsque je suis enfin satisfait du résultat et heureux d'avoir retrouvé une apparence correcte, je descends afin de retrouver Matias et Kyllikki. À peine le seuil de ma chambre passé, des cris me parviennent depuis le bas et m'alertent directement. Pressant le pas, je les rejoins hâtivement.

Kyllikki est visiblement au téléphone, et elle est très remontée contre son interlocuteur.

— Puisque je te dis que ce n'est pas vrai ! tonne-t-elle.

Elle fulmine en écoutant la réponse de l'autre côté du fil.

— Je n'en veux pas ! Fourre-toi bien ça dans le crâne, et si tu m'appelles juste pour ça, oublie-moi.

Elle raccroche, furieuse.

Elle me passe devant sans un regard et monte les escaliers d'un pas rageur.

Matias est attablé à la cuisine, concentré sur sa tasse de café.

— Tout va bien ?

Ma question le fait revenir à la réalité.

— La journée va virer à la catastrophe, mais à part ça, tout va bien, oui.

Interloqué, je lui demande des précisions, et ses explications confirment son ressenti.

— Ta mère a appelé la sienne pour l'informer que nous attendions un heureux événement.

Des coups frappés à la porte sont rapidement suivis par l'ouverture de cette dernière.

13

Kyllikki

13 DÉCEMBRE

Certaines fois, je me demande pourquoi tout le monde a besoin de se mêler de ma vie. Après avoir jeté mon téléphone sur mon lit, je hurle ma frustration dans mon oreiller.

Comment Tuuli, partie d'une fausse constatation vis-à-vis de Matias et moi, en est-elle arrivée à la conclusion que j'étais enceinte ? Elle n'a pas pu s'empêcher d'appeler ma mère pour en discuter. Magnifique ! Maintenant, elle va se faire encore plus de films sur une probabilité qui a autant de risque de se produire qu'un rayon de soleil en décembre. Un petit coup contre ma porte m'arrache un grognement.

— Kiki ?

Et voilà le grand frère protecteur qui débarque ! Il ne manquait plus que ça.

La porte de ma chambre s'ouvre à la volée et Keijo se précipite vers moi.

— Kiki, tu vas bien ? s'enquiert-il.

Il me serre contre lui et murmure dans mes cheveux :

— Dis-moi que ce n'est pas vrai.

Il s'écarte de moi et son regard descend jusque sur mon ventre. La colère monte en moi et je le repousse.

— Mais t'es fou ? Tu sais parfaitement que je n'en veux pas. Et puis, c'est une rumeur lancée par la mère d'Isaac. Je n'en reviens pas comme cela se propage plus vite qu'une aurore… C'est dingue ça !

Je prends ma tête entre mes mains et m'assois sur mon lit.

— L'art de tirer des plans sur la comète et de s'imaginer tout et n'importe quoi… Pourtant j'ai bu une bière avec vous hier soir…

— Tu sais comme elles sont ? *Mutsi*[13] m'a appelé ce matin pour me demander si je savais… m'informe Kei. Autant te dire que j'ai été plutôt surpris et que…

— Que tu t'es précipité ici, des fois que je t'aie caché une info capitale et improbable telle qu'une grossesse ? Non, mais tu t'entends…

D'une main, il se frotte nerveusement l'arrière du crâne.

— Oui, mais tu sais avec ces croyances des trois mois et tout ça, j'ai cru que…

Je souffle mon exaspération.

— Arrête de croire tout ce qui sort de la bouche de Piritta Koskinen, tu veux bien ? Tu sais, lorsqu'il est question de moi, notre mère est bien moins au fait des dernières nouvelles que toi.

13 Surnom donné à sa mère.

— D'accord… si tu le dis.

Mon regard assassin l'empêche de continuer sur cette pente glissante. Sa réaction me déçoit. Nous sommes très proches. Il est mon confident, mon meilleur ami, la personne qui compte le plus à mes yeux, je pensais qu'il avait une confiance aveugle en moi. Me rendre compte qu'il doute de mes propos est douloureux à encaisser. Lorsqu'il se lève pour rejoindre la porte, je reçois son geste comme un rejet.

— Allez viens, nous sommes attendus pour terminer les préparatifs pour aujourd'hui.

J'ai besoin d'être seule quelques minutes avant de descendre. J'en informe Keijo et il sort pour retrouver ses amis en bas.

Postée devant ma fenêtre, je laisse les larmes d'un passé profondément enfoui ressurgir. Cette douleur est toujours aussi vive. Je ne sais pas si un jour, je pourrais passer au-dessus. Elle était pourtant si bien, cachée sous un monticule d'autres choses ne servant qu'à la dissimuler aux yeux du monde.

Je fais quelques exercices de respiration pour retrouver mon calme et revêts mes habits d'extérieur pour affronter cette journée qui s'annonce éprouvante à tous les points de vue.

Rejoignant directement le garage, j'entends les garçons près des motoneiges. Lorsqu'ils arrivent, je grimpe derrière Matias sans dire un mot. Rapidement, nous atteignons le centre du village où plusieurs personnes sont déjà rassemblées. Le malaise me gagne au moment où leurs regards se posent en premier sur mon ventre avant de monter vers mon visage. Tous affichent un grand sourire, sûrement ravis d'un événement qui n'arrivera jamais. Je m'approche d'un pas décidé pour garder la face.

— Voilà la reine de la journée, m'accueille Tuuli en ouvrant ses bras.

Mon accolade est brève et distante. Je me recule rapidement et commence à expliquer le déroulement des heures à venir avec les tâches de chacun. Je serai là pour m'assurer que tout est dans les temps et surtout comme je l'ai imaginé. Des guirlandes de lanternes bordent chaque rue, illuminant le chemin. Des *himmelis*[14] sont suspendues en dessous de chaque arbre, à chaque réverbère, et créent un jeu de lumière que j'adore. Aucun espace n'est délaissé, même nos morts ont le droit à l'embellissement de leur dernière demeure. Ainsi, ils partagent avec nous ces fêtes familiales.

Lorsque vient l'heure du repas de midi, Tuuli nous informe avoir préparé chez eux ce qu'il faut pour les bénévoles du jour. Nous prenons donc la route de cette grande maison, et quelle n'est pas ma surprise de découvrir ma mère, dans la cuisine.

— *Tyttäreni*[15], enfin te voilà.

Elle m'attire contre elle, mais je suis incapable de lui rendre son étreinte. Elle fait comme si nous nous étions manquées, mais je sais pertinemment que c'est une parade pour faire bonne figure. Nous sommes en froid depuis que j'ai pris la décision de m'investir en tant que guide avec Matias et Keijo et de prendre part à l'entreprise. Elle ne comprend pas que je ne me trouve pas un mari pour fonder une famille, plutôt que de continuer à travailler. Un

---

14 Mobiles en paille qui sont des décorations traditionnelles et ancestrales de *Joulu*.
15 Ma fille, en finnois.

des nombreux points de désaccord entre nous. Keijo joue souvent les médiateurs, car je peine à garder mon sang-froid lorsqu'elle m'assomme de questions.

Lorsqu'elle se recule enfin, son sourire est plus crispé. Elle n'a pas dû apprécier le fait que je ne la prenne pas dans mes bras, mais je ne peux tout simplement plus. Ses yeux, à l'image de toutes les personnes croisées depuis ce matin, descendent vers mon ventre. Sauf, qu'à l'inverse, elle s'exclame :

— Ça commence à se voir ! Je comprends que Tuuli ait tout de suite deviné. Regarde-moi ce petit ventre…

— Mais non…

Elle n'écoute pas, ne me laisse même pas l'occasion d'en placer une. Elle continue de débiter un vrai flot de conneries alors que je n'ai toujours pas retiré ma veste depuis que nous avons passé la porte pour entrer. Keijo vient à mes côtés et serre notre mère contre lui pour la détourner de moi.

Finalement, je n'ai pas faim. L'avoir vue, ici, m'a coupé l'appétit. Ces réflexions intrusives, comme si nous étions proches, ou que je lui racontais tout, m'oppressent chaque fois davantage.

Je profite du fait que chacun regarde ailleurs pour récupérer mes chaussures avant de sortir. Pour ajouter à ma malchance du jour, je manque de percuter Jimmy en arrivant au coin de la maison. Son regard est peiné lorsqu'il m'observe, sans oublier le rapide coup d'œil vers mon abdomen. Bon, voilà au moins un problème réglé ! Je le contourne et pars en direction du centre du village. Profitant du fait que les rues sont désertes, je passe en revue les installations faites durant la matinée et occupe l'heure suivante à ajuster les décorations le long de la rue.

Mes pensées prennent le chemin de mes tourments, venant essayer d'ouvrir une porte que je m'échine à maintenir close. Une période difficile où les lueurs des aurores me paraissaient pixellisées, car je ne comprenais plus où allait ma vie.

14
Isaac
13 décembre

Je quitte la maison de mes parents avec le reste du groupe. Kyllikki n'a pas mangé avec nous, et je ne peux qu'imaginer à quel point la situation est inconfortable pour elle. Cette intrusion dans sa vie privée pour débattre d'un sujet complètement obsolète. Les conversations de ce midi ont tourné exclusivement autour de ça. Matias était très mal à l'aise, et quand il a cherché à démentir, c'était pire. Chacun y allait de son commentaire en disant que tout le monde savait, qu'il n'était plus obligé de se cacher, que c'était une magnifique nouvelle… Mon ami s'est décomposé au fil du repas. Si on lui posait des questions au départ, il s'est rapidement enfermé dans le mutisme et cela ne lui ressemble absolument pas. C'était visiblement la seule manière de ne plus être importuné.

Lorsque nous revenons au centre du village, Kyllikki

semble perdue dans ses pensées, les mains appuyées sur son ventre. Ce geste alimente de nouveau les discussions. Keijo se dépêche de rejoindre sa sœur pour la prendre dans ses bras. Je m'approche et mets mon ami au parfum des événements de la matinée.

— Kiki, rentrons à la maison, ils n'ont qu'à terminer la mise en place.

Elle le regarde, les yeux brillants de larmes et acquiesce. Mon ami me demande si je peux prendre la suite ici.

— Bien sûr, je vais faire de mon mieux.

Matias arrive vers nous et caresse la joue de Kyllikki.

— Je suis désolé Kiki, rien de ce que j'ai pu dire n'a pu les arrêter. Et pourtant, j'ai essayé, crois-moi.

Leurs prunelles s'accrochent, et je contemple leur lien, si puissant. Je peux comprendre les gens d'ici. Pourtant, ils les connaissent depuis tant d'années... Ils ne savent pas ce qui les lie ?

Ma mère nous rejoint, et enlace ma taille. Lorsqu'elle croise le visage baigné de larmes de Kyllikki, elle lui demande :

— Tout va bien ?

— Non Tuuli, hoquète Kyllikki en accompagnant ses paroles d'un geste négatif de la tête. Tu n'aurais jamais dû révéler des informations sans qu'elles ne te soient confirmées.

— Excuse-moi, je ne voulais pas... j'ai pensé que..., tente-t-elle de se justifier tandis que son corps se raidit.

— Nous ne sommes même pas ensemble, et tu arrives à la conclusion que je suis enceinte ? s'emporte Kyllikki, la colère prenant le dessus. Pire, tu as appelé ma mère pour le lui dire. Comment as-tu pu...

Les épaules de Kyllikki s'affaissent, puis elle reprend à notre attention à tous :

— Tout est terminé pour ce soir. Rentrez vous reposer avant la procession.

Elle se détache de son frère et passe devant ma mère sans lui accorder un regard. Ma mère se détache de moi et esquisse un geste en direction de Kyllikki, mais ma colocataire l'évite.

— Je ne voulais pas... répète-t-elle en revenant vers moi.

Un sourire triste se dessine sur son visage, mais je n'arrive pas à lui donner raison.

— Tu n'aurais pas dû, en effet. À présent, il va falloir réparer ta bêtise, car Kyllikki t'en veut.

L'embarras se peint sur son visage.

— J'ai vraiment mal interprété les signes, n'est-ce pas ?

— Il n'y avait aucun signe, *aïti*, donc maintenant, trouve une solution pour les sortir de là.

Elle hoche la tête et retourne près des autres. Elle n'avait aucune intention de faire de la peine à Kyllikki et Matias, mais Tuuli Johannsen est connue pour propager les rumeurs – souvent fondées –, à travers tout le village. C'est ainsi depuis que je suis tout petit, et je me rends compte qu'avec les années, rien n'a changé.

Nous laissons les quelques personnes encore présentes à leurs discussions et rentrons. Matias part s'occuper des chiens, car il a une expédition prévue en début de soirée après la procession de la Sainte-Lucie. Kyllikki se dirige en cuisine. Je m'étonne de la voir sortir de la farine du placard, mais je n'ai pas l'intention de la laisser seule broyer du noir.

Je me sens aussi coupable, car les informations viennent de ma mère. Je lui demande :

— Que fais-tu ?

Elle relève la tête et annonce d'un naturel feint :

— Des *piparkakku*[16]. Ça m'aidera à me changer les idées.

— Je peux t'aider ?

J'adorais en faire avec Roosa, c'était un moment de symbiose entre nous. L'idée de les confectionner sans elle me paraît bizarre, mais cela me permettra, à moi aussi, de penser à autre chose.

— D'accord, accepte-t-elle.

Ses lèvres s'ourlent légèrement. Elle ouvre un tiroir, en sort deux tabliers, et m'en tend un. J'observe le tissu avec malice.

— Tu ne me crois pas capable de faire de la pâtisserie sans me salir ?

— Non, je trouve plutôt drôle de voir un Viking en tablier.

Je soupire pour la forme avant de passer le tablier autour de ma taille, et je pense que cela vaut le détour au vu du sourire sur le visage de ma colocataire.

Nous passons le quart d'heure suivant à peser chaque ingrédient. Tout est dans le dosage, si un parfum l'emporte trop sur un autre, les biscuits sont moins bons. Après avoir fait fondre le beurre et le sucre, puis mélangé avec l'ensemble des sept épices, je casse un œuf dans la préparation. J'y ajoute petit à petit la farine pendant que Kyllikki pétrit avec les mains. Lorsque la pâte forme enfin une boule, nous filmons notre préparation pour qu'elle repose au

16 Sablés de Noël finlandais.

réfrigérateur toute la nuit. Alors que nous sommes en train de ranger les ingrédients, Kyllikki me surprend en me jetant une poignée de farine à la figure avant de reprendre un air angélique. Choqué, je lui demande :

— Mais tu as quel âge ?

De mes mains, je frotte mon visage pour retirer un maximum de poudre blanche. Elle ne pense tout de même pas s'en tirer à si bon compte ? Je retrouve mon âme d'enfant, si profondément enfouie derrière le tas de responsabilités qu'il m'aura fallu être couvert de blé broyé pour laisser ressortir cette partie de moi.

Je saisis discrètement une poignée de farine et fais mine de me rendre vers l'évier. Une fois dans le dos de Kyllikki, je passe mon bras autour de son buste pour qu'elle ne s'échappe pas.

Je la retourne pour lui faire face, et lève ma main au-dessus de son visage prêt à lui saupoudrer la tête.

— Arrête, arrête ! me supplie-t-elle. Pas ça !

Mais l'atmosphère de la pièce change du tout au tout. D'enfantine, elle devient soudain plus lourde. Mes yeux s'ancrent à ceux de Kyllikki, et je remarque certaines nuances de vert et de gris se mélangeant à ces paillettes. Les mêmes qui m'ont subjuguée hier soir. Son regard m'hypnotise, et j'ai tout à coup conscience de son corps, petit et frêle, contre le mien.

Aucun de nous n'ose faire un geste, comme si tout pouvait basculer, en un seul instant. Puis ses pupilles descendent jusque sur ma bouche et elle déglutit. Il est très difficile de rester stoïque avec une telle proximité, mais elle a assez de problèmes à gérer sans en ajouter par-dessus. Ma vision d'elle a évolué depuis mon arrivée ici. Elle n'est plus la peste d'autrefois, je découvre une vraie femme, et pour ne rien arranger, nos brefs contacts me plaisent. En revanche, je dois garder mes distances, il ne sortira rien de bon d'un rapprochement entre nous. Je ne sais pas si je suis prêt à m'ouvrir à nouveau à une femme. L'ombre de la précédente est encore bien trop présente.

Pour redonner un peu de légèreté au moment, je fais tomber une pluie de farine sur Kyllikki. L'effet est immédiat, elle me repousse pour enlever les flocons de ses cheveux. La tension redescend maintenant que nous nous sommes éloignés.

Il aurait été si facile de poser mes lèvres sur les siennes, découvrir son goût, la sensation de sa peau sous mes doigts…

Je dois me reprendre, c'est trop compliqué. Mon cœur appartient toujours à Roosa, et je ne veux pas me servir de la sœur de mon meilleur ami pour me changer les idées. Ce ne serait pas correct envers elle.

Pour s'accorder à mes pensées, la porte d'entrée s'ouvre sur un Matias couvert de neige.

— C'est aussi la tempête à l'intérieur, on dirait !

Nous nous observons, puis nos rires envahissent la maison. Ces instants d'insouciance me font un bien fou et même lorsque la vie est dure avec nous, certaines expériences nous aident à aller de l'avant.

15

Kyllikki

13 DÉCEMBRE

Je n'ai pas vraiment compris ce qu'il venait de se passer. Il y a eu une faille spatio-temporelle dans la cuisine. Nous sommes passés d'adultes à enfants avant de redevenir adultes en l'espace d'une dizaine de minutes. Mais lorsque j'étais contre Isaac, mes perceptions étaient complètement différentes comparées à d'habitude. Sa main autour de ma taille dégageait une chaleur réconfortante et pour la première fois, j'ai eu l'impression de le voir vraiment. Le Viking, un peu bourru, s'est révélé beaucoup plus ouvert d'esprit. Ses iris noirs comme la nuit m'ont happée et je n'avais qu'une seule envie : qu'il pose ses lèvres contre les miennes, de sentir sa barbe douce caresser mes joues...

— Kiki, à quoi tu penses ? me demande Mat. Ça fait bien cinq minutes que tu laves le même saladier.

Mes yeux glissent vers le plat en question, très propre

maintenant. Mais je me vois mal dévoiler à Matias mes pensées concernant Isaac.

— Isaac semblait bizarre et essoufflé tout à l'heure. À en croire la farine qu'il y avait partout par terre, je suis certain que vous vous êtes bien amusés tous les deux.

Il ponctue sa remarque d'un clin d'œil et le rouge me monte aux joues.

— Vous faites ce que vous voulez, vous êtes grands, continue-t-il. Seulement, avec ces rumeurs, je ne sais pas si c'est une bonne idée… Tu connais Tuuli et ta mère, votre mariage serait arrangé pour *Joulu*…

La réalité me revient en pleine face. Il n'a pas tort. Tout ceci me met dans une position délicate et après les insinuations à propos de Matias, je n'ai pas envie de faire subir une situation similaire à Isaac, ni de plonger dans une nouvelle spirale de commérages.

Matias contourne le comptoir et vient embrasser ma joue.

— Tu devrais monter te laver, on va bientôt y aller.

C'est vrai qu'avec tout ça, je n'ai pas vu l'heure défiler. Nous sommes attendus dans une demi-heure au centre du village pour lancer le coup d'envoi des festivités de *Joulu*. D'habitude, notre maison est déjà envahie de décorations, les étoiles en branches, les lutins et les *himmelis* recouvrent chaque surface de la demeure, mais avec notre pause pâtisserie, je n'ai pas eu le temps. Ce n'est pas grave, je m'en occuperai demain après la randonnée.

Une fois douchée et débarrassée – non sans peine – de la farine dans mes cheveux, je retrouve les garçons au salon, assis au coin du feu avec une tasse de café fumante.

Je prends celle dans les mains de Matias, et la porte à mes lèvres. L'amertume du breuvage corsé me fait du bien, ramène mes sens au moment présent. On pourrait presque le qualifier de nectar divin. Le café est une religion ici, et c'est toujours un moment de bonheur lorsque l'odeur nous enveloppe, que sa chaleur nous réchauffe et que son goût nous transporte.

— Mais c'est *ma* tasse..., se plaint Matias.

— Tu n'avais qu'à m'en préparer une aussi.

Il souffle et lève les yeux au ciel avant de me reprendre le mug.

— Bon, il faut qu'on y aille avant que ça commence, nous presse Matias, sinon ils vont encore inventer je ne sais quel prétexte à notre retard... Cette ville aura ma peau je vous jure...

Nous nous chaussons, puis rejoignons les motoneiges. Juste avant d'enfiler son casque, Isaac me retient.

— J'ai discuté avec ma mère tout à l'heure. Elle s'en veut de s'être emballée de la sorte. En plus de te présenter ses excuses, elle aimerait se rattraper.

La réalité est que, quoi que dise Tuuli, cela ne changera pas ma relation avec ma mère. Les enfants ont toujours été le principal sujet de discorde entre nous. Elle ne veut pas comprendre que je n'en désire pas et reste campée sur ses positions. Elle profite de la moindre occasion pour mettre le sujet sur la table. Si Tuuli n'a pas encore démenti au sujet de ma grossesse fantomatique, les habitants du village ont déjà annoncé les fiançailles, choisi la date du mariage et trouvé un prénom au bébé présumé.

Je dois me protéger de toutes les insinuations qui

pourraient m'être faites. Pour l'instant, seuls le cortège et la célébration de la Sainte-Lucie ont de l'importance.

Je grimpe derrière Matias et nous partons en ville pour assister au lancement des festivités de *Joulu*. Le cœur plus léger à l'idée que Tuuli revienne sur ses paroles, même si je doute que ça suffise, j'accueille le vent glacial sur mon visage, revigorant, réconfortant, rassurant. Le froid est un facteur inaltérable de nos vies ici, au même titre que la nuit. Au lieu de m'en plaindre, j'ai appris à les vénérer grâce à mon père, à les remercier d'être là. Si vivre dans cette atmosphère peut sembler difficile, il ne faut pas oublier à quel point nous sommes chanceux. Cela nous permet d'avoir droit au spectacle magique des aurores, de profiter, plus que le reste du monde, des illuminations de *Joulu*, et nous sommes tous très impliqués dans la décoration et l'embellissement du village en cette période. Nos chiens aussi apprécient d'être dans cet environnement glacé, propice à leur bien-être.

Lorsque nous arrivons, les festivités sont sur le point de commencer. Les habitants se sont massés de chaque côté de la rue principale pour profiter de la procession. Nous prenons la direction de la mairie pour y découvrir la petite Veera, une des fillettes du village. Elle est complètement transformée, vêtue d'une robe blanche immaculée et fortement doublée pour qu'elle n'ait pas froid. Sur sa tête est posée une adaptation de la couronne de Sainte Lucie en version « bonnet » pour éviter tout risque d'hypothermie, mais elle est tout de même décorée de bougies. Ses amies sont vêtues de la même manière et la suivront durant la procession, à la seule différence que leurs couronnes sont plus simples et qu'elles tiennent un cierge entre leurs mains. C'est toujours un moment important pour elles. Être choisies pour faire partie du groupe est une récompense pour leur travail et leur implication au sein du village. Leurs sourires font plaisir à voir. J'arrange les derniers cheveux rebelles, allume les bougies de la couronne et entre les mains de chacune. Les voilà prêtes.

Tuuli se précipite vers moi lorsqu'elle m'aperçoit. Je ne peux pas couper à cette conversation.

— Kyllikki, je suis désolée, s'excuse-t-elle. J'ai vraiment cru que... enfin je vais réparer mes bêtises, je te promets.

Même si elle ne pensait pas à mal, j'ai besoin qu'elle comprenne combien cela m'a affectée. Les seules paroles qui réussissent à sortir de ma bouche sont :

— Je sais...

Je n'arrive pas à trouver d'autres mots... Chacun sonne faux dans mon esprit et je préfère ne rien ajouter. Je m'éloigne pour terminer les derniers préparatifs avant d'aller rejoindre les garçons un peu plus loin. Isaac me jette un regard interrogatif quand je m'installe entre lui et Matias.

— Tout va bien ? me demande-t-il en se penchant près de mon oreille.

Son souffle chaud me fait frissonner. Sa proximité éveille en moi des sensations longtemps enfouies. Déjà hier, nos rapprochements m'ont troublée, et s'il ne s'était pas repris, je l'aurais laissé m'embrasser. Peut-être a-t-il peur de ma réaction ? Je me tourne pour lui faire face et acquiesce.

— Oui, ça va aller. Ce sera plus facile lorsque tout se sera tassé.

Il hoche la tête et se concentre sur les fillettes avançant dans la rue enneigée. Le chant de *Sankta Lucia* résonne au travers de la foule venue pour observer. Chacun met de la voix pour accompagner la procession. C'est un magnifique moment de communion pour le village entier. Arrivés sur la place aménagée pour l'occasion, les processionnaires ainsi que les élèves de l'école d'Inari viennent prendre place pour entamer nos chants de *Joulu*. Ma préférée restera toujours *Walking in the air.* Je ne peux m'empêcher de joindre ma voix à celle des enfants lorsqu'elle est entonnée par le chœur.

Ces instants sont vraiment magiques. Cette période rassemble chacun autour de nos valeurs. Nous mettons de côté nos différends pour célébrer ensemble ces moments.

Tuuli a préparé le traditionnel *glögi*, et nous nous retrouvons pour partager un verre de cette boisson réconfortante, afin de nous plonger davantage dans l'ambiance. La soirée suit son cours, et j'aperçois Jimmy un peu plus loin, j'ai besoin de mettre un point final à cette histoire invraisemblable.

Une fois à proximité de Jimmy, je l'informe de mon souhait de m'entretenir avec lui. Il hoche la tête et semble chercher quelque chose autour de nous.

— Ton homme ne va pas criser s'il te voit avec un autre ? Enceinte... je n'en reviens pas... comment j'ai pu croire que...

Parfait, il ne pouvait pas commencer de manière plus directe. Cela m'arrange.

— Avant de t'emballer, écoute ce que j'ai à te dire.

Il hausse les sourcils, surpris, puis porte son verre à ses lèvres et attend que je continue :

— Pour commencer, je ne suis pas avec Matias...

16

Isaac

13 DÉCEMBRE

Jimmy et Kyllikki s'éloignent de nous, mais je ne peux m'empêcher de m'assurer que tout va bien, leurs dernières entrevues ne s'étant pas vraiment bien terminées. Je ne sais d'où me vient ce besoin de protéger Kyllikki. Elle n'est pourtant personne pour moi. Juste une fille… Je n'aime pas voir les femmes en position de vulnérabilité, mais au vu du comportement de ma colocataire, ce n'est clairement pas le cas. Un tout autre sentiment naît en moi. Certes, le besoin de la protéger est bien là, et pourtant, c'est plus une pointe de ce « je ne sais quoi »… non… ce ne serait tout de même pas… Je chasse cette pensée et m'aperçois que je ne suis qu'à quelques pas d'eux.

— Je ne sais plus qui croire. Toi, Tuuli… ici les gens parlent, et je t'assure que ce ne sont pas vraiment des qualités qu'ils te trouvent. Pourtant, je voulais leur prouver à tous qu'ils avaient tort. J'avais vraiment envie d'être quelqu'un au moins une fois dans ma vie. De compter pour une personne autre que ma mère. Mais il faut croire que je ne cherche pas au bon endroit. Pour ton info, la rumeur court que tu t'es bientôt tapé tout le village. Tu sais, les gens parlent, surtout lorsque c'est toi le centre de l'attention. Hier, au bar, la question n'était pas tant de savoir si tu étais enceinte ou non, mais plutôt de qui.

Je suis choqué des propos que j'entends. Kyllikki s'apprête à le gifler, mais Jimmy retient son bras avant de continuer :

— C'est peut-être vrai, ou pas... qui en a quelque chose à faire finalement ? Tu n'as peut-être même pas connaissance du surnom que tu as par ici : *jääkuningatar*[17].

Si un touriste connaît un tel mot, je ne pense pas qu'il l'ait inventé. Les épaules de Kyllikki s'affaissent, mais il ne la lâche pas pour autant. D'un pas décidé, je m'avance vers eux.

— Tes exigences te vaudront peut-être la solitude dans ta tour de glace, tu sais... Je trouve dommage que tu ne laisses pas la possibilité aux gens de mieux te connaître, et à ceux qui t'apprécient déjà, de faire partie de ta vie.

Enfin assez près, je saisis le bras de Jimmy et appuie un point stratégique au niveau de son poignet pour lui faire lâcher Kyllikki. Cette dernière nous tourne immédiatement le dos, mais mes yeux sont rivés à ceux de l'abruti.

— Et toi, tu ne comprends pas le mot « non » ? Pourtant, le consentement est la base même du respect...

Je grogne ces paroles, retenant la rage qui monte en moi. Il ose la psychanalyser, comme si elle avait besoin de

17 Reine des glaces en finnois.

ça en ce moment.

— Elle n'en a pour aucun homme, et pourtant le respect se gagne, dans les deux sens. Libre à toi d'être le prochain sur son tableau si c'est vraiment ce que tu recherches. Personnellement, j'ai compris, je jette l'éponge.

Il part dans la nuit, mais je ne le retiens pas. Kyllikki est plus importante à ce moment-là. En me tournant dans sa direction, je comprends qu'elle pleure. Son dos tressaute sous les sanglots, et la voir ainsi me noue les entrailles. Je l'entoure de mes bras, mais elle me repousse. Son rejet me fait mal. Comment faire pour lui montrer que je me fiche de ce qu'il vient de dire. En matière d'amour, il y a des gagnants, mais beaucoup de perdants. Je l'ai mal jugée au départ, me permettant de lui donner des conseils sur la bonne manière de gérer la situation. Venant de moi, c'est vraiment ironique. Je suis le dernier à écouter en matière de cœur.

Et pourtant, à bien y regarder, si un homme était à sa place, tous l'acclameraient, le propulseraient au rang de tombeur. Mais comme il s'agit d'une femme, elle est classée dans une catégorie beaucoup moins reluisante. Mais qu'est-ce que cela leur apporte réellement au final ?

— Kyllikki…

Je tente une deuxième approche en posant simplement ma main sur son épaule.

— Laisse-moi, Isaac. Il faut que…

La fin de sa phrase meurt dans des pleurs. Impossible de la laisser ici, dans cet état. Hésitant quant à l'attitude à adopter, je finis par lui prendre la main avec laquelle elle cache son visage. Elle oppose une résistance, alors je m'approche pour la blottir contre moi. Elle me paraît si fragile à cet instant. Elle est tendue, mais accepte mon étreinte.

— Viens, rentrons.

Sans m'éloigner d'elle, je l'entraîne vers ma motoneige, prends vite le temps d'envoyer un message à Matias et Keijo pour qu'ils ne s'inquiètent pas et nous rentrons chez nous.

Je n'ai pas l'opportunité de couper le moteur que Kyllikki a déjà sauté de l'engin pour se précipiter à l'intérieur.

Je me sens inutile et impuissant. J'ai l'impression de n'être qu'un spectateur de sa tristesse. J'aimerais pouvoir en faire davantage, mais je ne veux pas la brusquer, ni paraître envahissant. Je me prépare un café, et relance un feu dans la cheminée. Les flammes rougeoient dans l'âtre, dans un ballet magnifique et hypnotique. Un contraste saisissant entre leur chatoiement et la nuit noire qui envahit l'intérieur de la maison. Je n'ai pas allumé les lumières, à quoi bon ? Je n'entends plus aucun bruit depuis l'étage, mais savoir Kyllikki si mal m'empêche de penser à autre chose. Comment un homme qui dit l'aimer peut-il se comporter ainsi à son égard ? N'y tenant plus, je me sers une autre tasse fumante et en prépare une pour Kyllikki, avant de monter la volée de marches jusqu'à l'étage. D'un geste malhabile, je frappe contre le battant, prenant garde à ne rien renverser.

— Kyllikki…

Aucun son ne me parvient. Je renouvelle mes coups, plus forts, mais n'obtiens aucune réponse. Inquiet, je rejoins ma chambre pour aller voir depuis le balcon si elle va bien.

Quelle n'est pas ma surprise de la trouver sur sa chaise longue, recouverte de ses couvertures, les yeux perdus dans le vague ?

— Kyllikki...

Son prénom sort dans un souffle. Elle ne tourne pas la tête, mais je sais qu'elle m'a entendu. Ses lèvres ont eu un léger rictus qui s'est très vite effacé. À pas lents, je m'approche d'elle et m'accroupis. Il fait froid, je fais abstraction de la température pour l'instant. Kyllikki est plus importante. Devant le mug que je lui tends, elle porte enfin son attention sur moi. Elle le saisit, puis un sourire s'affiche sur son visage.

— Merci, soupire-t-elle.

Comprenant qu'elle n'engagera pas la conversation, je lui demande :

— Est-ce que tu veux en parler ?

Il y a peu d'espoir qu'elle y consente, mais je m'en voudrais de ne pas le lui proposer.

— Il n'y a rien à dire... Je suis une *lukta*[18]. Tout le monde le dit...

Impossible de la laisser penser une chose pareille. Par contre, je ne peux pas continuer de discuter debout, sur le balcon.

— Tu veux bien me faire une place ?

Ses prunelles s'accrochent aux miennes, et elle constate que je claque des dents. Le froid est mordant ce soir, et avec un simple pull, je ne suis pas paré pour affronter les températures négatives. Elle se décale et je me glisse près d'elle sous la chaleur des plaids.

Elle ne prononce pas un mot de plus, c'est donc à moi de poser les questions. Je prends une gorgée de café pour me

18 Salope en finnois.

réchauffer de l'intérieur, mais il est déjà tiède... Je me lance enfin :

— Tu as le droit de mener ta vie comme tu l'entends. Si tu veux n'avoir que des relations sans lendemain, c'est uniquement ton choix. Jimmy n'y a pas été de main morte avec toi...

— Il a raison, me coupe-t-elle. Je ne me pose jamais avec personne, je suis un « lit ouvert »... Comment cela pourrait-il attirer quelqu'un ? *Jääkuningatar*, tu parles d'un surnom ? Je ne suis même pas étonnée.

La manière dont elle se perçoit me fait mal. Comment peut-on se sous-estimer à ce point ?

— Si tu ne trouves pas le bon, tu as le droit de ne pas te lancer dans une histoire vouée à l'échec. Et puis, si les rôles étaient inversés, on te taperait dans le dos pour te féliciter. Ne sois pas si dure avec toi-même.

Elle se rapproche et pose la tête contre mon épaule. Je n'ose plus bouger, de peur qu'elle ne s'écarte. J'apprécie ce contact, pourtant simple. Là, il est même rassurant. Kyllikki me fait assez confiance pour me parler et pour se livrer, bien que nous ne nous connaissions pas vraiment.

17

Kyllikki

13 DÉCEMBRE

Calée contre le bras musclé d'Isaac, j'ai l'impression d'être en sécurité. La pression redescend. Ses mots m'ont atteinte bien plus que je n'ose l'avouer à Isaac. Les paroles de Jimmy ont été douloureuses à encaisser, pourtant, c'est Isaac qui a raison, dans un contexte inversé, on serait fier de l'homme ayant eu un comportement similaire au mien. Je ne m'étais pas rendu compte que je m'étais fait une telle réputation.

Jääkuningatar...

Suis-je vraiment si insensible? Depuis le départ de Tim, j'ai bien du mal à m'attacher aux autres. Mis à part mon frère et Matias, je ne suis proche de personne alors que j'ai grandi ici. Mes anciennes amies sont parties pour la plupart, ou elles sont mariées avec des enfants, et nous n'avons plus vraiment grand-chose en commun. Pourtant, ce soir, n'avoir personne pour me confier sur ce secret qui me ronge, me prouve à quel point la solitude est compliquée sur le long terme. Keijo est le seul au courant, son caractère protecteur se renforce même avec les années et il s'emporte dès qu'un événement se réfère à cette période douloureuse.

— J'ai déjà aimé…

Je me surprends à avoir envie de me confier à Isaac. Il a été là ces derniers jours. Jamais loin, mais pas encombrant. Je ne sais pas pourquoi, mais me libérer de ce fardeau me semble une des clés pour avancer. Isaac ne dit rien et pour me donner du courage, je prends sa main entre les miennes. Il est surpris à chacun de mes rapprochements. Je trouve cela mignon, mais il est difficile de savoir s'il se laisse faire pour ne pas me froisser ou par plaisir. Je lui poserai la question après mes confidences, car j'ai besoin de ce contact pour continuer.

— Tim était en classe avec moi. Nous avons tous les deux passé notre master de Tourisme en même temps. J'ai toujours eu pour ambition de revenir ici, sur mes terres, mais avec lui, j'aurais pu rejoindre l'autre bout du monde sans regret. Nous arrivions à la fin de notre dernière année, nous avions emménagé ensemble et nous étions en train de prévoir notre futur…

J'ai besoin d'un moment pour prendre conscience de ce que je suis en train de lui révéler. Ce moment de ma vie est si difficile que je n'en parle jamais. Je pensais même réussir à le sortir de mon cerveau, ou à le ranger dans une boîte si loin qu'elle se serait perdue dans les méandres de ma mémoire. Mais non, il suffit de quelques paroles ou d'un événement précis pour me rappeler que mon passé finit toujours par me rattraper.

— Tu n'es pas obligée de me raconter, me rassure Isaac. Ne te force pas...

J'aimerais réussir à aller plus loin dans ma confession, cependant les mots bloquent dans ma gorge.

Il le remarque, et pour appuyer ses paroles précédentes, il dénoue nos doigts et passe son bras autour de moi pour m'attirer plus près de lui. Je relève les yeux pour l'observer. Ses iris reflètent la nuit. Les étoiles y scintillent et je me sens happée par l'intensité que j'y lis. Notre proximité est telle que je n'aurais qu'à lever la tête pour que nos bouches se frôlent. Le léger nuage de vapeur sortant de ses lèvres est un appel difficile à ignorer. Depuis quelques jours, mes réactions à son égard sont de plus en plus équivoques, cela s'intensifie quand il est attentionné envers moi. Il est très difficile de résister au charme d'un Viking lorsqu'il montre un aspect plus doux. Je ne l'imaginais pas ainsi, mais ma perception se modifie au fil des jours passés à le côtoyer. Est-ce normal ?

— Kyllikki...

Mon prénom sort telle une supplique, comme s'il attendait une réponse de ma part.

L'air devient soudain plus lourd, il peine à parvenir jusqu'à mes poumons. Mon souffle s'accélère et mes yeux ne peuvent s'empêcher de faire des allers-retours entre les prunelles d'Isaac et sa bouche. Une lueur nouvelle est présente dans son regard, elle me déstabilise, comme s'il me voyait différemment.

— Est-ce que...

Pour terminer sa question, il déglutit et son attention se porte plus bas. J'ai compris sans besoin de plus de mots. Je le désire, moi aussi. Ma paume se pose sur sa barbe fraîche, il imite mon geste, et la sensation de la peau chaude et rugueuse de ses doigts sur ma pommette me fait frémir. Son pouce glisse jusqu'à ma lèvre inférieure. Il prend le temps de me découvrir, et il semble apprécier ce qu'il voit. Un doux sourire s'étire sur son visage. J'ai l'impression d'être une fleur délicate, traitée avec déférence et finesse, c'est pour le moins inhabituel pour moi. Cependant, je ne souhaite pas penser aux autres hommes, ce moment n'appartient qu'à nous. La main d'Isaac se déplace jusque sur ma nuque et la caresse provoque une traînée de frissons. Puis, avec une tendresse émouvante, il s'approche de moi, les iris noyés dans les miens, il ne me lâche pas du regard. Je comprends que je peux stopper à tout moment, mais ce n'est pas ce que je veux.

Lorsque sa bouche épouse enfin la mienne, il dépose un tendre baiser, puis s'apprête à reculer, mais je ne l'entends pas de cette oreille. J'ai besoin de plus. Un bisou chaste ne suffit pas à apaiser la tension en moi. À mon tour, je l'attire à moi, et l'embrasse plus passionnément. Il me répond sans aucune résistance. Puis son second bras passe dans mon dos pour me ramener face à lui. Une passion soudaine me donne l'impulsion nécessaire et je viens m'asseoir sur ses cuisses. Sa main au creux de mes reins attise mon envie de lui. Ma langue ne tarde pas à partir à la recherche de la sienne. Je suis complètement absorbée par notre étreinte, grisée par cette union si incroyable alors que nous ne faisons rien de plus que nous embrasser. Mes bras crochètent son cou, et j'approfondis davantage nos caresses.

Les bruits de la motoneige en dessous de nous me font brutalement reprendre conscience de la réalité.

Je m'écarte d'Isaac, encore pantelante et même si je ne regrette pas ce qu'il s'est passé, je ne suis pas prête à passer la nuit avec lui. Il ne serait qu'un de plus, et je m'y refuse catégoriquement.

Je descends de la chaise longue pour m'éloigner de la tentation que représente le Viking. Même si mes sens me crient que ce n'est pas la bonne solution, les événements de la soirée me reviennent en mémoire et me percutent. Je balbutie en reculant :

— Je ne peux pas...

Isaac se redresse aussitôt, je ne sais pas ce qu'il comprend à cet instant, mais de nouveaux démons surgissent à la surface, les paroles de Jimmy font écho. *Tes exigences te vaudront peut-être la solitude dans ta tour de glace, tu sais... Jääkuningatar...*

Et si j'étais vraiment la femme qu'il décrit, celle qui prend les hommes comme bon lui semble, passant de l'un à l'autre sans y prêter la moindre attention... Et si les hommes n'attendaient que ça de moi, que je sois là, au bon moment, juste pour le plaisir, mais sans rien de plus... Le plaisir, un bien grand mot pour qualifier ces dernières années. C'était sympa, mais je ne me suis pas sentie transportée dans les aurores, jamais je ne les ai vues chatoyer alors que j'étais entre les bras de l'un d'entre eux. Mais ce soir, j'ai aperçu les étoiles, un simple regard, puis un baiser m'ont propulsée là où aucun autre n'a fait miroiter une palette de couleurs qui ne demande qu'à être exploitée.

Pourtant, je dois m'éloigner d'Isaac, je ne suis pas pour lui. Après sa longue relation, il n'a pas besoin de la *lukta* d'Inari, il mérite quelqu'un de bien...

Isaac, debout devant moi, se penche pour déposer un

léger baiser sur ma joue avant de murmurer à mon oreille :

— Je ne regrette rien... Nous étions deux adultes consentants, Kyllikki, ne te prends pas la tête.

Son souffle chaud tout contre la peau de mon cou me fait frémir. Lorsqu'il s'éloigne pour regagner sa chambre, je ne parviens pas à retenir mes larmes. Comment un Viking, si doux et si attentionné, peut-il exister ? Pourquoi l'ai-je repoussé ? Il n'a porté sur moi aucun jugement et ne paraissait rien attendre que je ne sois prête à lui donner. Au lieu de me laisser aller, je me suis éloignée. J'ai pris ce qu'il m'offrait sans me soucier des conséquences, puis je me suis ravisée...

Perdue dans mes propres pensées, je sens le froid s'insinuer sous mes vêtements maintenant que je ne suis plus enveloppée dans les couvertures, et mes tourments me glacent de l'intérieur. Le cœur en berne, les idées noires, je rentre à mon tour, et disparais dans mon lit. Le sommeil peine à arriver. Mon esprit voyage entre cet incroyable baiser et les paroles de Jimmy. Je me sens salie, dévalorisée et honteuse.

18

ISAAC

14 DÉCEMBRE

Une odeur chaude et sucrée me tire de mon sommeil. J'ai très peu dormi cette nuit ; mes pensées revenaient sans cesse à Kyllikki, provoquant des cauchemars différents des nuits précédentes, mais pas moins torturés. Peut-être aurais-je dû la laisser terminer son explication ? Ou ne pas l'embrasser ? Je ne sais pas, je suis perdu. Qu'est-ce qui m'a pris de faire ça ?

J'espère ne pas avoir brisé ce lien, si ténu soit-il, qui se tissait entre nous. J'aime nos moments de complicité, j'apprécie le temps passé avec elle, même si c'est simplement pour partager un café… Pourtant l'angoisse d'avoir tout gâché m'a tenu éveillé tout autant que cela a agité mes songes.

Je m'habille avant de descendre rejoindre mes amis en bas, faisant l'impasse sur la séance de sport ce matin. Je verrai plus tard pour malmener mon corps... Kyllikki est en train de sortir les plaques du four. Visiblement, elle ne m'a pas attendu pour terminer nos pâtisseries d'hier. Constater qu'elle a terminé sans moi m'atteint plus que de raison. Ce n'est rien, simplement des sablés, mais c'est aussi un bon moment de partage et elle préfère qu'on en reste là. J'en prends bonne note.

Je salue Kyllikki ; Matias n'est pas présent. Il est peut-être déjà parti. Un coup d'œil à l'horloge m'informe qu'il est déjà dix heures. Effectivement, cela doit faire un moment que tout le monde est levé dans la maison.

Je me sers une tasse de café, prends un morceau de pain et pars m'installer plus loin. L'ambiance est vraiment spéciale, je ne sais pas comment me comporter avec Kyllikki.

Après quelques secondes de réflexion à l'observer en train de placer les sablés sur une grille pour qu'ils refroidissent, je décide de ne rien changer et lui demande naturellement :

— Bien dormi ?

Elle relève la tête, et fronce les sourcils. Pense-t-elle qu'il y a un piège dans ma question ? Puis un sourire en coin apparaît sur ses lèvres.

— Bof, j'ai eu du mal à m'endormir.

Elle ne me retourne pas la question et reporte son attention sur ses biscuits. Pour ne pas l'importuner plus longtemps, je me lève et pars déjeuner. Face à la fenêtre, j'observe l'immensité de la nuit et la faible lumière émise par la lune. Elle illumine beaucoup plus nos journées que le soleil en cette période hivernale. La pleine lune reste l'un de mes moments favoris. Aujourd'hui, elle est décroissante, mais les trois quarts sont encore bien visibles. J'aimerais profiter d'une balade en traîneau avant que le noir soit complet, mais j'hésite entre demander à Kyllikki ou à Matias de m'accompagner. Ma préférence va directement vers la jolie brune.

— Kyllikki, reste-t-il des places pour une excursion avant *Joulu* ?

— Quoi ? s'étonne-t-elle.

— Te reste-t-il...

— J'ai entendu, simplement, pourquoi tu veux y aller avec moi ?

Aïe... Ça fait mal !

Et voilà, un pas en avant, et une volée de marches dégringolées à l'arrière ! Je ne réponds rien. Le faible lien qui s'était tissé est brisé. Mes craintes se concrétisent.

L'atmosphère devient plus tendue, moins respirable. C'est le moment de m'enfuir et de remonter dans ma chambre. Je devrais aller aider *aïti* pour préparer la décoration de la maison, ou trouver n'importe quelle autre raison de me tenir éloigné d'ici. J'avale mon breuvage noir d'un trait, puis attrape mon bonnet et ma veste avant de redescendre et de sortir.

— Isaac, m'interpelle Kyllikki alors que je referme la porte derrière moi.

J'hésite entre l'écouter et tracer mon chemin. Raisonnable, je patiente sur le seuil.

— Je suis désolée. C'est juste que... ça, je ne sais pas faire... Il y a beaucoup à gérer dans ma vie en ce moment, et je ne suis pas prête pour... ça.

Ses paroles me déstabilisent. Pense-t-elle que j'attends davantage ? Qu'espère-t-elle de nous ? Enfin, « nous » est un terme inadéquat…

— Kyllikki, que veux-tu de moi? On s'est embrassés, c'était délicieux, mais ensuite… Je t'ai simplement demandé de m'accompagner pour une promenade, rien de plus.

Elle paraît choquée, mais j'avais vraiment besoin de lui poser la question. Si elle exprime ses envies, je pourrais… Non, je ne « pourrais » rien. Elle a été claire, elle ne veut pas d'un mec, et je ne suis pas prêt pour une nouvelle relation, alors on est sur la même longueur d'onde, non ?

— Je ne sais pas faire autrement. Je ne *peux* pas faire autrement… je ne…

Sa voix s'étrangle dans sa gorge et confirme mes pensées. Elle me paraît plus vulnérable qu'à son habitude. J'ignore comment réagir. La réconforter ? La laisser seule ? Rester à distance… Aucune de ces solutions ne me paraît être la bonne. Lorsqu'elle se détourne pour retourner à l'intérieur, j'avance dans sa direction. Alors qu'elle n'a fait qu'un pas, je perçois ses épaules tressauter légèrement, puis entends un hoquet. Je n'ai aucune envie de la laisser comme ça, je franchis la faible distance qui nous sépare, referme le battant de la porte et la prends contre moi.

— J'ai l'im-im-impress-sion de tou-tou-touj-jours t-tout f-aire à-à-à l'en-en-envers… sanglote-t-elle.

Cette femme, d'habitude si forte aux yeux de tous, lâche cette phrase comme un aveu. Elle ne doit pas parler uniquement de ce qu'il s'est passé hier. Son visage est caché dans ses mains, et les larmes dévalent ses joues. Elle se laisse aller contre moi, et je l'entoure de mes bras.

Perdue dans le tissu de mon anorak, elle montre soudain une fragilité que je ne lui connais pas. La voir ainsi me fait mal, mon cœur se serre, surtout que je suis l'élément déclencheur. Ma main se glisse dans ses cheveux et je respire le parfum d'épices qui s'en échappe. Je m'en veux de réagir à notre proximité et mentalement, je m'impose des barrières. Je dois être présent, mais ne pas m'impliquer.

Je cherche la bonne manière de la rassurer, mais on ne peut pas dire que mes idées soient lumineuses ce matin. Je glisse un doigt sous son menton et relève son visage pour plonger mes yeux dans les siens, humides.

— Kyllikki, nous ne sommes pas obligés de définir ce qu'il se passe entre nous. Laissons faire le temps, nous verrons où il nous mène.

De nouvelles larmes perlent au coin de son regard.

— Isaac, je...

Ses paroles ne vont pas plus loin, mais son index vient effleurer délicatement ma pommette. Une douce caresse qui me fait espérer une suite entre nous. Cependant, elle reste silencieuse. Ce n'est pas grave, elle n'a rien besoin d'ajouter, je souhaite lui offrir du temps pour y réfléchir. Je ne veux pas de réponse, de chemin tracé, juste qu'elle ne ferme pas cette porte ouverte entre nous. J'approche mes lèvres de sa peau de velours, et cueille une perle d'eau coulant sur sa pommette, avant de reculer.

— Je vais te laisser pour aujourd'hui. Si tu as besoin de moi, je serai chez mes parents.

Elle acquiesce alors que nous nous éloignons l'un de l'autre. La sensation de son corps contre le mien est presque naturelle, cependant, aucun de nous n'est prêt pour davantage.

19

Kyllikki

17 DÉCEMBRE

Depuis trois jours, Isaac est présent uniquement en coup de vent à la maison. Comment savoir s'il s'est trouvé une occupation ou s'il m'évite ? En même temps, je suis à l'origine de son éloignement. À sa place, tout le monde ferait la même chose. Pourquoi s'encombrer d'une reine des glaces et de ses humeurs ?

Isaac tient ses engagements, il n'a pas provoqué de nouveau contact entre nous, et pourtant, il réussit à déclencher en moi des émotions ensevelies depuis une éternité sous une multitude de couches de culpabilité. Comment cet homme pourrait-il vouloir partager un moment avec moi ? De plus, il était présent lorsque Jimmy m'a balancé ma réputation au visage l'autre soir et pourtant, il est venu me réconforter. Je dois tenter de réparer ce qui peut encore l'être, si je n'ai pas tout gâché. Il ne m'a pas demandée en mariage, ni d'être en couple avec lui, seulement de l'emmener en excursion. Et j'ai surréagi, comme toujours... L'histoire avec Jimmy est bien trop fraîche dans mon esprit. Pourquoi faut-il que je réfléchisse toujours après coup ? À croire que je n'apprends jamais de mes erreurs...

J'ai préparé un repas pour trois ce soir. Matias a dû annuler sa randonnée pour chasser les aurores. Une tempête de neige sévit à l'extérieur, elle n'est absolument pas propice pour observer le phénomène lumineux. Isaac a accepté de se joindre à nous. Mes dernières frasques, même si je ne suis pas entièrement la cause de celles-ci, m'ont fait du tort, et je n'ai pas envie que les personnes les plus proches de moi en pâtissent. Je ne veux pas redevenir la peste à leurs yeux, comme si je régressais d'une quinzaine d'années.

Je termine la préparation d'un ragoût de cerf, avec une purée de pommes de terre, car je sais que Matias raffole de ce plat. J'espère qu'il en sera de même pour Isaac.

Mon meilleur ami rentre et vient me trouver dans la cuisine. Après avoir déposé une bise sur ma joue, il ne peut s'empêcher de tremper son doigt dans le pot de compote ouvert sur le plan de travail. Après avoir terminé les *Joulutorttu*[19], je ne l'ai pas rangé.

— Kyllikki, il s'est passé un truc avec Isaac ? s'enquiert soudain Matias.

Je ne pensais pas qu'il avait, lui aussi, remarqué la distance instaurée entre nous ces derniers jours. J'espère comprendre d'où lui vient cette intuition en demandant simplement :

— Pourquoi ?

19 Feuilletés en forme d'étoiles farcis de compote de pruneaux.

Il se tourne dans ma direction, les sourcils froncés :

— Tu veux réellement jouer à ce jeu-là avec moi ? Tu ne vas pas me dire que le fait que vous partiez ensemble de la Sainte-Lucie et ses passages éclair ici dès le lendemain n'ont aucun rapport ?

Je soupire, je ne peux pas lui mentir.

— Tu as raison, c'est à cause de moi… Mais…

Matias me prend par les épaules et me tourne face à lui.

— Kyllikki, Isaac est un chouette type. Il vit une période pas facile, car il était vraiment amoureux de sa dernière compagne. Pourtant il s'est rapproché de toi assez naturellement, cela serait dommage de tout gâcher.

Je le repousse vivement, ses paroles ne trouvant aucun sens dans mon esprit.

— Je suis perdue, moi aussi. Pourquoi une fille comme moi intéresserait un homme encore amoureux de son ex ? Je ne suis pas un lot de consolation, là juste pour passer du bon temps, Mat. Je ne suis pas une fichue thérapie pour Viking en mal d'amour !

Les mots dépassent ma pensée une nouvelle fois. Je me suis laissée emporter par cette colère que je nourris envers moi-même depuis que Isaac m'évite. Je souffle plus souvent le froid que le chaud, c'est dire combien le surnom de *Jääkuningatar* me va à la perfection.

— Je suis désolé si tu as l'impression qu'il t'utilise, mais je peux t'assurer que ce n'est pas son genre, le défend-il. Je le connais depuis toujours, et nous avons deux qualités en commun avec lui et Keijo : nous sommes honnêtes et fidèles. En amour, en amitié, et dans chaque facette de nos vies. C'est pour ça que nous sommes toujours amis après tant de temps, tu sais. Toi seule es maîtresse de ton destin, je trouve dommage que tu te fermes à certaines possibilités.

Ses paroles me percutent. Matias me connaît très bien et entendre ses mots venant de lui m'atteint plus que je l'aurais imaginé. Après une profonde expiration, il ajoute d'un air triste :

— Je ne sais pas qui a réussi à te briser ainsi, mais il est grand temps de te donner le droit de vivre à nouveau.

Il me laisse là, seule pour assimiler ses propos. Ils m'étreignent la poitrine, résonnent avec un passé douloureux, refoulé jusqu'au plus profond de mon âme dans l'espoir d'être oublié.

Isaac choisit cet instant pour rentrer. Je l'observe venir dans ma direction, mais ne parviens pas à me reconnecter à la réalité.

— Tu vas bien? me demande le Viking en se postant devant moi, inquiet.

Encore sous le choc, je me contente de fixer cet homme en face de moi. Je détaille la façon dont sa barbe descend le long de ses joues dans un arc de cercle défini jusqu'à sa bouche. Et quelle bouche! La sensation de ses lèvres épousant les miennes est un doux rappel de notre moment sur la terrasse. La caresse de nos langues lorsqu'elles se sont trouvées, la chaleur de sa main sur ma nuque, et la prévenance dont il a fait preuve à mon égard. Pourquoi est-ce que je veux absolument le repousser, alors qu'il ne me demande rien, me promet encore moins un avenir ensemble? Même les paroles de Jimmy ne l'ont pas convaincu de me laisser. Il a, au contraire, fait un pas dans ma direction, sans aucun jugement, sans aucun conseil mal avisé non plus. Il était là, juste pour me tenir compagnie, sans même espérer ou vouloir davantage.

J'ai du mal à croire qu'un homme tel que lui existe. Pourquoi est-ce que je me prends tellement la tête pour nous définir ?

— Je veux bien t'emmener faire une virée en traîneau…

Son air surpris m'arrache un sourire.

— OK, approuve-t-il avant de se tourner vers la fenêtre où la tempête fait encore rage. Mais pas maintenant, j'espère ?

Je pouffe, et secoue négativement la tête.

— Dès que le temps sera plus clément. Mon planning est plus calme après *Joulu* si cela te convient d'attendre un peu. Le top serait d'aller chasser les aurores, si tu es partant ?

— Tu es sûre ? s'étonne-t-il. Enfin, je veux dire que tu passes d'un non catégorique à une chasse aux aurores, je ne sais pas quoi en penser.

Son honnêteté me fait du bien. L'entendre prononcer ses pensées sans filtre est à l'opposé de ce dont j'ai l'habitude. Il est semblable à Mat et Keijo sur ce point, je comprends pourquoi ils s'entendent si bien tous les trois. J'évolue dans un environnement où tout le monde souhaite plaire, et adapte ses pensées pour ne pas froisser l'ego des personnes en face. Le paraître est un des poisons polluant mon existence. Il faut toujours être au top de sa forme, droite dans ses actions, faire les choses dans l'ordre, sinon il est compliqué d'avancer dans une société qui a placé la femme dans un rôle bien à elle. Déjà lorsque j'ai voulu être guide, ce n'a pas été facile à faire accepter aux gens du village. J'aurais pu ouvrir une auberge, faire la cuisine ou le ménage, mais l'exploration et la randonnée ne peuvent être que des passe-temps, pas un métier. Ancrée dans mes convictions, je leur ai tenu tête, mais ça n'a pas été facile. C'est à cette époque que je me suis éloignée de mes parents. Ma mère était contre le fait que je fasse des études de tourisme. Mon père, toujours rangé à son avis, a appuyé les paroles de sa femme. Le pire a été le jour de mon retour de l'université lorsqu'elle m'a asséné :

« Maintenant tu vas enfin pouvoir te tenir tranquille, te trouver un mari et fonder ta famille. »

Ce fut le jour où j'ai définitivement quitté leur maison. Cette vie ne sera jamais pour moi. Je ne veux pas d'enfants, et la vie pépère et bien rangée n'est pas celle à laquelle j'aspire. Je n'ai pas envie d'être responsable de quelqu'un, qu'une vie dépende de la mienne. Cela ne m'attire pas, j'ai ce besoin de liberté dans mes mouvements, dans mes envies, dans mes passions… Devoir diviser mon temps pour quelqu'un d'autre, avoir des obligations à tenir pour gérer un emploi du temps défini sur une vingtaine d'années, impossible. Je ne suis pas prête à faire ce sacrifice, et je ne le serai jamais.

— Kyllikki ?

Isaac interrompt mes songes. Son air désolé me fait craindre le pire. Hésitante, je lui demande :

— J'ai encore parlé à voix haute ?

Il acquiesce.

— Une réflexion de ta mère à ton retour de l'université.

Mes joues s'échauffent instantanément, heureusement qu'il n'a pas entendu la suite. Mon positionnement et ma vision par rapport à la famille en ont fait fuir plus d'un.

— Je suis navrée de t'avoir imposé ça…

Il s'approche, l'anorak luisant de neige fondue. Il vient

se planter devant moi et je dois lever la tête pour ancrer mon regard dans le sien.

— Ne le sois pas...

20

Isaac

17 décembre

Kyllikki est complètement perdue. Elle souffle le froid, puis le chaud. Le fait qu'elle prononce ses pensées à voix haute m'aide à y voir un peu plus clair, mais je n'ai pas envie de faire les choses de travers avec elle. C'est la petite sœur d'un de mes meilleurs amis, ma colocataire, et il ne me reste que deux semaines à passer ici, je n'ai pas envie de lui donner de faux espoirs.

Mes habits trempés sont en train de dégouliner sur le sol, je ne sais pas pourquoi je ne les ai pas enlevés en entrant.

Les yeux de Kyllikki me regardent comme si elle attendait quelque chose de ma part, mais mon instinct protecteur me pousse à la laisser engager la conversation. La confusion présente dans son regard ne me trompe pas. Aussi, je tente tout de même :

— Un mari et des enfants, c'est ce que tu souhaites ?

Horrifiée, elle recule d'un pas.

— Ce sont des chaînes aux pieds, oui ! Les enfants, je n'en veux pas. Je n'en ai jamais voulu et cela ne changera pas. Pour le mari, il me faudrait un homme capable de supporter mon caractère pendant plus de cinq minutes, et que je sois capable de supporter en retour. Ce n'est vraiment pas gagné, tu ne crois pas ?

Sa sincérité est touchante. Pour les enfants, je n'ai pas d'avis là-dessus. Roosa en voulait, mais elle préférait vivre avant d'en avoir. Enfin, c'est ce qu'elle m'avait fait comprendre, aujourd'hui, je me demande si elle n'en voulait pas juste avec moi. Je n'ai reçu aucun message de sa part depuis son départ. Je me suis fait violence pour respecter sa décision, ne voulant pas devenir l'ex pathétique qui cherche à tout prix à la récupérer. Je lui ai seulement envoyé un ou deux textos pour prendre de ses nouvelles, mais ils sont restés sans réponse. Être quitté de la sorte, sans aucune explication est difficile à digérer. Enfin, là n'est pas le sujet, Kyllikki attend une réponse de ma part.

— Chacun est libre de vivre sa vie comme il l'entend. Je ne vois pas pourquoi nous devrions nous conformer aux diktats de la société. Je sais que ma mère se retient de me demander quand elle pourra enfin avoir des petits-enfants, mais ce n'est pas une obligation d'en avoir. Je n'ai jamais ressenti un quelconque désir d'en avoir, et mon ex-compagne a toujours repoussé l'échéance. Pour nous, c'était la suite logique après le mariage. Mais nous ne sommes pas arrivés à ce stade-là non plus.

Mes pensées se dirigent vers la bague achetée pour lui faire ma demande à *Joulu*, devant sa famille, afin de franchir une étape importante dans notre couple.

— Tu l'aimais vraiment..., murmure Kyllikki, si faiblement que je ne suis pas certain d'avoir entendu.

— Si je l'aimais ?

Je répète sa question, car j'ai envie d'être transparent avec elle. Kyllikki doit pouvoir me faire confiance, et j'ai envie que la réciproque soit vraie. Elle hoche la tête et je lui explique :

— J'ai eu un vrai coup de foudre pour elle lorsque je suis arrivé à l'université. Tout était si naturel entre nous. Notre attirance mutuelle nous a poussés dans les bras l'un de l'autre dès les premiers mois. Nous avons attendu la fin de nos études avant d'emménager ensemble. Nous préférions avoir un travail, et il se trouve que nous avons réussi à être embauchés au même endroit.

Je repense à sa joie lorsque nous avions signé notre bail commun. Nous étions si contents de franchir cette nouvelle étape dans notre vie de couple. Je continue mon récit, les pensées voguant vers un passé lointain.

— C'est tout naturellement que nous nous sommes installés dans la banlieue résidentielle d'Helsinki. Je pensais que le temps avait renforcé notre lien, mais aujourd'hui, je me demande à quel point j'ai été aveugle. Elle est partie, un soir de novembre, soi-disant car elle voulait voyager, voir l'Europe et ne plus être enchaînée à la Finlande. Mais elle m'a surtout quittée, car elle en aimait un autre.

Prononcer cette constatation à voix haute est plus douloureux que je ne l'imaginais. Cependant, le poids dans ma poitrine me semble moins lourd, comme si je comprenais enfin qu'elle n'est plus là et acceptais de la laisser partir.

— Donc oui, en plus de huit années de vie commune, je suis tombé littéralement amoureux de Roosa. J'ai encore de la peine à en parler, car c'est toujours douloureux, mais c'est la première fois, depuis mon arrivée ici, que cela devient plus facile à assimiler.

Les yeux de Kyllikki brillent, on dirait qu'elle me comprend. Davantage même que ma famille ou mon entourage plus proche d'Helsinki.

— Tu as le droit d'être triste ou déçu. Plus de huit ans, avec une étape importante que tu souhaitais passer à ses côtés… je n'imagine pas ta peine lorsqu'elle t'a quitté. Enfin, peut-être que si, finalement…

Maintenant, la tristesse l'envahit. Je suis certain qu'elle garde en elle un épisode douloureux de sa vie. Celui pour lequel elle se contraint à ne plus aimer, ne plus s'attacher. J'aimerais qu'elle m'en parle, cependant je ne la pousserai pas, ce n'est pas mon rôle et nous ne nous connaissons pas assez. Son passé lui appartient, chacun mène son traîneau comme il l'entend.

— Isaac, tu fous de l'eau partout ! râle Matias en apparaissant dans la cuisine.

J'observe mon anorak ruisselant, et mes chaussettes trempées… Effectivement, j'ai mouillé le sol de la cuisine.

— Je vais nettoyer tout ça.

Après avoir pendu ma veste à sa place sur le porte-manteau, je reviens dans la cuisine et prends la serpillère que me tend Kyllikki pour éponger mes bêtises. Le léger sourire sur ses lèvres me rassure sur le fait que ce n'est pas si grave, et que je ne dois probablement pas être le premier à faire ça.

— Allez, à table, les garçons !

Avec sa cuillère en bois à la main, ses paroles sonnent comme une menace, mais nous éclatons tous de rire devant le comique de la situation.

La tension est enfin redescendue, ces quelques jours loin d'ici auront été bénéfiques. Je ne voulais en aucun cas paraître envahissant aux yeux de Kyllikki. Malgré moi, je crois qu'elle me plaît. Non, ce serait me mentir à moi-même… C'est une certitude : elle me plaît. Comment un petit bout de tornade elle a-t-il réussi à prendre si vite une place ? Je ne sais pas. Mais comme mon temps à Inari est compté, je ne veux pas m'embarquer dans quelque chose de sérieux. Nous pouvons toujours nous amuser ensemble, sans en désirer davantage.

Les conversations vont de bon train et tout est naturel entre nous trois. Je me sens enfin à ma place. Bien plus que chez mes parents où leur maison d'hôtes les accapare en plus des préparations de *Joulu*. Heureusement que je me suis trouvé une mission tout en renouant avec une de mes passions d'adolescent. Ma vieille motoneige est toujours dans le garage de mes parents. Je l'ai trouvée ensevelie sous une montagne de couvertures derrière une pyramide de cartons. Elle n'a pas fonctionné depuis une dizaine d'années, tout est grippé et poussiéreux. Voilà de quoi m'occuper pendant mon séjour ici. Ma mère était ravie que je passe plus de temps chez eux. D'ailleurs…

— Ma mère souhaite vous inviter pour *Joulu*, je crois qu'elle vous en a déjà parlé, enfin selon ses dires…

Mes paroles jettent un froid que je n'avais pas anticipé.

— J'ai dit quelque chose qu'il ne fallait pas ?

Kyllikki soupire de lassitude et m'explique :

— Elle m'a appelé, oui. Elle souhaite se rattraper pour sa bourde au sujet de ma rumeur de grossesse. C'est gentil de sa part, mais... Je n'ai pas envie d'être de nouveau le centre de l'attention à ce sujet...

Son désarroi me touche.

— Tu ne penses pas que ce sera l'occasion idéale de rétablir la vérité une bonne fois pour toutes sur ce qu'il s'est passé ?

— Ouais... Ce serait une bonne idée si Tuuli n'avait aussi invité mes parents. Ma mère va se faire une joie de remettre une couche sur ma situation familiale. Elle n'attend que ça, que je rentre dans le rang. Cette « grossesse » était inespérée pour elle... Maintenant, elle va continuer à me faire vivre un enfer...

— Il faut en passer par là, Kiki, la réconforte Matias. Je pense que c'est une bonne solution pour éviter de laisser tout le monde se faire sa propre histoire. C'est toi qui vas en pâtir ensuite, et te voir malheureuse, c'est hors de question.

Les yeux de Kyllikki sont brillants, elle est très touchée par cette situation compliquée de laquelle elle ne parvient visiblement pas à se sortir. Mais avant que je n'aie pu ajouter quoi que ce soit, elle se lève et retourne à la cuisine pour ramener les plats et servir le dessert.

J'ai un faible pour le sucré. Ces merveilles de *joulutorttu* sont délicieuses. Et ceux de Kyllikki sont vraiment excellents. Elle a un vrai talent pour la cuisine. L'homme qui réussira à séduire son cœur aura une chance incroyable de pouvoir profiter de cette qualité, mais pour l'heure, ce sont Matias et moi qui en bénéficions.

Après avoir rangé et débarrassé la table, nous nous posons dans les canapés au coin du feu, une tasse de café à la main. Matias prend le fauteuil, et Kyllikki est assise près de moi. Mon ami fronce les sourcils en nous observant :

— Vous feriez vraiment un beau couple, tous les deux.

Je manque d'avaler ma gorgée de travers. D'où sort-il ça, lui ? Kyllikki ne veut personne dans sa vie, il est bien placé pour le savoir non ? Et pour ma part, je ne veux pas m'engager, ma rupture avec Roosa est encore bien trop fraîche.

— Et toi, Matias, où est l'élue de ton cœur ? le contre Kyllikki.

— Je n'ai encore pas croisé sa route, rétorque-t-il. Mais ne passez pas à côté de votre chance, même si ce n'est qu'ici, et que pour maintenant… Profitez-en.

Puis il se lève et part en direction des escaliers avant d'ajouter sur un ton sans équivoque :

— Bonne nuit…

21

Kyllikki

17 décembre

Mal à l'aise à côté du Viking, je ne sais vraiment pas comment réagir. D'un côté, j'ai envie de grimper sur ses cuisses pour profiter d'un nouveau baiser enflammé comme la dernière fois sur la terrasse, et de l'autre, je rêve de me carapater dans ma chambre pour échapper à la tension qui vient de naître dans la pièce.

— On n'est pas obligés de faire quoi que ce soit.

La voix chaude et rauque d'Isaac me ramène à la réalité. Il a raison, ce n'est pas parce que Matias nous suggère quelque chose que nous devons foncer tête baissée. Même si la perspective de retrouver ses lèvres est de plus en plus tentante.

Je décide d'être honnête avec lui :

— Je ne veux pas d'une relation suivie… Être en couple, c'est compliqué. Mais…

Je laisse ma phrase en suspens, ne sachant pas comment amener la suite.

— Mais tu ne serais pas contre le fait de t'amuser un peu sans obligation ? me propose-t-il, un sourire en coin ourlant ses lèvres.

Comment réussit-il à toujours viser juste me concernant ? C'en est déroutant.

— On peut dire ça comme ça...

Il écarte un de ses bras et m'invite à m'y lover. Je ne me fais pas prier et viens me presser contre lui. J'essaie de focaliser mon attention sur le feu chatoyant dans la cheminée, mais j'ai bien trop conscience du corps contre lequel je me trouve. Après un chaste baiser sur mon front, il glisse un doigt le long de ma mâchoire jusque sous mon menton pour que je relève la tête vers lui. Nos regards doivent refléter la même envie, mais je me retiens. Nos lèvres sont beaucoup plus proches que je ne me l'étais imaginé, notre position nous donne un goût de déjà-vu oh combien agréable. Je sens Isaac hésiter, comme s'il n'était pas convaincu que je désire autant que lui aller plus loin.

Nos souffles se mélangent délicieusement, je murmure :

— Embrasse-moi...

Ma requête à peine verbalisée, il appuie davantage sa bouche contre la mienne et me donne ce que je lui ai demandé. La douceur dont il fait preuve m'étonne. Sa langue vient caresser la mienne avec sensualité, l'invitant à danser langoureusement. J'en veux plus, tellement plus... Matias et Isaac ont raison, nous avons le droit de profiter de l'autre, sans attache, sans obligation, sans contrainte...

Isaac m'attire plus près, colle ma poitrine contre lui et

passe une main sous mes genoux sans que je m'y attende. Il m'assied en travers de ses cuisses, rapprochant nos deux corps pour mon plus grand plaisir. Nos lèvres ne se quittent pas. Je m'enivre de son odeur boisée, de ce goût subtil et délicieux de café sur sa langue et de sa chaleur décuplant la mienne, faisant bouillir mes veines à chaque effleurement de ses paumes sur ma peau. Je glisse mes bras autour de son cou pour être encore plus proche de lui, mon corps souhaitant se fondre avec le sien. Il promène ses doigts le long de mon dos, avant de s'écarter de moi.

Le manque est immédiat. Ce soir, je n'ai pas envie de m'arrêter, je préfère profiter de cet instant qui nous est offert à tous les deux, juste lui et moi, simplement nous.

Il se lève, me gardant contre lui, et je m'accroche encore plus fort, partagée entre la peur de tomber, et le besoin de rester près de lui. Comme si je ne pesais rien, il monte les escaliers et se fige dans le couloir.

— Est-ce que...

Comprenant sa question sans qu'il ait besoin de la prononcer, je lui indique :

— Ma chambre.

Il acquiesce et part au fond du couloir, pour m'amener dans la seule pièce que je ne partage pourtant jamais avec personne. C'est mon antre, mon jardin secret, mon cocon, mais ce soir, j'ai envie d'y accueillir un invité. Il me dépose délicatement sur mon lit, mais ne se redresse pas. Je cherche l'interrupteur et allume ma lampe de chevet afin de pouvoir contempler Isaac. La lumière tamisée lui donne une allure encore plus sauvage et sexy. Pendant que je l'observe, il reste juste au-dessus de moi avant de déposer un chapelet de baisers en dessous de mon oreille. Puis il descend vers mon cou. Chaque fois qu'il appuie ses lèvres sur ma peau, un doux frisson me parcourt. Il prend son temps, ne paraît pas pressé et c'est aussi agréable que frustrant. J'ai envie de lui, c'est indéniable. La tension entre nous ne fait qu'augmenter à chacun de nos contacts et, ce soir, elle est à son apogée.

Il remonte enfin près de ma bouche, mais décide finalement de jouer avec mes nerfs. Il embrasse mon front, puis le bout de mon nez, chacune de mes pommettes avant de continuer son manège en me torturant davantage. Ses lèvres se posent à la commissure de mes lèvres, font bouillonner mes sens. S'il ne m'embrasse pas…

Enfin, il arrive là où je l'attends. Il stoppe juste au-dessus de ma bouche, mais je n'y tiens plus. J'enroule mes bras autour de son cou et l'attire à moi, l'entraînant dans un baiser passionné, mon corps criant qu'il le veut lui, tout entier. Je l'étreins davantage, cependant il se retient sur ses coudes pour ne pas m'écraser. Son poids n'est pas un problème. Je veux le sentir partout.

Une de mes mains part se promener sous son pull, puis se faufile sous son t-shirt. L'envie de caresser du bout de mes doigts sa peau pour être encore plus proche de lui est devenue irrationnelle. Je voudrais qu'il retire ses vêtements pour pouvoir le contempler, complètement.

— Déshabille-toi.

Mon ordre sort de nulle part et, à en croire la tête que fait Isaac, il est aussi surpris que moi. Son regard se fait plus taquin. Le froid me saisit lorsqu'il s'éloigne, mais mes sens s'échauffent de nouveau au moment où mon Viking retire son pull, laissant apparaître un t-shirt le couvrant comme une seconde peau, dévoilant chaque courbe de son torse. N'en ayant pas encore assez, je me redresse sur un coude pour mieux observer le spectacle et lui indique :

— Tu es encore beaucoup trop habillé.

Son rire rauque résonne dans la pièce et un nouveau frisson me parcourt l'échine. Se prenant au jeu et, pour me faire payer mon impatience, il retire une chaussette, puis l'autre.

— C'est mieux comme ça ? me taquine-t-il.

Je me demande s'il est en proie à la même urgence que moi. Je parviens tout juste à me retenir de lui arracher ses vêtements. Je me fais peur avec de telles réactions, mais je refuse d'y réfléchir maintenant, ce sera pour plus tard. Là, tout de suite, ma seule envie, c'est lui.

Je l'observe jouer avec le tissu couvrant son torse.

La lueur mutine qui allume son regard d'encre agite davantage mes sens. Il reprend ses mouvements, désireux de m'imposer son rythme, mais je n'ai aucune intention d'être conciliante ce soir. Je me relève, agrippe son t-shirt et tente de le faire passer au-dessus de sa tête. Mon mètre cinquante n'est pas pratique lorsqu'il s'agit d'affronter un colosse de presque deux mètres. Mais, en bon joueur, il se penche et m'aide. Une fois son corps à demi nu, mes doigts parcourent lentement la toison recouvrant ses pectoraux musclés jusqu'à ses abdominaux ciselés. Un vrai bonheur à regarder. Il a l'allure d'un conquérant à cet instant, à la faible lumière tamisée de ma chambre.

L'arrière-plan est balayé par la neige tombant en rafale, je suis obnubilée par le tableau qui s'offre à moi. Je suis stupéfaite de pouvoir l'admirer ainsi, sans qu'il ne me demande quoi que ce soit. Il a décidé de me laisser les rênes ce soir, celles d'un traîneau que nous souhaitons conduire à deux. La tempête fait rage en nous, elle oppose nos incertitudes avec le désir qui enfle de plus en plus. Je l'ignore, car nous avons envie de laisser libre cours à ce besoin. Nous n'attendons rien de l'autre, nous souhaitons simplement partager un moment hors du temps, hors de tout.

22

Isaac

17 décembre

La façon dont Kyllikki me détaille me fait porter un nouveau regard sur elle. La fillette que j'ai connue a laissé place à une femme sûre d'elle et en accord avec ses besoins et ses décisions. Je lui donne le contrôle, je n'ai jamais eu de problème à le céder. J'aime le fait qu'elle se laisse aller, et qu'elle affirme ce qu'elle veut. Au moins, il n'y a pas d'ambiguïté. Ma peau frissonne sous ses caresses, Kyllikki me découvre au-delà des apparences. Je compte bien lui rendre la pareille dès qu'elle aura terminé ses observations.

Debout au milieu de sa chambre, je ne vois rien d'autre qu'elle. Je désire lui montrer que les hommes ne sont pas tous des sauvages, qui prennent sans donner en retour. Je veux la chérir pour cet instant qui nous est offert, le temps d'une valse au milieu des étoiles, pour qu'elle me montre le chemin vers les aurores.

Lorsque sa main arrive à la lisière de mon pantalon, je la stoppe et m'écarte lentement d'elle pour placer mes paumes sur ses flancs. Sa peau est parcourue d'un frisson, accentuant le désir vibrant en moi.

Je veux la garder attentive à chacun de mes contacts. Son pull disparaît assez rapidement, mais la couche polaire en dessous me demande un peu plus de dextérité. Kyllikki est coopérative et se déleste de son haut pour me faciliter la tâche. À ma grande surprise, elle ne porte pas de soutien-gorge.

Et pour moi, sa poitrine offerte crée un effet immédiat. Mon sang bouillonne dans tout mon corps, échauffant mon esprit, hâtant mes gestes que j'aimerais pourtant maîtriser pour décupler son plaisir. À nouveau penché au-dessus d'elle, je dépose mes lèvres sur les siennes, goûtant sa langue une fois de plus, jouant avec elle, puis je pars à la découverte de son corps. Chaque parcelle de peau a le droit d'être embrassée, caressée par mes baisers. Je m'attarde lorsque je l'entends gémir, exacerbant son bien-être et le mien.

Lorsque ma bouche atteint son bassin, elle se redresse sur ses coudes pour m'observer. Je relève la tête, et nos yeux se contemplent. Le désir y transparaît sans aucune pudeur, multipliant les reflets dans ses iris. L'authenticité qui se dégage de nos gestes rend le moment magique.

Mes doigts s'insinuent dans la couture de son pantalon, prennent soin d'entraîner son sous-vêtement en même temps, pour les glisser le long de ses jambes. Sa féminité se découvre au fur et à mesure que le tissu dévoile sa peau. Mes lèvres reprennent leur exploration. Lorsque Kyllikki est nue, j'embrasse l'intérieur de ses cuisses, puis descends, prenant soin d'éviter l'endroit qui me fait le plus envie. Exacerber ses sens, augmenter sa frustration pour rendre le moment de la délivrance encore plus intense, tellement attendu qu'il en devient presque douloureux, autant pour elle que pour moi. Pourtant, ce jeu me permet de la découvrir, de focaliser mon attention sur d'autres zones sensibles pouvant décupler ses sensations.

Je parcours ses jambes, lui retire ses chaussettes avant de remonter très lentement jusqu'à l'objet de ma convoitise. Le gémissement poussé par Kyllikki lorsque ma langue vient la caresser à cet endroit manque de me faire perdre le contrôle. Une de ses mains vient détacher mes cheveux et s'y enfouir. J'observe ses doigts froisser le drap. Ses jambes se plient, m'offrant un meilleur accès à son intimité. Enivré par son plaisir, envoûté par la complainte qui sort de ses lèvres alors qu'elle atteint une contrée où j'espère la rejoindre prochainement, je ne m'arrête pas avant qu'elle ne soit redescendue. Sa respiration est plus rapide et elle se redresse pour me faire face.

Le plaisir la rend encore plus désirable. Je l'admire, ravi d'avoir su la faire valser avec les lueurs iridescentes d'un ciel enflammé. Je reviens m'allonger contre elle, et glisse mes doigts le long de son flanc. Je m'appuie sur un coude, quelques-unes de mes mèches viennent lui chatouiller le visage. Je la découvre enfin détendue, un doux sourire sur son visage, qui réussit à m'apaiser. Son regard s'ancre au mien, et les reflets dorés n'ont pas disparu, une multitude de paillettes viennent éclairer ses iris, leur donnant une teinte précieuse. Kyllikki pose à son tour sa main contre ma joue et trace le contour de ma mâchoire.

J'embrasse à nouveau ses lèvres, lui offrant un baiser

plus doux, plus délicat, beaucoup moins vorace que tout à l'heure. L'avoir accompagnée dans les étoiles me suffit, rien d'autre ne m'importe. Je n'ai pas envie de satisfaire un quelconque besoin primal pour prendre, moi aussi, du plaisir.

Ce moment a beau n'être qu'éphémère, je suis ravi que nous l'ayons partagé ensemble. Ce sera peut-être le seul et, pourtant, je ne regrette absolument pas. Elle se redresse pour me faire face, mais ce soir, mon plaisir a été de la voir flirter avec le firmament. Je n'ai besoin de rien d'autre. Lorsque je lui explique que nous nous arrêterons là pour ce soir, elle grogne.

— Un homme n'a pas forcément besoin de posséder physiquement une femme pour assouvir son désir. Nous avons partagé le tien, c'est suffisant.

Le coin de sa bouche s'ourle légèrement.

— Donc, nous allons remettre ça ? me demande Kyllikki, une lueur taquine dans le regard.

— Seulement si tu es d'accord.

Elle accepte de se rallonger à côté de moi et nous laissons le calme nous envahir, bercés par les flocons virevoltants dehors, éclairés par les lumières extérieures. Lorsqu'elle s'endort dans mes bras, je m'apprête à la laisser seule dans sa chambre après l'avoir recouverte de son édredon. Je ne suis pas prêt à rester cette nuit, et je ne veux pas qu'elle me trouve trop envahissant si elle me découvre à ses côtés lorsqu'elle ouvrira les yeux. J'embrasse une dernière fois son front, récupère mes habits et recule en direction de la porte. Kyllikki se cramponne à ses couvertures, mais ne se réveille pas.

La tête pleine des images d'une Kyllikki abandonnée sous mes caresses, je m'endors.

En me réveillant le lendemain, je me sens plus reposé. Aucun cauchemar cette nuit, une première depuis des semaines. Je cherche mon téléphone pour regarder l'heure qu'il est, mais ne le trouve pas sur ma table de nuit. J'ai dû le laisser en bas hier soir. Mes préoccupations étaient tout autres au moment de rejoindre l'étage. Je ne peux même pas me repérer à la course du soleil. Je décide de descendre prendre mon petit-déjeuner avant d'aller courir. J'ai besoin d'un café et d'un grand bol d'air frais.

Les événements de la nuit ne cessent de tourner dans mon esprit. Je redoute la réaction de Kyllikki à mon égard, après son rejet suite à notre premier baiser, nous sommes passés à l'étape supérieure, bien que nous n'ayons pas réellement couché ensemble.

J'avais besoin de lui montrer que je ne suis pas un de ces crétins avec qui elle a déjà partagé une nuit. Je suis capable d'offrir du plaisir de ma partenaire sans désirer autre chose en retour. Même si nous ne voulions pas de contrainte, je ne me sentais pas prêt à sauter ce pas-là. Cela me paraît stupide en y pensant. Ce que je lui ai fait est plus intime qu'une partie de jambes en l'air. Pourtant, je ne conçois pas l'acte charnel comme un aboutissement obligatoire. Seul le plaisir compte pour moi. Et que les aurores me préservent, mais voir Kyllikki ainsi s'abandonner à mes caresses m'a fait décoller avec elle.

Lorsque j'arrive dans le couloir, j'aperçois la porte de la salle de bains se fermer au même moment. Kyllikki est-elle déjà debout ? M'évite-t-elle ?

Je rejoins la cuisine et me prépare mon breuvage favori avant de prendre une brioche à la cannelle dans une des boîtes du placard. Je me poste devant la baie vitrée pour contempler le paysage. La neige s'est arrêtée de tomber, recouvrant le lac d'une couche duveteuse toute fraîche, offrant une vue magique. Même dans la nuit, l'étendue blanche scintille sous les rayons de la lune comme un champ de diamants.

Je ne mets pas longtemps à avaler mon petit-déjeuner, puis récupère mon téléphone avant de me préparer pour courir.

Le froid me fouette le visage dès que j'entrouvre la porte de la maison. L'humidité de l'extérieur le rend plus mordant. Cela ne me dérange pas, il me rend plus vivant. Je consulte l'heure sur mon portable, il est tout juste sept heures, pas étonnant que personne ne m'ait tenu compagnie pour ce premier repas de la journée. Je range l'appareil dans la poche intérieure de ma veste et m'élance dans la toundra enneigée.

Je n'avais pas anticipé l'épaisseur de neige tombée durant la nuit, mais il doit bien y avoir vingt centimètres de poudreuse, ralentissant considérablement mes foulées. Si je m'en acclimate au départ, au bout d'une demi-heure, je me rends à l'évidence. Bien que je pratique régulièrement le footing, ici, sur des sentiers non tassés, cela s'apparente à un sport extrême. Je rebrousse chemin, mes doigts de pied commençant à ressentir la morsure de la température négative. Je ne me suis pas équipé assez chaudement, un vrai touriste… À croire que j'ai oublié toutes les bases.

En passant enfin la porte de la maison, je suis partagé entre un chaud intense bouillonnant de l'intérieur et une glaciation des parties exposées au froid. Je me débarrasse de mes chaussures sur le palier avant de monter directement dans ma chambre pour me délecter d'une bonne douche chaude.

Je retiens une grimace lorsque l'eau brûle mes extrémités gelées. Quel idiot d'avoir cru vaincre la nature, ce n'est pas comme si je ne connaissais pas le coin depuis toujours ! Les activités sportives intenses sont déconseillées en plein hiver, et courir dans la poudreuse au lieu de marcher dessus en raquettes s'apparente à du masochisme. Le moment est douloureux et, quand je sors enfin de la cabine, la salle de bains est remplie de vapeur. Je me sèche le corps et les cheveux avant de m'habiller.

Quand je reviens dans la cuisine, mes amis ne s'y trouvent pas. Je me sers un nouveau café et consulte mon téléphone. Une vibration sonore me fait sursauter. Mon appareil s'agite dans ma paume et j'aperçois le nom de ma mère s'inscrire sur l'écran.

— Bonjour *aïti*. Comment vas-tu ?

— Ah Isaac, ton père s'est coincé le dos en voulant s'occuper tout seul du tas de neige devant la maison, tu le connais… soupire-t-elle. Enfin bref, tu pourrais venir nous donner un coup de main pour tout enlever ? Nos hôtes sont partis randonner pour la journée et nous aimerions que tout soit dégagé avant ce soir. Nous organisons la soirée de préparation de *Joulu* avec nos amis du village.

Comment oublier cet événement ? D'aussi loin que je me souvienne, mes parents ont toujours accueilli leurs plus proches amis pour se mettre dans l'ambiance des fêtes.

23

Isaac

18 DÉCEMBRE

Après avoir passé plusieurs heures à faire place nette, autant au chalet qu'autour de chez mes parents, je ne rêve que d'une chose, détendre mes muscles au sauna. Si on y ajoute ma sortie matinale, je n'étais pas prêt à autant d'activités physiques aujourd'hui. Pelleter la neige ne fait plus partie de mes tâches depuis mon départ à Helsinki. Nous habitions dans un appartement et le bas de l'immeuble était dégagé par une entreprise.

Après mon dur labeur de la journée pour ôter le mètre tombé hier, j'ai partagé un café avec *aïti*. Nous profitons de chaque moment ensemble. Elle a du mal avec l'idée que je reparte d'ici une quinzaine de jours, juste après le Nouvel An. J'ai pris trois semaines de congé pour pouvoir passer *Joulu* avec eux. Il me sera difficile de les prolonger au-delà du 1er janvier. Et puis, la vie doit reprendre son cours. Je dois retrouver mon travail, mes collègues, Roosa…

Cette dernière pensée m'attriste. Son départ est toujours difficile à encaisser, mais peut-être sera-t-elle partie pour le sud de l'Europe, comme elle le désirait tant ?

Cela me fait penser que je vais devoir rendre sa bague, en espérant que le joaillier accepte de la reprendre. La lui offrir était un moment dont j'avais hâte, proposer à la femme que j'aime de passer le reste de sa vie à mes côtés, rendre la fête de *Joulu* encore plus magique tout en franchissant une étape supplémentaire dans notre vie à deux… Tout ça me paraît si loin. Revenir ici m'a permis de mettre de la distance avec mon quotidien dans la capitale. Mon retour n'était pas prévu cette année. Comme nous devions passer les fêtes tous les deux, je n'ai pas acheté de cadeaux pour ma famille et mes amis.

Une lueur s'allume dans mon esprit, je vais devoir y remédier rapidement. Une petite virée à Ivalo s'impose dans les prochains jours.

Mais pour l'heure, j'ai bien mérité un moment de détente. Je monte dans ma chambre me déshabiller et prendre ma serviette avant de braver les températures glaciales pour parvenir jusqu'au sauna. Heureusement qu'il n'y a que quelques mètres à parcourir, sinon je serais congelé avant d'arriver sur place. Lorsque j'ouvre la porte, un épais nuage de chaleur s'échappe de l'intérieur. Cette invention est l'une des meilleures de Finlande. Rien de tel pour réparer tous nos maux. L'odeur délicieuse et réconfortante du bois chaud emplit l'espace. Une fois assis sur un banc, je verse une louche d'eau sur les pierres brûlantes et retourne le sablier. La chaleur fait transpirer chacun des pores de ma peau. Les gouttes ruissellent sur mon corps, emportant avec elles mes douleurs, aussi bien physiques que mentales. Je m'isole dans ma bulle et profite de ce moment où rien d'autre ne compte.

Quand mon temps est écoulé, je ressors et, contrairement à ma dernière venue ici, je me jette dans un tas de poudreuse. Encore imprégné de la chaleur de l'intérieur, je profite du contraste pour frotter mon corps avec la neige fraîche, avant de me parer à nouveau de ma serviette et de retourner rapidement à l'intérieur de la maison. J'aperçois au loin les traîneaux revenant par ici, mais je ne me risque pas à les attendre dehors, j'aurais trop peur de perdre un orteil.

Un passage par la douche et, détendu, je redescends dans la cuisine. Matias et Kyllikki ne sont pas encore là.

Une tasse fumante de mon breuvage favori en main, je me dirige vers la baie vitrée pour contempler la nuit polaire. Je trouve cette région du monde si incroyable pour ça ! La course du soleil est presque quelque chose de divin. Après une absence totale de l'astre dans le ciel durant les mois les plus froids, il a une présence constante en été. Un contraste saisissant entre les nuits interminables et les journées continues. Les touristes sont souvent déboussolés en venant ici. S'attendant à trouver les photos des cartes postales avec un coucher de soleil en plein mois de janvier, ils n'en reviennent pas de ne pas voir les paysages qui les entourent. Seules les illuminations et les lampes des promeneurs créent des points lumineux venant rompre la nuit.

Je suis natif d'ici, ces moments d'obscurité me manquaient durant la saison froide. Celle-ci crée un climat différent, nous oblige à nous adapter. Rien n'est capable de changer un tel phénomène. Mon retour aux sources est une véritable bouffée d'air frais. Je retrouve certains repères oubliés depuis mon déménagement, mes amis, ceux qui ne me connaissent pas par le biais de Roosa, et qui, même, ne la connaissent pas vraiment. Personne ici ne me parle d'elle. C'est assez déroutant, mais aussi bénéfique. Elle reste cependant dans mon esprit dans les moments de solitude comme maintenant.

Deux bras frêles entourent ma taille, et un corps chaud se plaque contre mon dos. Un soupir de soulagement m'échappe : Kyllikki ne me fuit pas. Ma paume vient recouvrir les siennes et ce contact naturel me fait du bien.

— On part au sauna avec Matias, tu te joins à nous ? me suggère la jeune femme.

— C'est gentil de proposer, mais j'en sors. La prochaine fois, je vous attendrai.

Elle se détache de moi et vient me faire face.

— Tout va bien, Isaac ?

Mes yeux la détaillent et je ne peux empêcher un sourire de s'épanouir sur mon visage. Ses cheveux en bataille sont collés par la transpiration sur son front, ses joues sont rougies par le froid qu'elle affronte depuis plusieurs heures, et ce qui me touche le plus, c'est cette lueur différente dans son regard lorsqu'elle m'observe.

Quelque chose a changé entre nous, dans le bon sens, je l'espère. Mais je sais que nous n'évoluerons pas ensemble au-delà de mon passage ici. De toute façon, je ne suis pas certain d'être capable de me donner à nouveau dans une relation. Non pas que je souhaite utiliser Kyllikki, ou profiter de la situation, mais si nous sommes tous les deux sur la même longueur d'onde, je ne vois pas le problème.

— Oui, tout va bien.

Et c'est la stricte vérité. Je ne me rappelle pas avoir déjà ressenti une telle paix intérieure. C'est comme si je reprenais enfin le contrôle de ma vie, comme si je me donnais à nouveau le droit de vivre, tout simplement.

— D'accord, concède-t-elle. Alors on se retrouve tout à l'heure.

Elle s'éloigne et je l'entends rapporter mes paroles à Matias. Elle ajoute que j'ai l'air bizarre, mais qu'ils s'occuperont de ça plus tard. Je dois l'intriguer en effet. Elle ne connaît que la personne meurtrie que j'étais à mon arrivée. Nos précédents échanges n'allant jamais au-delà du simple bonjour. Elle traînait dans les pattes de Keijo, d'aussi loin que je me souvienne, même alors que nous étions en pleine poussée d'hormones. C'est dingue de voir à quel point l'âge n'est qu'un nombre. Plus nous vieillissons, plus ces cinq ans d'écart, qui nous paraissaient si importants lorsque nous étions gosses, sont aujourd'hui insignifiants.

Je porte une nouvelle fois ma tasse à mes lèvres et observe mes amis se dépêcher de se rendre dans le sauna. Ces deux-là auraient pu former un beau couple. Leur complicité doit faire des envieux, et pourtant, depuis mon arrivée, Matias n'a jamais montré autre chose qu'un puissant instinct de protection envers Kyllikki. Il la traite de la même manière que Keijo. D'ailleurs, je n'ai pas énormément vu mon ami. Il doit être très occupé, et je passe pas mal de temps chez mes parents. Je devrais lui proposer de venir manger à la maison avec sa fiancée. Si je me charge du repas, je suis certain que Matias et Kyllikki seront ravis.

Un quart d'heure plus tard, Matias sort du chalet avec Kyllikki sur une épaule et la balance dans la neige. Celle-ci lui hurle toute une flopée d'injures très exotiques. Je souris en les voyant s'amuser comme des gosses. Puis Matias se précipite dans la maison et ferme à clé la porte derrière lui avant de s'en aller à l'étage. Kyllikki tambourine contre le battant en continuant de l'insulter.

N'ayant pas envie qu'elle tombe malade, je vais lui ouvrir et elle est à deux doigts de tomber alors qu'elle continuait de frapper contre la porte. Elle atterrit contre ma poitrine et manque de me faire perdre l'audition tellement elle hurle.

— Matias, je vais te faire la peau !

J'entoure son dos d'un bras, mais elle me repousse et s'élance dans les escaliers à la poursuite de notre ami. Elle a gardé une part de son âme d'enfant.

Leurs cris me parviennent depuis l'étage et je m'amuse à les entendre ainsi. On pourrait vraiment penser qu'ils sont frère et sœur au vu du nombre de chamailleries et de crasses qu'ils se font tous les deux. Leur amitié est belle à voir.

Lorsqu'ils redescendent, propres et habillés, j'ai rejoint ma place favorite dans la maison : sur le canapé à contempler le feu. Je n'avais pas la chance d'avoir une cheminée dans notre appartement et, pourtant, c'est vraiment l'âme d'un foyer.

Matias vient se poser près de moi et Kyllikki prend le fauteuil en face.

— Prêt pour les traditionnels chants de *Joulu* et la préparation des festivités à venir? nous demande Matias, en sortant son portable.

— J'adore cette période de l'année, s'enthousiasme

Kyllikki. J'espère juste que personne ne viendra nous embêter avec les histoires de la semaine dernière...

Son ton est devenu plus mélancolique, et je veux bien croire qu'elle n'ait pas envie que chacun vienne mettre son grain de sel dans sa vie. C'est un des inconvénients de vivre dans un petit village où tout le monde se connaît, les rumeurs se propagent plus vite que les aurores.

— Je reviens, nous informe Matias en se levant, le téléphone contre son oreille.

Je le suis des yeux, puis interroge Kyllikki.

— Un problème ?

— Aucune idée, on lui posera la question.

Je sens les coups d'œil en coin de ma coloc sur moi, et ne peux retenir un sourire.

— Et toi, un problème ?

J'emploie volontairement les mêmes mots, mais sur un ton plus badin.

— Je me disais juste que tu étais sacrément bien foutu, avoue-t-elle.

Je suis toujours surpris de son honnêteté en toutes circonstances. Entre ça et ses pensées à haute voix, elle est transparente pour moi. À savoir si elle est ainsi avec tout le monde ou si j'ai un privilège.

24

Kyllikki

18 décembre

Nous sommes attablés chez Tuuli et Aleksander, occupés pour certains à faire de la pâte à *piparkakku*, pour d'autres à préparer une grande quantité de *glögi*, ou encore créer des lanternes pour illuminer davantage la ville. Moi, je cherche la playlist spéciale *Joulu* pour le repas de ce soir. Lorsque les premières notes de *Walking in the air* retentissent, tout le monde donne de la voix pour interpréter notre chant. C'est l'une de nos traditions préférées. Nous retrouver pour préparer *Joulu* en chantant est toujours un moment magique.

J'observe Isaac, Matias et Keijo en train de remuer la boisson sur le feu en riant. Ces trois-là font plaisir à voir. Leur amitié a été conservée malgré les années et l'éloignement d'Isaac. Je n'ai pas eu cette chance. Lorsque je suis rentrée de l'université, les filles du village s'étaient trouvé des hommes et aspiraient seulement à fonder une famille. Des considérations loin de mes pensées, encore maintenant. Les garçons ne souhaitaient que me mettre dans leur lit, tout ça pour ensuite me donner cette réputation de *Jääkuningatar*. Pourtant, je n'ai pas envie de cette mission de femme au foyer, elle ne me convient pas et ce ne sera jamais le cas. Ma mère a du mal à le comprendre, et je suppose que Aija, la fiancée de Keijo, doit se faire presser pour lui donner des petits-enfants.

Quand les gens comprendront-ils que l'on ne fait pas d'enfant pour les autres, mais pour soi, parce que l'on en a envie ? Je ne saisis pas pourquoi nous ne pouvons pas avoir une opinion à ce sujet. Si j'ai le malheur de dire que je ne souhaite pas en avoir, j'ai le droit à tous les discours prétendant que c'est magnifique, fabuleux, incroyable… Bien évidemment, je suis encore jeune, je changerai forcément d'avis avec les années, parce qu'une femme, c'est fait pour être une mère… Le but ultime à atteindre sans quoi, tout ce qui nous attend ensuite, c'est le vide, le manque, comme si j'allais passer à côté de quelque chose… Comme si sans enfant, nous ne pouvions pas être heureux… Tout ça pour entendre juste après tous les déboires de couches, rejets, objets cassés et j'en passe. Désolée, mais non.

Perdue dans mes pensées, je n'ai pas aperçu Jimmy arriver vers moi. Je ne peux retenir un long soupir d'exaspération.

— Salut Kyllikki.

Il paraît bizarre, je me tourne pour lui faire face et le salue à mon tour. Puis il enchaîne :

— Je suis désolé pour l'autre soir. Je n'aurais pas dû te balancer ça à la figure. Tu avais été claire depuis notre première fois, et j'ai espéré plus sans prendre en compte tes envies, à toi. Quand Tuuli a insinué que tu étais enceinte de Matias, j'ai vu rouge.

J'en tombe des nues. Jamais je n'aurais imaginé recevoir des excuses de sa part.

— Ce que tu m'as dit a été douloureux à assimiler. Une *Jääkuningatar*, ce n'est pas vraiment un surnom que l'on prend à la légère. Je me suis sentie humiliée et utilisée, moi aussi. Pourquoi est-ce qu'en tant que femme, je n'ai pas le droit de m'amuser ? Vos comportements de machos me dégoûtent, et après, on se demande pourquoi je ne me case avec personne.

Je n'ai rien à ajouter. Je n'ai pas envie d'être vulgaire ou agressive, encore moins devant des personnes qui se dépêcheraient de tirer des conclusions hâtives sur notre discussion. J'espère que maintenant, Jimmy a compris qu'il n'y aura plus jamais rien entre nous.

— Je suis désolé, vraiment, j'espérais qu'on pourrait rester ami, mais je ne pense pas qu'après mon retour en France, je revienne ici. Je vais m'épargner un nouveau refus de ta part. Je te souhaite d'être heureuse, et de trouver quelqu'un qui te correspond.

Sur ces paroles, il tourne les talons et me laisse seule au milieu du couloir. Un poids s'envole de ma poitrine, comme si on avait activé à nouveau l'entrée d'oxygène dans mes poumons. Les paroles de Jimmy m'ont fait du bien. Mettre un point final à cette histoire me soulage plus que je ne l'aurais pensé.

Une main vient se poser au creux de mes reins et une douce onde de chaleur se propage dans mon corps. Je regarde par-dessus mon épaule et découvre Isaac. Il est tout près. Sentir son corps à proximité du mien fait remonter les souvenirs de la nuit dernière. Il a fait de moi le centre de son univers. Chacune de ses caresses était destinée à mon plaisir, et pourtant, il n'a rien demandé ensuite. Cela m'a déroutée, car ce n'est pas dans mes habitudes de recevoir de cette façon. Lorsque je me suis réveillée seule ce matin, j'étais perdue, ne sachant pas si les événements de la veille étaient un rêve ou la réalité.

— Tout va bien ? me questionne Isaac, me ramenant au moment présent.

J'acquiesce.

— Que voulait-il ? Pas t'insulter, j'espère ?

Je comprends qu'il me parle de Jimmy. Mes pensées étaient encore avec Isaac dans mes songes.

— Il est venu s'excuser, moi-même j'ai du mal à y croire.

— Tant mieux, approuve-t-il. Voilà une bonne chose de réglée.

Tuuli arrive avec d'immenses plateaux remplis de jambon, de saucisses et de harengs. Nous nous installons tous sur les canapés au coin du feu. Isaac s'assied près de moi, et j'ai la mauvaise surprise d'avoir ma mère de l'autre côté. J'avais pourtant réussi à l'éviter jusque-là, la croisant simplement le temps de les saluer, elle et mon père.

— Alors ma chérie, pourquoi nous avoir fait une fausse joie avec cette grossesse inventée ? attaque-t-elle directement.

Si elle commence comme ça, je garantis que je vais faire un carnage !

— Parce que vous vous mêlez tous de ce qui ne vous regarde pas... Et être enceinte ne me procurerait aucune *joie.*

Je ne parviens pas à retenir mes paroles.

— Kyllikki, tu me parles sur un autre ton, je suis ta mère !

Je vois Keijo prêt à intervenir, mais j'en ai marre cette fois. Cette année, tout va trop loin. C'est vraiment beaucoup plus que je ne suis capable de supporter.

— Et toi, arrête de te mêler de ma vie. Tu es ma mère, oui, tu me le rappelles à chaque fois ! Au cas où je l'oublierais entre-temps. J'ai vingt-cinq ans, pas cinq. Alors cesse de vouloir toujours m'imposer tes choix.

— Si tu faisais les bons, peut-être que...

— Stop, maman ! Tes choix ne sont pas les miens. Je ne veux pas d'enfants, ni maintenant, ni jamais... Avec personne, tu peux comprendre ça ?

Elle se recoiffe. Comme si me prendre la tête avait une quelconque incidence sur son apparence.

— De toute façon, tu n'en fais qu'à ta tête. Ce n'est pas quand il sera trop tard qu'il faudra le regretter...

Je vois rouge. Elle m'exaspère à imaginer savoir ce que je veux, ou voudrai plus tard. Agacée, au bord de l'implosion, je crache :

— Laissez-moi tranquille avec vos conseils à deux marks. Pelletez déjà devant votre chalet avant de venir vous occuper du mien !

— Tu vas t'en mordre les doigts si tu laisses passer cette chance..., continue-t-elle de me provoquer.

C'en est trop j'explose !

— Tu ne t'es jamais demandé si le problème n'était

pas ailleurs ? Tu ne m'as jamais demandé pourquoi ? Tu te contentes de remettre le sujet sur le tapis constamment, en espérant que ma décision changera. Jamais... tu m'entends... J-A-M-A-I-S...

J'épelle ce dernier mot dans l'espoir qu'il s'inscrive plus profondément dans son cerveau borné. Elle se tait enfin. Plus personne n'ose bouger ni faire le moindre bruit. Tous les regards sont fixés sur moi. Certains sont tristes, d'autres outrés...

— Avant de porter un jugement sur les autres, posez-vous les bonnes questions... Ne pas vouloir d'enfant, ce n'est pas une tare, c'est un choix ! Alors respectez-le.

Je me lève, prends ma veste dans l'entrée et enfile mes bottes. Comment en est-on arrivé à un tel point ? Il n'est plus possible de vivre sa vie comme on l'entend aujourd'hui, il faut le faire comme le désirent nos parents, c'est un comble. On nous dicte le moindre de nos comportements, « Fais pas ci ! Fais pas ça ! » Perpétuer la lignée, avoir des enfants va bientôt être une obligation, si on les écoute. Je n'ai pas envie d'être responsable d'un petit être qui n'a rien demandé. Devoir le guider alors que je peine à avancer toute seule, ce ne serait pas lui faire un cadeau. Je laisse ça aux femmes ayant développé cette fibre maternelle. Quand je vois ma mère, je me demande pourquoi elle nous a eus. C'est peut-être là que le bât blesse, elle n'a jamais imaginé pouvoir avoir le choix, et elle ne veut pas que je l'aie non plus.

J'enrage et shoote dans les tas de poudreuse sur ma route. Ma maison n'est pas très loin, mais la neige s'enfonce sous mes pieds, rendant le trajet plus pénible. Ce n'est pas grave, j'ai l'habitude. Le bruit d'un moteur est soudain audible derrière moi, puis une motoneige s'arrête à mon niveau. Je n'ai envie de voir personne. Ils veulent tous contrôler mes faits et gestes, mes pensées, mes besoins, ma vie finalement...

— Allez, monte, me propose une voix reconnaissable entre mille.

Mon frère est toujours le premier à venir à ma rescousse. Il est le seul à connaître mon histoire. Lui et Matias acceptent mes décisions et mes choix. Pas besoin de justifier mes actes devant eux, je suis libre. C'est cette liberté que ne parvient pas à tolérer Piritta Koskinen. Pourtant, elle devrait souhaiter mon bonheur, plus que quiconque, au lieu de vouloir me façonner et me faire entrer dans un moule qui ne me convient pas, et ne me conviendra surtout jamais.

Je saisis la main tendue devant moi et m'installe derrière Keijo. Il démarre et me ramène à la maison. Il me connaît suffisamment pour savoir que je ne souhaite pas parler. J'ai besoin de silence, d'air et de nature. Après m'être chaudement habillée, direction l'enclos de mes chiens, Asha va être ravie de partir pour une balade en solitaire. Juste moi et elle. Je prends mes affaires de ski de fond et ma lampe frontale, attache mon husky à ma ceinture et nous sommes parties pour une très longue balade.

Au fur et à mesure de ma progression dans la toundra glacée, je sens les larmes me monter aux yeux. Comment ma mère fait-elle pour avoir encore une telle emprise sur moi ? Après autant d'années à lui tenir tête, cela me fait encore mal de subir ses remontrances incessantes. Cette année, *Joulu* n'est vraiment pas comme d'habitude. J'ai de plus en plus de difficultés à encaisser toutes ces remarques et, à cela, viennent s'ajouter Jimmy et les fausses rumeurs, c'est un vrai désastre.

Le seul moment où je me suis sentie bien, c'était dans les bras d'Isaac. Il a su me montrer que j'avais toujours le droit d'avoir le contrôle, d'avoir envie, de ne pas être jugée sur mes actes… Il m'a donné de son temps, de sa tendresse, de sa compréhension, sans rien attendre en retour. Cet homme pourrait être un mythe, jamais je n'en ai croisé un autre comme lui.

Une ombre plane en permanence dans ses yeux, car le départ de son ex l'a beaucoup affecté. Cependant, je trouve touchant qu'il exprime ses émotions et qu'il ne se donne pas l'air d'un gros dur que rien n'atteint. Cette sensibilité est un de ses points forts, et lorsqu'il a exploré mon corps, je l'ai ressentie davantage. Aucun homme n'avait pris la peine de me contempler ainsi. Pour quelques heures ensemble, cela ne les intéressait pas. Isaac, lui, est bien différent. Il semble comprendre ce dont les autres ont besoin. Enfin, c'est ce que j'ai ressenti cette nuit.

Des sillons glacés zèbrent mes joues, j'avance au maximum de mes capacités vers l'horizon enneigé et Asha me tire pour accélérer davantage ma cadence. Cette fuite est-elle vraiment la solution ? Je n'en ai aucune idée, mais mes pensées sont plus claires à présent. Je me demande si cela servirait à quelque chose de raconter ce qu'il m'est arrivé avec Tim à mes parents, ou si, comme pour tout le reste, ils n'en tiendraient même pas compte.

Les ombres des sapins bordant le lac accompagnent ma traversée. Le silence réussit à m'apaiser au fur et à mesure de mon avancée. Le froid m'aide à reprendre conscience de mon corps, de ce qui m'entoure, de l'endroit merveilleux dans lequel j'ai la chance d'évoluer. Si je ne plais pas à ma mère telle que je suis, tant pis pour elle, je suis lasse de me battre.

La fatigue commence à me gagner. La randonnée d'aujourd'hui a été physique, et Asha a aussi le droit de se reposer.

Je la rappelle et la prends contre moi pour la caresser. C'est le premier chien de ma meute, celle qui m'accompagne depuis le tout début. L'été, lorsque Matias n'est pas là, elle dort avec moi à l'intérieur comme un doudou, une présence réconfortante.

Mais en hiver, avec la neige qui salit l'intérieur et son besoin d'être au sein de son groupe, je la laisse dans son parc avec les autres.

Nous reprenons toutes les deux le chemin inverse, moins rapidement. Une multitude d'étoiles illumine le ciel, la lune est absente de ce paysage incroyable. Ce soir, pas de chasse aux aurores pour nous, et pourtant, les conditions sont idéales. Il y a un peu moins de touristes que d'habitude cette année dans le coin, alors qu'à la même période, il y a deux ans, nous avons travaillé nuit et jour pour satisfaire tout le monde. Un peu de calme ne fait pas de mal. Le village de Rovaniemi est beaucoup plus visité. La maison de *Joulupukki*[20] et tout le folklore mis en place dans le village attirent toujours plus de monde. Ils sont passés d'un joli village authentique à un vrai objet de marketing.

Nous cherchons de nouvelles solutions pour nous permettre d'accroître la renommée d'Inari, et de proposer des séjours insolites. Attirer une clientèle différente à Inari sera excellent pour les affaires, seulement se pose encore le problème de l'hébergement. Nous sommes en pleine réflexion autour de ce projet d'une ampleur colossale. J'ai

20 Père Noël en finnois.

bon espoir que nous y parvenions dans un avenir proche.

Pour l'heure, je repère enfin ma maison, les illuminations accrochées par les garçons la personnalisent. Elles éclairent mon chemin, me guident pour que je ne me perde pas. Je détache Asha, afin qu'elle puisse se dégourdir les pattes et rentrer, elle aussi, auprès des siens. Il doit être tard, mais je n'ai aucune notion de l'heure. C'est l'un des désavantages de cette nuit permanente ici. Les constellations sont aussi de bons indicateurs, mais je suis proche du chalet, j'arrive bientôt.

Enfin chez moi, les jambes en feu après l'exercice intense que je viens de faire. Après avoir rangé mes affaires et je pénètre chez moi.

25

Kyllikki

18 DÉCEMBRE

La cheminée est allumée et Isaac boit son café sur le canapé. Cette vision est devenue presque normale ici. Le voir là est une scène de notre quotidien, et j'aime ça. Si, au départ, je n'étais pas pour accueillir un nouveau colocataire ici, car je ne le connaissais pas vraiment, aujourd'hui après deux semaines de cohabitation, nous trouvons nos marques. Il s'est fait une place naturellement, nous aide pour les tâches quotidiennes et il n'est pas encombrant. Je ne sais pas réellement ce qu'il fait de ses journées, mais il me semble qu'il est pas mal chez ses parents, pour faire des petits travaux, et les aider dans l'entretien de leur maison.

Doucement, je m'avance vers lui, ses yeux sont perdus dans la contemplation de la cheminée et je me demande à quoi il songe lorsqu'il est dans ces dispositions-là ? À son ex ? À sa vie à Helsinki ? À son départ prochain ?

Pourquoi ce sont ces questions qui me viennent en premier en tête ? Ce soir, j'ai besoin de revenir sur ce qu'il s'est passé lors du repas. Je prends place près de lui sur le canapé, et replie les genoux sous mes fesses. Son attention se porte sur moi, et un léger sourire ourle ses lèvres. Je ne peux m'empêcher de lui demander :

— Toi aussi, tu me trouves égoïste ?

Son visage affiche immédiatement un air choqué.

— Égoïste ? Tu m'expliques ?

— De ne pas vouloir d'enfant, d'avoir une vie où je m'occupe en premier de moi...

— C'est réellement ce que tu penses de toi, Kyllikki ? me demande-t-il.

— C'est ce que mon ex m'a reproché. C'est sûrement ce que les gens imaginent.

Il passe sa main dans ses cheveux, geste qu'il exécute lorsqu'il est mal à l'aise, je l'ai souvent remarqué. Mon estomac se serre. Il croit ça, lui aussi ?

— Kyllikki, ton ex était un crétin, si tu veux mon avis.

— Il m'a brisé le cœur ce jour-là. Je l'aimais, vraiment, mais lorsqu'on te regarde comme si tu étais un monstre, parce que tu informes que tu ne souhaites pas être mère, c'est difficile à encaisser.

— Un monstre, s'étonne-t-il. Tu n'es pas sérieuse ?

Ses traits sont plus durs. Son visage se ferme.

— Si. Un monstre égoïste... Quand je vois où va le monde, et comme je suis, je ne pourrais pas assurer le bonheur d'un enfant. J'ai déjà du mal à m'occuper de moi, alors si j'avais en plus la responsabilité d'un autre être humain, je n'y arriverais pas.

— Je comprends, affirme-t-il. J'ai toujours vu le fait de devenir parent comme une étape incontournable de la vie. Depuis que je te connais, je me dis qu'il est possible d'aspirer à quelque chose de différent, tout aussi épanouissant.

Je suis surprise par ces mots. Ceux que je rêvais d'entendre de la part de Tim, mais qui ont été remplacés par un venin destructeur.

Je raconte à Isaac le souvenir de ce fameux soir. Nous étions tous les deux, installés sur le canapé de notre appartement. La télévision diffusait une émission sur les familles nombreuses. Je déteste ce genre de télé-crochet, où les femmes s'affichent dans leurs galères quotidiennes pour que le reste de la planète éprouve de la compassion pour elles. Je soupirais pour au moins la dixième fois, lorsque Tim m'a dit :

« J'espère que ce sera plus facile pour nous. »

Je me suis retournée, affolée, ne comprenant pas exactement où il voulait en venir.

« Oui, quand tu t'occuperas de nos enfants, j'espère que tu n'auras pas ces problèmes-là. »

Le cœur au bord des lèvres, mes mains s'étaient mises à trembler. Nous n'avions encore jamais abordé le sujet, même si nous étions ensemble depuis un an. Je pensais avoir le temps avant de lui en parler, tellement j'avais peur de sa réaction. J'espérais qu'il comprendrait ma position, approuverait mes choix. Sauf que, quand je lui ai expliqué que je ne souhaitais pas avoir d'enfants, ce n'est pas tant son air choqué qui m'a blessée, plutôt le long discours que j'ai dû subir ensuite. J'avais l'impression de me tenir à nouveau devant ma mère la première fois que j'ai annoncé mon point de vue.

Mais je suis restée sur mes positions, d'ailleurs, elles n'ont toujours pas changé, au grand dam de Piritta. Mais le pire, reçu comme un coup de poignard dans le cœur, a été cette phrase que m'a détruite :

« Je refuse d'envisager un avenir avec une femme aussi égoïste que toi ! »

Puis il s'est levé et il a quitté l'appartement, m'abandonnant alors que je m'étais simplement ouverte à lui sur une question importante de notre vie à deux. Il n'a jamais essayé de comprendre, ni lui ni personne. Les autres se contentent de juger et de condamner. Le libre arbitre n'est qu'une chimère, les choix sont uniques, ceux qui sortent du cadre sont des parias.

Isaac est comme Matias et Keijo, il accepte, et n'impose pas. Cet homme est assez surprenant. Durant mon récit, mon colocataire est resté à bonne distance. Je n'ose pas sonder son regard. Lui raconter ce morceau de mon passé, celui qui façonne la femme que je suis aujourd'hui, est libérateur.

Parler de la manière dont Tim m'a traitée est toujours aussi douloureux. Ce fut la fin de mes relations sérieuses avec les hommes également. Si c'est pour ne pas être prise en considération, et être abandonnée à cause de mes désirs, je ne veux plus revivre ça.

Sa main chaude vient se glisser dans la mienne et il m'attire contre lui. Il caresse mes cheveux et me garde près de lui un long moment en silence.

— Kyllikki, souffle enfin Isaac. Tu veux monter avec moi ?

Je suis choquée par sa demande. Il ne veut tout de même pas que… Mon mouvement de recul ne lui a pas échappé.

— Ne me fais pas l'affront de penser que je pourrais tirer parti de ce moment de faiblesse pour mon plaisir personnel, s'il te plaît, m'implore-t-il.

Pourtant ce n'est pas son genre, alors pourquoi ai-je imaginé le contraire ?

— Je veux juste te tenir contre moi cette nuit, rien de plus.

Ayant besoin d'être réconfortée, j'accepte de le suivre à l'étage. Il ouvre la première porte sur sa droite, celle de sa chambre, et m'invite à y entrer. Il allume sa lampe de chevet et je découvre la pièce presque vide, seule sa valise est ouverte dans un coin. Aucune affaire ne traîne. Tout est soigneusement plié et rangé.

Quand il me guide jusqu'à sa salle de bains, je ne comprends pas.

— Tu es toute tendue, m'explique-t-il. Après une journée intense comme celle-ci, une douche te fera le plus grand bien.

Le sourire taquin qui s'affiche alors sur son visage ne m'échappe pas. Il ajoute :

— Je te proposerais bien de venir te savonner le dos, mais ce n'est pas une bonne idée…

Pourtant, sa proposition me fait envie. Je lui tends la main, et il s'en saisit avant de la porter à ses lèvres dans un geste tendre.

— Viens…

Son sourire est plus timide, mais il accède à ma demande.

— Je me suis engagé à rester sage, ce n'est pas *fairplay* de ta part, Kyllikki...

Sa voix, devenue plus rauque, déclenche un frisson dans mon corps. Elle est teintée de promesses, je sais qu'il ne me touchera que si je lui demande, mais j'ai envie de profiter du contact de son corps contre le mien.

— J'aimerais bien un massage pour me détendre sous le jet, tu es intéressé par le poste ?

26

Isaac

18 décembre

Impossible de fermer l'œil de la nuit. Kyllikki s'est enfin endormie. Je me suis fait violence pour ne pas la toucher comme j'en rêvais. Observer son corps nu sous la douche m'a demandé tout mon *self-control* pour ne pas la posséder contre le mur. Ce genre de pulsions ne me ressemble pas. J'ai toujours été doux et délicat avec mes partenaires. C'est peut-être là que j'ai péché dans ma relation avec Roosa. J'ai fait preuve de trop de retenue… Je ne le saurai probablement jamais. Mais il était clair dans ma tête qu'après les révélations de Kyllikki sur son abruti d'ex, je ne pouvais pas. Mon excitation était douloureuse, sentir l'objet de mon désir si proche de moi a été un supplice, mais j'ai tenu bon. Kyllikki a remarqué mon état, mais n'a fait aucun commentaire. Cela n'aurait vraiment pas été sain, ni pour elle ni pour moi. Certaines blessures ne guérissent pas dans les bras d'une autre personne. Elles cicatrisent avec un baume adapté.

J'observe la jeune femme allongée contre moi, le visage posé sur ma poitrine, les traits détendus.

Je songe aux événements de la soirée. Comment peut-on lui reprocher de ne plus souhaiter se mettre en couple et même, de ne pas vouloir d'enfant… Les paroles de sa mère m'ont choqué. Pourquoi ne laisse-t-on pas chacun décider de son avenir ? Cette manie de vouloir tous nous faire rentrer dans un moule… Cela me rappelle mes parents à l'annonce de mon installation définitive à Helsinki. Tuuli imaginait que j'allais reprendre le flambeau familial lorsqu'ils seraient à la retraite, mais j'avais d'autres envies. Heureusement, je n'ai pas eu besoin d'argumenter longtemps pour qu'ils comprennent qu'il s'agissait de ma vie et de mes décisions. Si Kyllikki subit ça depuis toujours, il y a de quoi sortir de ses gonds.

Je caresse lentement ses cheveux de ma main libre, de l'autre j'enlace les doigts de Kyllikki et les ramène sur ma poitrine. Je tourne la tête pour regarder par la baie vitrée de ma chambre, et aperçois avec émerveillement une magnifique aurore chatoyer au-dessus du lac.

Je laisse mon esprit voguer vers ces contrées illusoires et lointaines. Elles sont le reflet d'un idéal, d'un objectif… Y a-t-il un chemin pour les atteindre ? Chaque nuance ondule selon une mélodie qui lui est propre, tout en s'accordant aux autres pour former une danse harmonieuse. N'est-ce pas ainsi que devrait aller le monde ? Que chacun soit libre de ses choix, et que quels qu'ils soient, les autres s'en accommodent pour s'accorder à la perfection avec son rythme. Et pourtant, elles sont aussi éphémères que notre passage sur cette terre. Nous devrions prendre les aurores pour modèles. Elles sont énigmatiques, et le symbole d'un Éden que tous s'emploient à ignorer.

Chaque jour supplémentaire passé ici, je me demande si je ne devrais pas rentrer définitivement. Je pourrais toujours continuer mon job actuel en travaillant à domicile, mais en ai-je vraiment envie? Je crois que je dois me laisser encore le temps de la réflexion. Il y a eu beaucoup d'émotions à la file ces dernières semaines, je ne voudrais pas précipiter une telle décision sur un coup de tête. Je dois de toute façon reprendre le boulot début janvier. Je verrai ensuite comment j'envisage mon avenir. Pour l'instant, je profite de ces moments uniques.

J'ai fini par m'endormir en contemplant les lueurs qui ondoyaient à l'extérieur, et ce matin, je trouve le lit vide à côté de moi. Je n'ai même pas entendu Kyllikki se lever. Les vêtements prêtés hier soir sont soigneusement pliés sur une chaise. Une étrange sensation me serre la poitrine. Un froid qui me saisit de l'intérieur. Avec Kyllikki, je ne sais jamais vraiment sur quel pied danser.

Je vais la laisser choisir, mon départ approchant, je ne veux rien imposer à qui que ce soit. Mais c'est vrai que j'apprécie les moments que nous passons tous les deux. J'espère avoir l'occasion de faire cette randonnée avec elle, sinon je demanderai à Matias.

Hier soir, Kyllikki ne l'a pas vu, mais je sais que notre ami est rentré au moment où elle me contait son histoire, perdue dans ses pensées. Il a donc entendu ses révélations, mais il a préféré s'esquiver lorsqu'elle s'est arrêtée. Il ne devait pas être au courant, son air mécontent était éloquent.

Une nouvelle fois, je leur laisserai le soin d'en parler entre eux, ce n'est pas mon rôle ni mon droit de donner mon avis là-dessus.

Ce matin, j'emprunte la voiture de mes parents pour me rendre à Ivalo. La ville n'est pas loin, mais elle est un peu plus importante qu'Inari. Il y a plus de choix pour trouver des cadeaux pour ma famille et mes amis. Je me gare dans la rue principale où se situent les boutiques.

Ma mère m'a subtilement glissé qu'elle aimerait un nouveau tablier, et pour mon père, une bouteille de bon vin français... Ici, l'alcool est une denrée assez rare, il faut se rendre dans les magasins spécialisés et le prix des articles dissuade d'en abuser.

J'ai déjà vu certaines vidéos dans les pays occidentaux, où ils font des concours de boissons, mais cela ne doit pas être aussi cher qu'ici. Certains Finlandais ont des caves bien remplies, les touristes leur rapportant des bouteilles dans leurs valises. Mon père est de ceux-là, mais il n'est jamais contre une bonne bouteille, et cela n'a pas changé depuis des années. Au moins le cadeau est facile à trouver.

Je pousse la porte de Alko, la seule enseigne autorisée à vendre ces produits, et pénètre dans un nouveau monde. Je ne suis pas un habitué de ce genre de lieu, mais je suis toujours fasciné devant le choix. Il y a des spiritueux, notre préféré ici restant la vodka, que nous mettons dans le *glögi* pour le corser davantage, mais au-delà de la bière, je ne consomme pas de boisson de ce type. J'atteins le rayon du vin. Il y en a de toutes les sortes, je n'y connais rien, mais je commence à regarder les étiquettes du rayon français. C'est impressionnant le nombre de variétés qui existe, comment choisir quelque chose de bon ?

Un vendeur est en train de mettre en rayon un peu plus loin, et je m'approche pour lui demander son avis. Ravi de pouvoir m'aiguiller, il passe en revue des Bordeaux, Bourgogne et autres Alsace. Selon lui, un bon gewurztraminer, accompagne parfaitement un apéritif ou un dessert, car il possède quelques notes plus sucrées, alors qu'un Pernand-Vergelesses sera plus adapté pour accompagner les viandes. Il m'en présente plusieurs autres, mais je décide de me laisser tenter par les bouteilles qu'il m'a conseillées.

J'en prends deux de chaque, et demande qu'elles soient mises dans un coffret en bois. C'est parfait ! Et de un ! Je dépose mes achats dans la voiture juste à côté et pars en quête du suivant.

Lorsque je reviens à la maison, plusieurs heures plus tard, mon estomac crie famine, mais j'ai au moins réussi à trouver l'ensemble de mes cadeaux pour *Joulu*. J'espère que chacun sera ravi de mon choix. J'ai eu un peu plus de mal avec celui de Kyllikki, mais je pense avoir déniché celui qui sera parfait.

Je range d'abord mes courses dans ma chambre et descends pour me trouver à manger. Kyllikki et Matias arrivent au même moment après leur journée de travail et mon ami tend fièrement devant lui un pack de bières.

— Ce soir, c'est apéro !

Je n'avais pas remarqué le sac rempli dans son autre main. La porte s'ouvre à nouveau sur Aija et Keijo. La soirée s'annonce bien.

Nous nous attelons tous à la préparation d'une tonne

d'amuse-bouches pour contenter l'appétit de chacun. Une fois la tâche accomplie dans la bonne humeur, nous nous installons au salon, une bière bien méritée en main. Kyllikki est assise à côté de moi, mais elle me semble distante. Sûrement à cause de la présence de son frère.

— Alors Isaac, tu repars pour Helsinki après *Joulu* ? me demande Keijo.

Malgré son ton naturel, ce rappel de la réalité est assez difficile à encaisser. Bien évidemment, dans un peu plus d'une semaine, je vais devoir retourner à ma vie d'avant, retrouver un appartement trop grand et trop vide, un job où mes collègues ont pitié de moi, devoir faire face à mon ex dans les bras d'un autre.

— Oui… Il faut bien continuer sa vie…

Mon ton las ne trompe personne, ce qui m'attend là-bas ne me réjouit pas du tout. Mais que pourrais-je faire d'autre ? Revenir ici ?

Ma réponse a jeté un froid, mais ce n'était pas le but. J'ajoute donc pour relancer la conversation :

— J'ai encore du mal à intégrer les changements qui ont eu lieu dans ma vie ces dernières semaines. Mais ce n'est qu'une question de temps avant que je trouve un nouvel équilibre.

— Je comprends…, souffle Keijo.

Chacun porte son verre à ses lèvres, comme pour me laisser l'occasion d'assimiler mes propres paroles. Je ne suis pas prêt à repartir, mais c'est malheureusement un facteur sur lequel je n'ai pas le contrôle pour l'instant. Je vais devoir réfléchir à ce que je veux faire de ma vie et de mon avenir.

— Vous avez trouvé vos cadeaux de *Joulu* ? nous

interroge Aija, faisant repartir la discussion sur une pente beaucoup moins glissante. Avec Keijo, ça y est ! Tout le monde aura droit à son paquet sous le sapin.

Chacun y va de son commentaire, je les informe être enfin à jour de ce côté-là, Kyllikki les fait tout au long de l'année, Matias ne s'y est pas encore mis, mais comme ses parents ne sont plus de ce monde, il se contente de gâter sa sœur Aija, la fratrie Koskinen et moi.

Nous discutons ensuite de sujets plus futiles, jusqu'à ce que Matias nous annonce :

— J'ai eu un agent hier au téléphone…

Il capte aussitôt notre attention. Je ne comprends pas vraiment l'importance de cette nouvelle, mais ça à l'air d'être une bonne chose.

— Il souhaite organiser un shooting photo en mai sur les rives du lac pour la future collection automne/hiver d'une célèbre marque de vêtements français. J'avoue que je ne sais pas quoi en penser.

Keijo bondit sur ses pieds, manquant de renverser une partie du contenu de son verre sur le sol.

— Ça y est ? interroge-t-il Matias. Tu veux dire que notre site internet attire l'attention à l'international ?

Notre ami hoche la tête, un large sourire sur le visage. Keijo m'apprend qu'il a lui-même mis en place le site pour les randonnées et les promenades. Avec ses connaissances en informatique, il a décidé de développer cette branche de leur entreprise et de faciliter les réservations pour les clients. Cela leur permet de toucher un plus grand nombre de touristes et de proposer des séjours. Mais c'est la première fois qu'ils ont une demande de ce type.

— Tu as accepté, bien entendu ? s'assure Keijo.

Matias affiche une moue désolée.

— Je l'ai informé que je devais voir avec vous auparavant, tempère Matias. Il faut organiser la venue d'une dizaine de personnes avec le logement et toute la logistique qu'implique un tel contrat. Je ne pouvais pas accepter en un claquement de doigts.

— Tu aurais dû ! s'emporte Keijo. Nous nous débrouillerons ensuite pour le reste. S'il appelle quelqu'un d'autre, le contrat va nous passer sous le nez !

— Détends-toi, K, Matias a eu raison, le calme Kyllikki. Nous ne pouvons pas nous permettre de prendre un contrat que nous ne pourrons pas assumer. Sinon, c'est une mauvaise pub assurée et nous pourrons tout recommencer.

Keijo se rassied et hoche la tête.

— Pardon, vous avez raison, s'excuse-t-il. Parfois j'oublie que nous ne sommes que tous les trois. Je n'ai même pas encore terminé notre gîte...

Aija lui prend la main pour le rassurer.

— Les travaux touchent à leur fin, vous habitez déjà dedans, lui rappelle Kyllikki. Mais un projet d'une telle ampleur demande plus qu'un logement. Nous serons tous mis à contribution durant leur séjour... D'ailleurs, ils viendraient combien de temps ?

— Entre un et deux mois en fonction des lieux à photographier et du déroulement des séances, informe Matias.

Je participe à leur échange de manière complètement détachée. Ils parlent d'un avenir, de projet en commun... Tout ce qui me fait cruellement défaut en ce moment. Je me lève pour débarrasser quelques assiettes vides et les rapporter à la cuisine.

Je ne me sens vraiment pas à ma place lorsque je les entends. Cela me rappelle une nouvelle fois que je ne suis pas de leur monde. Leur conversation va tourner autour de ce fameux contrat encore un bout de temps, mais je n'ai ni mon avis à donner, ni un quelconque poids dans leur décision. Ils ont leur vie ici, sans moi… et ce nouveau constat est de plus en plus difficile à intégrer. Je n'ai plus ma place… nulle part.

27

Kyllikki

18 DÉCEMBRE

Isaac s'est absenté depuis un petit moment déjà. Je ne l'avais pas remarqué, les plats sont de nouveau pleins, mais le Viking a disparu. Impossible de savoir depuis combien de temps il n'est plus là. C'est vrai que cette conversation a attiré notre attention à tous les quatre. Une si grosse opportunité n'est pas à prendre à la légère, mais ce n'était sûrement pas le moment pour en débattre.

— Où est Isaac ?

Ma question crée un silence. Chacun observe la place où il était assis tout à l'heure et je me rends compte que je ne suis pas la seule à ne pas avoir fait attention à lui.

— Eh merde ! s'exclame Matias en se levant. Je ne l'ai pas vu partir.

— Moi non plus, soupire Keijo.

Matias monte à l'étage pour chercher notre colocataire, mais il redescend rapidement.

— Il n'est pas là ! nous informe-t-il. Je vais...

— Laisse-le !

Je le coupe. Je commence à bien cerner Isaac maintenant, et lorsqu'il n'est pas à l'aise, il s'isole. Et il aime autant que moi le silence réconfortant de la nuit ici. Nous ne nous sommes pas retrouvés deux fois sur le balcon par hasard. C'est aussi son moyen de décompresser. Matias n'a pas dû regarder à l'extérieur, mais je suis certaine de le trouver assis sur *notre* chaise longue avec un café.

— Il doit être là-haut. Tu ne sais seulement pas où le chercher.

Keijo m'observe en fronçant les sourcils.

— Et toi, tu sais ? m'interroge-t-il.

— Oui...

Je n'ajoute rien. Son air suspicieux m'annonce une discussion très prochainement à ce propos. Je ne serai pas capable de lui mentir au sujet d'Isaac et moi. Même si nous ne faisons rien de mal, qu'entre nous, il n'y aura jamais rien de plus que du réconfort apporté l'un à l'autre, notre rapprochement ne va pas plaire à Keijo.

Il a toujours été très protecteur avec moi. Lorsque Tim est parti et que mon frère a découvert pourquoi, il était à deux doigts de débarquer pour lui dire sa façon de penser. La possibilité que son meilleur ami me fréquente ne semble pas l'enchanter, pourtant il le connaît depuis toujours.

— Tu veux bien aller voir si tout va bien dans ce cas-là ? intervient Matias, inquiet.

J'acquiesce et, au moment où je me lève, mon attention

est attirée par Aija en train de murmurer quelque chose à l'oreille de Keijo. Elle me paraît soudain très fatiguée, mais nous avons eu une grosse journée et il se fait tard. Nous nous sommes vraiment laissés emporter par la discussion tout à l'heure sans tenir compte ni de l'espace ni du temps.

Mon frère et sa copine décident de rentrer pour se reposer. Nous allons enchaîner les heures avant la trêve de *Joulu*. Ces trois jours de repos vont me faire le plus grand bien, et cela me donne une idée. Je vais de ce pas en faire part de ma proposition à Isaac pour voir ce qu'il en pense.

En passant la tête par la baie vitrée du balcon, mon intuition se confirme. Isaac est allongé sur le transat, recouvert d'une épaisse couverture, le regard perdu vers l'horizon, où se dessine juste sous mes yeux une magnifique aurore. Cette année est vraiment propice à cette manifestation magique. Chaque nuit où le temps est assez clair pour distinguer les étoiles, nous avons le droit à un nouveau spectacle fascinant. Comme si l'univers nous offrait un cadeau pour compenser l'absence de l'astre du jour durant cette période de l'année. Je soulève un pan de la couverture pour me glisser auprès d'Isaac, et il m'accueille près de lui.

— Nous sommes désolés…

Mes excuses sortent dans un murmure. Je n'ai pas envie de briser le silence ambiant.

— Chut… regarde…

Faisant écho à mes pensées, il me fait taire d'un baiser sur ma tempe avant de reporter son attention vers les volutes lumineuses dansant dans le ciel. Il a raison, nous devons profiter de cet instant. Il est temporaire, comme ce que nous vivons tous les deux.

Soudain le parallèle devient une évidence. À l'instar des aurores, nous sommes apparus chacun dans la nuit de l'autre, créant une valse de nos deux âmes, amenant une lueur dans nos ténèbres pour nous aider à apprécier de nouveau ce que nous sommes à nos yeux. Ces instants sont éphémères, ils n'appartiennent qu'à nous, mais ils se terminent sans que nous ayons la possibilité de savoir le temps que cela durera ou si nous aurons droit à une nouvelle apparition. Dans quelques jours, Isaac va s'en aller, et il amorcera avec lui l'arrivée du soleil. Il a réussi à mettre fin à l'obscurité perpétuelle dans laquelle je me suis enfermée depuis trois ans.

28

Isaac

18 décembre

J'apprécie ce que nous partageons avec Kyllikki, Roosa est de moins en moins présente dans mes réflexions. Mes colocataires ont réussi à me tirer de mon état morose, et rien que pour ça, je suis ravi d'être revenu pour les fêtes. Mes parents aussi ont été contents de pouvoir passer du temps avec moi, et les revoir après tant d'années m'a fait comprendre à quel point je m'étais éloigné. Roosa avait le pouvoir de décision dans notre couple, et je ne suis plus prêt à accepter certains compromis.

Kyllikki est restée silencieuse depuis son arrivée, comme je le lui ai demandé. Sa présence me fait du bien, je me sens moins seul. Je ne sais pas si ce qu'elle ressent avec moi est similaire.

— Isaac… Tu veux bien que je dorme avec toi encore cette nuit ?

Sa proposition me fait plaisir. J'espère que cette nuit sera meilleure que la précédente.

— Bien sûr.

Elle lève les yeux vers moi lorsqu'elle entend ma réponse, glisse une main sur ma joue pour m'amener vers elle. Je ne me fais pas prier pour m'emparer de ses lèvres. Le baiser échangé laisse moins de place à la tendresse. Kyllikki s'installe au-dessus de moi presque immédiatement et nous nous dévorons. J'ai envie de l'aider à oublier ses expériences difficiles et de l'emmener dans un monde plus doux l'espace de quelques heures. Elle enfouit ses doigts dans mes cheveux et se plaque davantage contre mon torse, me faisant comprendre qu'elle est animée du même désir vorace. Une de mes mains glisse sous ses fesses et je l'emmène à l'intérieur, dans ma chambre, où je la dépose délicatement. Mais elle n'a pas envie de douceur ce soir. Elle m'attire et je me laisse faire.

— Viking, fais-moi l'amour, s'il te plaît.

Ce surnom m'a souvent été donné de manière péjorative. Tout ça parce que je suis trop grand, trop baraqué, avec des cheveux et une barbe trop longs… mais ce soir, grâce à ce mot dans sa bouche, je me sens puissant et conquérant.

Libérant des instincts plus primaires bridés depuis longtemps, enfermés par la routine dans laquelle j'étais avec Roosa, je laisse libre cours à ma créativité pour montrer à Kyllikki qu'à deux, nous sommes capables d'embraser le ciel.

Au-delà d'une fierté de réussir à la faire frissonner et gémir, nos corps communient parfaitement. Je ressens son plaisir et cela amplifie le mien. C'est une chose incroyable de partager un moment charnel, mais il est davantage exceptionnel lorsque nous sommes connectés, à l'unisson. J'ai besoin de la sentir autour de moi, sous moi, la voir prendre autant qu'elle me donne.

Avec intensité, je détaille son visage encore rougi par le froid de l'extérieur. Les paillettes parsemant ses iris se multiplient, se font le symbole de son désir. Je me penche pour capturer sa bouche. Elle glisse ses bras autour de mon cou et appuie davantage notre baiser, comme s'il s'agissait de la source d'oxygène dont elle avait besoin à ce moment précis. De mon bassin, j'effectue des mouvements lascifs d'avant en arrière, attisant autant son excitation que la mienne. Nous sommes encore bien trop couverts, je la débarrasse de ses habits, puis elle en fait de même avec moi. Mes lèvres se posent juste sous son oreille, et le gémissement qui s'échappe de sa gorge augmente davantage mon envie d'elle. Je ne rêve que d'une chose, prendre possession de son corps. Je m'écarte une seconde pour me protéger et reviens la surplomber. Je me glisse entre ses cuisses, puis soude lentement nos corps l'un à l'autre. Ses jambes s'accrochent à mes hanches, me laissant la combler davantage. Ses gémissements rythment la cadence de mon bassin. C'est tellement bon, si incroyable, si fusionnel... Je ne maîtrise pas le moment où l'extase m'emporte. J'attends de voir Kyllikki s'envoler pour les aurores. Elle m'observe, la plénitude qui transparaît dans ses iris me déstabilise. Pour ne pas me perdre dans son regard, je m'éclipse une minute.

Lorsque je reviens dans ma chambre, je suis soulagé de la voir blottie sous les couvertures. Si elle avait déserté mon lit, je pense que je serais allé la chercher dans la pièce voisine.

— C'était...

J'en perds mes mots, ne sachant pas quoi dire maintenant. Je n'ai plus l'habitude des « premières fois »...

— C'était intense et... profond.

Nous rions tous les deux à l'emploi de ce terme pour le moins... approprié.

Je m'allonge près d'elle, et la serre contre moi. Ses lèvres trouvent à nouveau les miennes, et notre baiser est beaucoup plus langoureux. Comme si nous nous imprégnions de la présence de l'autre. Kyllikki m'apaise, elle me permet de me reconnecter avec une nouvelle réalité, une où j'ai le droit d'exister en étant celui que je souhaite et non « le mec de... » comme c'était le cas avec Roosa. Avec Kyllikki, même si elle a les rênes, car elle a besoin de garder un certain contrôle dans ce genre de situation, j'ai une marge de manœuvre beaucoup plus importante. Je ne suis pas une brute, contrairement à ce que mon apparence très imposante laisse supposer. J'ai appris à me faire petit et discret pour ne pas être toujours celui que l'on voit. Ici, ma carrure et mon physique sortent légèrement de la norme, mais les gens sont habitués, par contre, à Helsinki, je ressemble plus à un homme des bois, ce que je suis dans le fond lorsque l'on regarde d'où je viens. Cependant, je me suis évertué à gommer cet effet.

Kyllikki glisse ses doigts dans mes cheveux et chuchote :

— J'adore la sensation que cela me procure. Tu ne dois jamais les couper...

C'est le moment pour partager aussi un peu de mon passé avec elle :

— Roosa aimait bien au début, c'est mon côté à part

qui l'a séduite. Venant du nord, j'avais cette allure un peu sauvage, mais ensuite, elle aurait préféré que je me conforme au look de la capitale. Elle m'a demandé plusieurs fois de me couper les cheveux, ou de me raser. Je n'ai jamais accepté de raccourcir mes cheveux, mais pour la barbe, j'ai cédé une fois.

En me remémorant le visage inconnu ce jour-là dans le miroir, je ne peux retenir un frisson de dégoût.

— Ce fut la seule et unique concession concernant mon physique que j'ai consenti à faire. J'étais devenu une version différente de moi, une version bas de gamme. Mon look ne rimait plus à rien.

— Comme si tu étais un Viking version Wish ? pouffe Kyllikki.

— C'est exactement ça ! Un Viking de Wish…

— Personne ne devrait changer pour quelqu'un. Nous devons accepter les autres comme ils sont. Moi, j'aime beaucoup tes cheveux, et ta barbe te donne un aspect plus sauvage, même si elle est douce et toujours bien disciplinée.

Je la laisse caresser cette partie de moi dont je ne me séparerai plus jamais. Lorsque ses mouvements ralentissent, je comprends qu'elle s'endort.

Je ne sais d'où me vient cette pensée, mais j'ai l'impression que nous avons franchi une étape ce soir, tous les deux. Kyllikki est devenue une amie, et j'ai réussi à m'ouvrir à elle, de même qu'elle a eu assez confiance en moi pour me raconter l'événement le plus marquant de sa vie. Je me promets de garder le contact lorsque je serai reparti. Sa bonne humeur et sa présence font partie des choses que j'ai le plus appréciées depuis mon arrivée ici.

29

Isaac

24 DÉCEMBRE

Tout le monde s'active. Aujourd'hui est un jour important. Ce soir, nous fêtons *Joulu* et il faut tout préparer. Pour l'occasion, nous passons la matinée chez mes parents pour les aider à concocter le repas, pour embellir la maison, et surtout, ma partie préférée, pour décorer le sapin.

À peine avons-nous dit bonjour à tout le monde que mon père pose sa main sur mon épaule et me propose :

— Est-ce que tu pourrais aller chercher l'arbre de *Joulu* ?

Il ne pouvait pas me faire plus plaisir. C'est une activité que je n'ai pas eu l'occasion de pratiquer depuis des années. À Helsinki, nous trouvions nos sapins dans des magasins spécialisés, rien à voir avec l'excitation de le choisir en pleine forêt et de le couper soi-même. Heureux, j'accepte, et mes amis se joignent à nous. Aija n'est pas là pour la première partie de la journée, elle voulait décorer leur maison avant ce soir, n'ayant pas encore eu le temps de s'y atteler. Matias, Keijo et Kyllikki se répartissent sur deux motoneiges. J'enjambe la mienne, enfin réparée et prête à parcourir de nouveau les plaines enneigées. Mes nombreux jours passés dans la maison familiale pour éviter Kyllikki lors de mon arrivée à Inari auront au moins servi à ça. C'est une vraie fierté de pouvoir à nouveau la chevaucher. Par-dessus le bruit des moteurs, mon père m'interpelle :

— Je vous laisse entre jeunes, vous n'avez pas besoin de moi. À tout à l'heure.

Sachant combien il aime lui-même couper ce symbole de *Joulu*, je m'apprête à le contredire, mais il est déjà retourné dans la maison.

Nous nous élançons dans la nuit pour partir à la recherche du sapin parfait. Kyllikki ne conçoit pas qu'une maison puisse en être dépourvue, nous décidons d'en couper trois, pour en apporter un aussi chez nous, et un chez Keijo.

Nous nous enfonçons dans les bois les plus proches avec l'espoir de trouver les spécimens parfaits à rapporter. Le chemin n'est pas tracé, de grosses branches ployant sous le poids de la neige nous obligent à nous baisser pour passer en dessous. La poudreuse remuée par l'engin de Keijo juste devant moi me colle au visage. Le froid me fait frissonner et je me félicite d'avoir pensé au masque avant de partir. Nous sommes tous bien équipés, mes amis ont bien plus l'habitude que moi, et se seraient sûrement marrés si j'avais oublié une partie de l'équipement.

Nous inspectons chaque arbre sur notre passage, chaque tronc, pour ne prendre que les meilleurs. Après en avoir tronçonné deux, il nous en manque toujours un. Nous

nous arrêtons près d'un sapin qui nous semble parfait. Keijo sort la tronçonneuse, et me la tend :

— Voyons si tu n'as pas perdu la main.

J'étais resté en retrait jusque-là. Même si c'est un exercice que l'on n'oublie pas, auquel on est initié depuis notre plus jeune âge, l'appréhension me gagne. Je m'approche de l'engin et après avoir pris une profonde inspiration, le démarre. La machine se lance du premier coup à mon grand soulagement. J'observe autour de l'arbre, cherchant le meilleur angle pour le faire tomber, puis m'y attaque dans les règles de l'art.

Effectivement, cela ne s'oublie pas. Renouer avec ces traditions me fait un bien fou. Ce rituel faisait partie de ce qui me manquait lors des derniers *Joulu*. Roosa préférait la facilité des magasins à mes aspirations plus sauvages pour trouver l'élément parfait à décorer. Le seul point sur lequel je lui ai tenu tête, ce fut ce jour où elle a voulu en acheter un artificiel, pour pouvoir le réutiliser l'année suivante. Ce fut un « non » catégorique de ma part. L'odeur que dégage le sapin n'est en rien remplaçable par celle, chimique et industrielle, d'un morceau de plastique.

Lorsque j'arrête l'outil entre mes mains et que je le redonne à Keijo, je suis atteint en pleine figure par une boule de neige. J'ôte cette dernière et cherche son origine. Kyllikki, morte de rire en face de moi, est la coupable idéale. Je me baisse pour en prendre une bonne poignée à mon tour, la modèle entre mes doigts et lui retourne son missile. Elle l'esquive. Un nouveau projectile me percute par la droite. Keijo se frotte les mains, et gronde faussement :

— Ne t'attaque pas à ma sœur.

Puis s'ensuit une bataille entre nous quatre, Keijo et

Kyllikki d'un côté, Matias et moi de l'autre. Comme des gosses, nous faisons fuser les projectiles dans tous les sens, nous ratant la plupart du temps, mais nos rires qui s'élèvent dans la nuit chantent comme une douce mélodie.

Lorsque des bruits de moteurs se font entendre plus loin, signe que nous ne sommes plus seuls, nous revenons à la réalité. Nous devons rentrer pour déposer nos butins du jour avant de les décorer. Nous décidons de le faire demain, ensemble chez nous avec Matias et Kyllikki, alors que Keijo rejoint Aija pour faire le sien directement. Il nous retrouvera un peu plus tard chez mes parents.

Kyllikki prend alors place derrière moi, naturellement, sous le regard interrogateur de son frère. Je n'ai jamais évoqué avec mon ami la relation que j'entretiens avec sa sœur, tout simplement, car, au-delà des instants charnels que nous partageons ensemble, cela n'ira pas plus loin. Mais je me promets de lui en toucher deux mots, pour que cela ne lui revienne pas aux oreilles par quelqu'un d'étranger.

Il est tout juste midi lorsque nous retournons au cœur des festivités. Le discours de la Paix de *Joulu* à Turku est sur le point de commencer. Cet événement est diffusé sur nos chaînes nationales et nous ne manquerions pour rien au monde cette bénédiction pour la prochaine année. J'ai eu la chance d'y assister sur place une fois, ce fut mon cadeau de *Joulu* à Roosa. Nous avions passé la journée là-bas avant de rejoindre ses parents. J'ai trouvé le moment magique. Partager l'instant en communion avec tout le peuple finlandais et écouter le discours du secrétaire général restera un de mes meilleurs souvenirs de cette période.

Tous concentrés sur les paroles prononcées, nous n'émettons aucun bruit dans la pièce. Puis à la fin du discours, Kyllikki, Matias et moi servons des verres de *glögi* à tout le monde pour continuer les festivités.

Après un repas rapide et très simple où nous dégustons un peu de hareng et des petits pains finlandais, nous nous attelons à la préparation du sapin. Chacun est chargé d'une sorte de décoration et je suis ravi d'avoir hérité des étoiles. Ce symbole si particulier me guide depuis mon arrivée ici. Je me plais à les contempler par la fenêtre pour trouver en moi la paix après les épreuves mouvementées que j'ai dû traverser ces derniers temps. Elles font aussi écho au cadeau que j'ai acheté à Kyllikki. Certaines coïncidences n'en sont pas vraiment, ce sont surtout des signes du destin pour nous rappeler que tout à un but, une finalité.

Quand l'arbre a enfin revêtu ses plus beaux atours, les lutins, étoiles, un grand nombre de friandises pour les éternels enfants que nous sommes et même des pommes ornant les branches du roi de la forêt, la journée touche presque à sa fin. Il est temps pour chacun de nous de se préparer pour le soir.

Nous rentrons à la maison et installons notre sapin à son emplacement pour n'avoir plus qu'à le décorer demain.

Après m'être douché et avoir revêtu des habits de circonstance, soit une chemise noire retroussée sur mes avant-bras et un jean sombre, je prends le temps de m'occuper de mes cheveux et de ma barbe. Les remarques que Kyllikki a faites il y a quelques jours m'ont touché plus que je ne veux bien l'admettre. Elle accepte celui que je suis, sans vouloir me changer, et la différence avec Roosa sur ce point précis me montre que j'étais aveuglé par l'amour que je lui portais. J'ai été faible avec elle, je me suis laissé emporter par mes sentiments au point de vouloir tout faire pour lui convenir, même me raser la barbe. En passant ma lotion pour la nourrir, je suis soulagé de la sentir sous mes doigts. Sans elle, je me sentais nu, dépossédé de ma personnalité, d'une partie de moi.

Aujourd'hui, j'en prends soin et je sais que je ne referai plus jamais une telle bêtise.

Lorsque je sors de ma chambre pour rejoindre mes colocataires, les bras chargés des paquets cadeaux pour ce soir, mon regard est attiré par la porte d'à côté s'ouvrant sur une femme splendide. Kyllikki est vêtue d'une magnifique robe bleu nuit longue mettant en valeur chacune des courbes de son corps. Un maquillage discret accentue les pointes d'or de ses iris et un rose plus soutenu vient mettre en valeur sa bouche délicate. Ses cheveux sont retenus en arrière par des épingles où brillent quelques strass discrets, donnant l'impression que des étoiles sont venues embraser ses cheveux. Je ne m'attendais pas à une telle apparition. Elle est vraiment magnifique.

Je la laisse me rejoindre et me penche à son oreille pour lui murmurer :

— Tu es divine.

Puis mes lèvres se posent sur la peau sensible de son cou, lui déclenchant un frisson.

Elle me scrute à son tour, et un sourire appréciateur éclaire son visage.

— Tu n'es pas mal non plus.

Je m'écarte pour la laisser passer devant moi, et quelle n'est pas ma surprise en découvrant un décolleté vertigineux tombant jusqu'à la chute de ses reins. Cette vision ne me laisse pas indifférent. Pourtant, je connais chaque parcelle de sa peau, pour en avoir profité ces dernières nuits, pour l'avoir explorée... Mais la voir ainsi dévoilée au regard des autres fait naître en moi un sentiment enfoui depuis bien longtemps : la jalousie.

Il va falloir que je me reprenne, je ne peux pas me permettre de désirer davantage. Un *plus* est inenvisageable. Je repars prochainement, et je ne veux pas nous mettre dans une situation délicate. Elle penserait que je cherche à la piéger, ce n'est absolument pas mon intention. Il va falloir que je mobilise toute mon énergie pour m'éloigner d'elle et ne pas souffrir. Le *deal* était clair depuis le départ. Et ma prise de conscience soudaine est difficile à encaisser.

Je détache mes yeux de Kyllikki, et la suis en bas, puis nous montons dans la voiture de Matias pour nous rendre chez mes parents.

30

Kyllikki

24 DÉCEMBRE

Assise entre Keijo et Matias, j'observe les convives assis sur les canapés. Il est dix-huit heures, Isaac nous sert à boire, et une fois que c'est chose faite, nous trinquons tous ensemble à ces jours de communion en famille. Cette trêve est la bienvenue dans cette période intense pour chacun d'entre nous. Notre région étant prisée en fin d'année, nous ne nous accordons que ces trois jours afin de nous reposer.

Les conversations vont bon train, puis Tuuli annonce qu'il est temps d'ouvrir les cadeaux. Chacun a sa propre pile avec tous les paquets qui lui sont destinés. Nous nous répartissons dans la pièce pour découvrir les présents de cette année.

Je commence par celui de mes parents, le même papier et le même présent tous les ans. J'aime recevoir ce nouvel agenda avec des images des pays du monde, mais lorsque la photo sur la boîte apparaît, je me retiens de jeter le cadeau directement au feu. Une colère latente gronde en moi, et je dois me faire violence pour la refouler. Ils ont osé en choisir un avec des photos de bébés… Je n'aurais jamais cru ma mère capable d'en arriver là. Je regarde dans sa direction et un large sourire s'étire sur ses lèvres. Ces messages ne sont plus subliminaux à ce stade. Elle ne comprend toujours pas que ce n'est pas dans mes envies, et cela ne le sera jamais.

Le reste de mes cadeaux me paraît soudain beaucoup moins attrayant. Le moral en berne, j'en saisis un au hasard, et y trouve un livre de cuisine de la part de Tuuli et Aleksander. Puis un autre, celui-ci vient de Keijo et Aija, où je découvre une nouvelle laisse de canicross. Celle-ci a la particularité de pouvoir être accrochée à plusieurs chiens en même temps. Idéal pour mes entraînements d'été ! C'est une idée géniale ! Je réussis à reprendre du plaisir pour terminer d'ouvrir les paquets qui me sont destinés.

Jimmy m'a acheté un joli bracelet, une chaîne simple avec un pendentif en forme de loup. Je la trouve chou, mais je ne porte jamais ce genre de bijoux. Néanmoins, pour enterrer définitivement la hache de guerre et lui faire plaisir, je le passe autour de mon poignet. Je suis gênée qu'il m'ait acheté quelque chose, mais je me vois mal refuser le cadeau. Nous avons mis de la distance entre nous, et c'est mieux comme ça.

Il m'en reste encore deux, Matias et Isaac, je suppose. Le premier, très imposant, contient un plaid avec un côté imperméable. J'hésite sur la provenance d'un tel objet. Isaac a passé plusieurs soirées avec moi à l'extérieur, mais il aurait très bien pu aiguiller Matias, même si celui-ci me connaît très bien.

Je me saisis du dernier cadeau et ouvre une boîte où se trouvent deux bracelets. Décidément, les bijoux ont la cote aujourd'hui ! Mais contrairement à l'autre, ceux-là sont en cuir de renne tressé. Je reconnais les tissages lapons. J'adore ce genre d'objets très typique de la région. Les deux pièces ont des couleurs complémentaires. L'une foncée agrémentée d'une perle claire, et des petites perles en forme d'étoiles sont enchevêtrées dans les mailles. L'autre est à l'inverse.

Une main s'empare d'un des deux, et je me retourne pour observer Isaac, en train de contempler l'objet :

— Ce sont des bracelets d'amitié. Tu gardes ton préféré et tu pourras offrir l'autre à qui tu le souhaites.

Il me rend mon cadeau et s'éloigne. Je ne sais pas ce qu'il lui arrive ce soir. Il est distant avec moi, je ne peux pas lui en vouloir. Il y a du monde autour de nous et nous n'avons pas envie de gérer de nouvelles rumeurs. Alors pourquoi cela me peine autant ?

Mon frère s'approche de moi et passe un bras autour de mes épaules pour observer mes cadeaux. Il fronce les sourcils devant le calendrier de mes parents et soupire :

— Ils vont vraiment trop loin...

Puis il saisit les bracelets d'Isaac et ajoute :

— Par contre, celui qui t'a offert ça tient beaucoup à toi. Ils sont d'une très belle qualité.

— Ils viennent d'Isaac.

Ses yeux se posent sur moi, et il m'entraîne un peu à l'écart des oreilles indiscrètes avant de chuchoter :

— Que se passe-t-il entre vous deux ?

Il veut vraiment avoir cette discussion maintenant ?

D'accord.

— On prend du bon temps, c'est tout.

— Je ne veux pas te ramasser à la petite cuillère après son départ, Kyllikki, me prévient-il. Je vous adore tous les deux, mais je ne permettrai jamais à qui que ce soit de te faire souffrir.

— C'était clair dès le départ, une aventure sans attache, c'est tout je te dis.

— Ne viens pas me dire que je ne t'ai pas prévenue. J'ai remarqué un changement entre vous depuis quelque temps déjà, tu aurais dû m'en parler.

— Il n'y a aucune relation entre nous. Il ne pourra jamais en avoir. Il a sa vie à Helsinki, et la mienne est ici. Fin de l'histoire. Je ne suis plus une gamine, K.

Il lève les mains devant lui et s'éloigne de quelques pas.

— Si vous êtes sur la même longueur d'onde, c'est parfait.

Puis il retourne vers Aija, et me laisse seule dans le coin. Décidément, *Joulu*, cette année est vraiment bizarre.

Je m'approche d'Isaac en pleine discussion avec Matias sur le cadeau de sa sœur. Une peluche, comme celle qu'il avait lorsqu'il était petit. La signification d'un tel présent m'échappe. Il ne me semble pas que Matias soit nostalgique de son enfance, mais leur lien est assez particulier. Ils partagent beaucoup de choses ensemble, mais ne sont pas aussi proches que Keijo et moi.

La soirée se passe dans une atmosphère détendue. Nous dégustons le succulent repas préparé par l'équipe cet après-midi. J'ai préféré m'installer loin de mes parents, n'ayant pas encore digéré la nouvelle pique reçue par le biais du cadeau. Matias et Keijo m'entourent, Aija, et Jimmy nous font face, ainsi que les autres vacanciers présents cette année. Isaac est plus loin, à côté de son père.

Lorsque nous sommes tous repus, j'aide Tuuli à débarrasser la table, mais une fois dans la cuisine, je me rends compte que ma mère nous a suivies.

— Kyllikki, cette robe te va divinement bien, me complimente-t-elle pour une fois.

Le qualificatif qu'elle emploie fait écho aux paroles d'Isaac plus tôt, sauf que le timbre rauque de sa voix ajoutait une tout autre dimension à ces paroles.

— Je suppose que tu souhaites enfin te trouver un homme ce soir parmi les célibataires ? Jimmy ? Tu l'aimais bien non ?

Et voilà ! Pourquoi faut-il qu'elle gâche toujours tout ?

— Je ne veux pas de Jimmy, il ne m'intéresse pas.

Elle hausse les épaules et continue :

— Oh, tu pourrais changer d'avis à son sujet. Il est gentil, ce garçon. Et puis il n'y a que lui et Isaac ce soir de « disponibles » et je doute que ce soit pour ce dernier que tu t'es si bien apprêtée. Il est si…

Elle observe la mère de ce dernier, qui la fixe, les sourcils froncés.

— Il est si quoi ? Va au bout de ta pensée, Piritta, je t'en prie, rétorque Tuuli, irritée par les paroles de ma mère.

Elle ne se rend pas compte de la virulence de ces paroles, surtout en déclarant :

— Il n'est pas fait pour Kyllikki. Elle est délicate et

douce, un peu à l'inverse de ton fils, tu en conviendras ? Avec son allure bourrue, ses cheveux et cette barbe, on dirait un homme des cavernes. On dirait un Viking...

Elle ne peut pas être plus à l'opposé de la vérité. Tuuli serre les poings, et la coupe :

— Comme nous sommes le soir de *Joulu*, je n'ai pas envie de faire un scandale dans ma maison. Nous en discuterons une autre fois. Par contre, c'est la dernière fois que tu tiens de tels propos chez moi et en ma présence. Maintenant, sors d'ici, je vais me débrouiller toute seule pour le reste.

Puis elle se tourne dans ma direction et prend la pile d'assiettes que je tiens toujours.

— Toi aussi, tu peux y aller. Je ne voudrais pas abîmer tes mains *douces* et *délicates*.

Blessée par son rejet alors que je n'ai rien dit, je tente de me défendre :

— Tuuli, je...

— Laisse-moi, veux-tu. J'ai besoin de quelques minutes pour assimiler les paroles de celle que je pensais être mon amie. À croire que l'on ne connaît jamais suffisamment les gens.

Puis elle retourne au-dessus de son évier sur lequel elle s'appuie pour regarder par la fenêtre.

— Je voulais juste que tu saches que je ne cautionne plus les dires de ma mère depuis bien longtemps. Mon avis sur ton fils est bien différent. C'est quelqu'un de doux et gentil, mais une personne telle que Piritta Koskinen ne mérite pas de côtoyer un homme comme lui.

Je la laisse à ses réflexions, soulagée d'avoir pu tout de même lui dévoiler le fond de ma pensée. Je retourne au salon et un silence lourd a envahi l'atmosphère. Je suppose que notre conversation s'est entendue jusqu'ici.

Keijo est le premier à se lever et il tend une main à sa fiancée.

— Nous allons rentrer. Aija est fatiguée, et moi aussi. Demain, nous serions ravis de pouvoir passer la journée avec vous, Kiki.

J'acquiesce. Ma mère se lève et vient l'enlacer. Il ne fait même pas l'effort de lui rendre son étreinte. Depuis plusieurs années, ma mère s'imagine être encore importante dans nos vies et dans nos décisions. Mais elle parvient seulement à nous mettre mal à l'aise et à créer des situations toujours plus compliquées les unes que les autres.

31

Isaac

24 DÉCEMBRE

Encore des reproches… Je ne suis pas assez bien pour Kyllikki ? Trop rustre ? De nouveau un jugement sur mon allure. Je ne suis pas sûr de supporter la vue de Piritta plus longtemps. Le départ de Keijo et Aija a rendu l'atmosphère plus glaciale qu'elle ne l'était après le retour de cette femme. Personne n'a loupé le venin sorti de sa bouche. Je ne relève pas, et pars rejoindre ma mère, penchée au-dessus de l'évier de la cuisine. Je remarque le haut de son corps tressautant à plusieurs reprises. En approchant, je comprends qu'elle sanglote, alors qu'elle fait la vaisselle pour tenter de faire diversion.

La saisissant par les épaules, je la retourne pour l'enlacer et elle me serre contre elle.

— Ne crois pas toute la médisance qui provient de personnes mal intentionnées comme elle. Tu es parfait tel que tu es, *kulta*.

— *Aïti*, ne t'en fais pas, il y a bien longtemps que ce genre de remarque glisse sur moi.

Elle m'étreint davantage et ajoute :

— Ne laisse jamais quiconque te dire qui tu dois être. Je t'aime comme tu es, avec ton allure de beau Viking, et ta sensibilité.

Je lui embrasse le dessus de la tête et nous restons enlacés un bon moment avant de nous écarter l'un de l'autre.

— Profite de la fin de soirée avec tes amis, je vais ouvrir le sauna pour nos invités, et m'occuper de mettre Piritta et son mari dehors.

J'approuve le programme, même si je sais que cela lui coûte de ne pas passer la suite de la soirée en ma compagnie.

— *Kulta* ! m'interpelle-t-elle au moment où je sors de la cuisine.

Je pivote dans sa direction.

— Tu reviendras me voir avant de partir, n'est-ce pas ?

La crainte de mon départ sans avoir de certitudes quant à ma prochaine venue ici transparaît dans sa voix.

Je la rassure et lui souhaite une bonne fin de soirée. Je fais part de la proposition de ma mère à mes colocataires qui approuvent sans discuter et, après avoir salué le reste des invités, nous repartons chez nous.

— Je trouve bizarre que nous n'ayons pas fait le sauna avant de manger, c'est pourtant ce que nous faisons traditionnellement, non ? nous interroge Matias.

— Nous étions nombreux. Un groupe y est allé avant notre arrivée. Tuuli pensait préférable de ne pas tous nous y rendre en même temps. Et nous étions déjà apprêtés pour la soirée, répond Kyllikki, visiblement plus au fait que moi.

Je hausse les épaules. En fin de compte, cela m'est égal. C'est juste intriguant venant de ma mère de ne pas tout faire dans l'ordre.

Nous montons chacun dans nos chambres pour nous préparer pour ce moment de détente. En arrivant dans la mienne, celle que je partage avec Kyllikki depuis plusieurs nuits, un étrange sentiment me submerge lorsque j'avise ma valise ouverte dans le coin. Bientôt, je la refermerai, en même temps que la parenthèse avec Kyllikki. Je devrais plutôt profiter des quelques jours restants au lieu de m'appesantir sur mon sort. Je me déshabille, enfile un caleçon et m'arrête malgré moi devant le miroir.

Un Viking, rustre et bourru de surcroît... les propos de Piritta devraient couler sur moi, j'ai l'habitude de les entendre, et pourtant, ils réussissent à m'atteindre. Elle parlait de moi comme d'un homme des cavernes. Il ne me manquait plus que la peau de bête et la massue... J'observe mon reflet, passe une main dans ma barbe et le souvenir de Roosa la trouvant trop fournie refait surface. Prendre en pleine face les médisances d'une autre femme m'invite à me poser des questions.

Le bruit de la poignée me fait tourner la tête vers la porte où apparaît Kyllikki, entourée d'une serviette.

— On ne te voyait pas redescendre. Que se passe-t-il? me demande-t-elle avant d'observer à son tour cet autre moi.

Puis elle se positionne devant moi. Elle est beaucoup plus petite, plus chétive, plus délicate... et moi, j'ai l'air d'un monstre derrière... je pourrais l'envelopper totalement avec mon corps, la faire disparaître derrière ma carrure...

La main de Kyllikki se pose sur ma joue, mon esprit oublie nos différences et mes yeux s'ancrent aux siens.

— Jamais tu ne dois croire un seul mot qui sort de la bouche de ma mère, m'intime Kyllikki. Elle ne comprend pas que l'on puisse être différent d'elle, qu'on puisse avoir ses propres aspirations et même un physique atypique.

Ses doigts libres viennent caresser mon torse, et un frisson me parcourt.

— Tu es grand, et fort, mais aussi une des personnes les plus douces que je connaisse. Et je ne dis pas ça pour te faire plaisir. Je suis sérieuse. Je n'ai pas envie qu'on gâche nos derniers moments à cause d'elle.

Elle agrippe mon cou, et m'attire vers elle pour m'embrasser.

— Viens, profitons de ces instants, et laissons ma mère et ses commentaires loin de nous.

J'acquiesce et me penche pour poser lentement mes lèvres contre les siennes.

— Bon, les amoureux, je vous attends ! crie la voix de Matias depuis le bas des escaliers.

D'une même voix, Kyllikki et moi rétorquons :

— Nous ne sommes pas amoureux.

— À d'autres ! Allez, je me gèle !

Hilares, nous le rejoignons pour passer la fin de soirée ensemble.

32

Isaac

25 DÉCEMBRE

Lorsque je vois le nom s'afficher sur mon téléphone, je sais qu'il y a un problème. *Il* ne se permettrait pas d'appeler aujourd'hui si tel n'était pas le cas. Je me dégage discrètement du lit, m'écartant de Kyllikki, encore endormie. Une fois dans le couloir, je décroche :

— Allô ?

— Isaac ! Comment vas-tu ? s'enquiert Jason.

Je n'ai pas entendu sa voix depuis presque trois semaines, et il ne m'avait pas manqué. Surtout depuis que j'ai compris que Roosa était partie pour lui. Lui remettre ma demande de congé en personne a été une épreuve, et je me suis senti rabaissé devant cet homme toujours en costume bien taillé, les cheveux coiffés en un mouvement savamment étudié, rasé de près. Tout l'inverse de moi, en somme.

— Je profite de mes quelques jours de vacances. Et du jour de *Joulu*... Que puis-je faire pour toi ?

Impossible de retenir mon ton piquant.

— Justement...

Il s'éclaircit la gorge, comme embarrassé, mais pour l'avoir déjà vu à l'œuvre avec des clients, je sais qu'il a un très bon jeu d'acteur.

— Je sais que tu ne dois normalement revenir que la semaine prochaine, mais je suis en voyage à Rome, et notre plus gros client a demandé un rendez-vous, je ne peux pas me permettre de le perdre...

Pourquoi appelle-t-il aujourd'hui, un jour férié de surcroît, pour me parler boulot ? Il laisse passer un moment, et j'hésite à poser la question qui me brûle les lèvres. Pourtant, je lui demande :

— Quand ?

— Dans deux jours. Il a une nouvelle idée de campagne à nous soumettre.

Dans deux jours, soit le vingt-sept décembre... une semaine avant la fin de mes vacances...

Je m'apprête à répondre, quand il reprend :

— Si tu acceptes, tu auras bien sûr le report de ta semaine de vacances à la date de ton choix, une prime, et tu seras la personne référente sur le dossier.

Pourquoi souhaite-t-il que ce soit moi qui écourte mes congés ? Il ne peut pas abréger les siens ?

— Pourquoi moi ?

— Tu es parti il y a trois semaines, les autres ne sont absents que depuis vendredi.

Je comprends ses arguments, cependant, j'ai besoin d'y réfléchir. Je me suis éloigné pour une bonne raison, et la perspective de retourner dans l'arène, en tant que spectateur d'une vie que je ne suis plus certain de vouloir mener, n'est pas très réjouissante.

Mon regard dévie sur la porte encore close, et mes pensées voguent vers la jolie brune allongée dans mon lit. Je sais que je cours droit à la catastrophe en restant ici, que la semaine à venir signera la fin de ce que nous vivons tous les deux. Cependant, en discuter avec Kyllikki me paraît être raisonnable. J'ai envie de l'inclure dans ma décision. Pas que je souhaite reporter la responsabilité sur elle, seulement, je préfère ne pas la mettre devant le fait accompli.

— Je ne peux pas te répondre maintenant. Je viens de me réveiller, et je dois y réfléchir.

— Très bien, mais j'attends une réponse avant midi, sinon je proposerai cette magnifique opportunité à quelqu'un d'autre.

Il continue de me donner les avantages que je trouverai à m'y rendre avant qu'une voix féminine bien trop reconnaissable ne l'interrompe en arrière-plan.

Roosa.

Je clos notre discussion et lui promets une réponse ferme avant l'heure du déjeuner.

Quand il raccroche enfin, je reste debout dans le couloir, les yeux fixés dans le vide, hébété face au constat de mon échec sentimental. Au bout d'à peine un mois de relation, Jason l'emmène à Rome, une ville qu'elle rêvait de visiter, pour les fêtes de *Joulu*. N'ayant jamais quitté la Finlande, j'avais prévu de franchir ce pas avec elle pour notre voyage de noces, mais finalement, même les fiançailles n'auront pas eu lieu. Elle a trouvé un homme capable de lui offrir tout ce dont elle rêvait, et ce n'est pas moi.

Il est compliqué de revenir à la réalité et lorsque je retourne dans ma chambre, Kyllikki est assise sur le lit.

— Tu es réveillée ?

— Mon *coussin* avait disparu…

Son sourire mutin me remet du baume au cœur. Je viens reprendre ma place auprès d'elle et l'entoure de mes bras.

Kyllikki m'observe poser mon téléphone sur la table de nuit, mais ne demande rien. En revanche, j'ai besoin de discuter de mon appel avec elle.

— Mon patron vient d'appeler. Il y a un gros client qui souhaite un rendez-vous mardi, et il ne peut pas être présent. Décaler l'entretien n'est apparemment pas une option, et il me demande s'il m'est possible de rentrer plus tôt.

Je lui relate les conditions et les avantages, sans que cela ne m'aide à prendre une quelconque décision. Elle se détache de mes bras et se tourne pour me faire face.

— Tu hésites ? Pourquoi ?

Je hausse les épaules, n'ayant aucune envie de lui avouer que c'est à cause d'elle. Notre relation arrive à expiration, et un tel aveu viendrait à lui révéler mes sentiments. Je ne veux pas la faire fuir avec ça. Incertain de ce qu'il se passe en moi depuis que nous avons commencé à nous fréquenter, je préfère ne pas lui dévoiler que je tiens à elle… Parce que le problème est là… Elle est un baume apaisant sur les blessures à vif de mon cœur et il n'est pas envisageable que je devienne accro.

— Je ne sais pas, j'ai peur de retourner à ma vie d'avant, mais avec des paramètres différents. Ici, j'ai pu mettre de côté plus facilement le départ de Roosa. Il y a mes parents, Matias et Keijo… et toi…

Mes mots flottent entre nous. Une vérité enfin dévoilée. Seulement, je reprends pour ne pas l'effrayer :

— Enfin, Helsinki est devenue étrangère et je vais devoir réapprendre à vivre là-bas. Tôt ou tard, le constat est le même…

Un silence s'installe entre nous. Pesant, lourd… Kyllikki le brise en murmurant :

— Si l'opportunité est bonne pour ta carrière, accepte.

— Tu as sûrement raison, ce serait super pour ma place au sein de l'entreprise.

Mon ton n'est pas enjoué, le souvenir de la voix de Roosa dans le combiné, mêlé à la situation sentimentale floue dans laquelle je réalise être empêtré me font répondre gauchement. Cela n'échappe pas à Kyllikki.

— Que se passe-t-il ? me demande-t-elle.

Un rictus ourle mes lèvres, ai-je envie de partager mes pensées pathétiques avec elle ? Et pourquoi pas.

— Mon patron est en vacances avec mon ex, à Rome…

Son regard s'assombrit et de nombreuses interrogations le traversent. Je prends les devants en lui expliquant :

— Elle a tout ce qu'elle voulait : un homme présentable, des voyages dans des pays plus chauds, et elle garde son job avec avantages. Je ne me sens juste pas à la hauteur…

Kyllikki passe une main sur ma joue, un geste d'une douceur en parfait contraste avec la lueur rageuse dans ses yeux.

— C'est elle qui ne sait pas ce qu'elle rate. Mais si elle n'est pas faite pour toi, tu trouveras quelqu'un qui sera digne de l'homme formidable que tu es…

Malgré les compliments implicites, les mots de Kyllikki me blessent… J'aimerais que ce soit elle, mais elle s'exclut de ma vie à long terme. Je suis une parenthèse, tout comme elle doit en être une pour moi. Force est de constater que je suis tombé dans un piège. Mon cœur s'est laissé charmer par cette femme fougueuse, pleine de contradictions et pourtant si incroyable.

Le choix devient donc évident, Kyllikki a raison. Je dois accepter, si je refuse l'opportunité pour profiter des jours à venir ici, ce sera pour souffrir davantage au bout du compte. Ce n'est pas un chemin dont j'ai envie de découvrir les sillons.

N'ayant pas envie de lui montrer combien il m'est difficile d'entendre ces mots, je la repousse délicatement et me redresse pour quitter le lit. Mon téléphone en main, je l'informe :

— Je vais confirmer à mon boss que je rentre.

— Isaac…, souffle Kyllikki en venant plaquer son corps nu contre mon dos avant que je ne me lève.

Je n'ai pas envie de lui répondre, seulement passer à autre chose, en profitant des dernières heures ici, en compagnie de mes amis. Mais avant tout, j'ai besoin de détendre mes muscles. Ils sont bandés à l'extrême sous la tension nerveuse installée depuis ma rupture, puis amplifiée depuis l'appel de Jason.

— Ne t'en fais pas, ça va…

Je ne crois pas en ce que je dis. Mon monde chancelle, et j'aimerais garder un équilibre intérieur jusqu'à mon départ. Je comprends que je ressens bien plus pour Kyllikki que je n'ose me l'avouer. Je voudrais croire qu'il s'agit uniquement d'une passade, mais en vérité, l'amour en est-il une ? Celui éprouvé pour Roosa s'est atténué au contact de Kyllikki, en faisant jaillir une forme différente pour cette dernière, mais c'est comme si on me refusait une nouvelle fois d'être heureux. Peut-être est-ce trop tôt ? J'ai voulu oublier Roosa entre les bras de Kyllikki, et cette volonté farouche aura-t-elle fait naître des sentiments pour effacer ceux ressentis à l'égard de mon ex ? Je ne réussis pas à m'expliquer comment j'ai pu en arriver là si vite. Il faut que je me reprenne, sinon je vais gâcher ma journée.

33
Kyllikki

25 décembre

Isaac se lève et me laisse dans son lit. Il rejoint la salle de bains d'où me parvient rapidement le bruit de l'eau dans la douche.

J'ai dû dire quelque chose qu'il ne fallait pas. Le coup de fil qu'il a reçu l'a plus ébranlé qu'il ne veut bien l'admettre. Son ex a encore une grande place dans son cœur, je l'ai bien compris, et je ne saurais expliquer pourquoi cette pensée est douloureuse. On ne peut pas oublier la personne ayant partagé un bout de notre chemin comme ça, du jour au lendemain. Ma solitude au départ de Tim a été difficile à encaisser. Son absence remplissait tout mon espace, je le voyais partout. Même si nous continuions de fréquenter les mêmes cours, je me suis éloignée de nos amis communs, pour ne garder dans mon cercle restreint qu'une poignée de personnes avec qui je n'ai pas maintenu le contact à mon retour à la maison.

Mon esprit revient au moment présent. Isaac s'en va, non plus dans une semaine, mais dans une journée tout au plus. Il va accepter la proposition de son patron et je l'y ai poussé. Pour quelle raison pourrait-il refuser ? Même si je tiens à lui, je ne veux pas être un frein à sa carrière. Il a sa vie à Helsinki, son travail, ses amis, une histoire sur le long terme serait vouée d'avance à l'échec. Je ne veux ni d'une relation longue distance, ni que l'un de nous sacrifie son quotidien pour l'autre, ni être en couple, tout simplement. J'aime chaque seconde en sa compagnie, je me sens comprise, choyée, mais pas protégée, plutôt accompagnée. Il me traite comme son égal, sans jamais rien m'imposer.

Lorsque Isaac revient dans la chambre, une serviette nouée autour de la taille, ses cheveux encore humides ondulant sur ses épaules, je ne peux m'empêcher d'observer son corps magnifique. Comment un homme tel que lui peut-il douter de son physique à ce point ? Les paroles de ma mère la veille me reviennent en mémoire. Un homme bourru et rustre... Ces mots m'ont fendu le cœur. Juger les gens sur leur apparence sans même les connaître, c'est tellement facile. Si chacun se mêlait de ses propres affaires au lieu de prendre part à la vie des autres, le monde se porterait bien mieux.

Je me lève, nue, et viens me coller contre son dos. Je m'imprègne de l'odeur musquée de son gel douche. Les notes boisées et subtiles sont devenues sa signature olfactive. Je me suis habituée à cette fragrance masculine, et elle m'apaise lorsque je la perçois. En moins d'un mois, Isaac a mis à l'envers une bonne partie de mes résolutions, tout en prenant garde à toujours me laisser le choix et le contrôle. Je n'aurais jamais pu penser qu'une telle harmonie entre deux personnes puisse être possible. Nous sommes amis et amants, mais sans que l'un de nous ne prenne le dessus sur l'autre.

— J'ai accepté l'affaire, m'annonce-t-il en se tournant pour me faire face. C'est mieux ainsi.

Me retenant de montrer ma déception de devoir me séparer de lui, je ne peux néanmoins pas faire abstraction de la pointe douloureuse dans ma poitrine.

— Kyllikki…

Un doigt glisse sous mon menton, et il me relève le visage. Son regard capture le mien et il ajoute :

— Nous savions qu'il y aurait une fin.

Il a raison. Pourtant, la douleur est nouvelle. Je me suis attachée à lui et la perspective de ne plus l'avoir ici dans deux jours me peine.

Je me mets sur la pointe des pieds et l'attire à moi dans un baiser doux et tendre. Je voudrais lui montrer que je tiens à lui, mais respecte les règles du jeu. Il m'étreint et m'embrasse comme si c'était la dernière fois, et c'est peut-être bien le cas.

Un coup contre la porte nous sort de notre bulle. Isaac pose son front contre le mien quand nous entendons Matias de l'autre côté du battant nous informer que Keijo et Aija sont arrivés.

Les lèvres d'Isaac frôlent le bout de mon nez, puis il se détache de moi.

— Habillons-nous. Il ne faut pas les faire attendre.

J'acquiesce, mais il est difficile de détourner le regard du postérieur d'Isaac, complètement dévoilé. Ses fesses fermes et galbées sont, à elles seules, un appel à la luxure.

— Kyllikki, si tu continues de me regarder comme ça, on va avoir du retard, et je ne suis pas certain que Keijo apprécie.

Après avoir récupéré mes habits de la veille, je repars dans ma chambre pour me changer avant de rejoindre tout monde en bas.

En arrivant au milieu des escaliers, je surprends Isaac et Keijo en pleine discussion à l'écart. Discrètement, je m'immobilise pour les écouter. L'impression d'avoir quinze ans de moins m'arrache un sourire, mais j'ai envie de connaître la teneur de la conversation entre les deux hommes.

— Je m'en vais demain. Tu n'as pas de soucis à te faire pour Kyllikki, précise Isaac.

— Justement, pour l'avoir déjà vue au plus bas, je n'ai pas envie que ce soit à cause de l'un de mes meilleurs amis cette fois, le met en garde Keijo. Elle tient à toi.

— Elle ne veut pas d'une relation suivie, se défend Isaac. C'était clair depuis le départ, donc tu n'as pas à t'en faire pour elle. Nous avons respecté notre marché. Du bon temps, et rien de plus.

Sa voix se brise sur les derniers mots, et je suis surprise d'entendre Keijo lui demander :

— Et toi ? Comment le vis-tu ?

— Je ne pensais pas m'attacher autant à elle, mais j'ai encore des choses à régler, et ma vie est à Helsinki. Je ne pourrais pas lui imposer des choix qui ne sont pas les siens.

Il est... attaché... à moi ? Cette parole me ravit autant qu'elle est douloureuse. Se pourrait-il qu'il ait développé certains sentiments à mon égard ? Il est si discret, me laisse toujours la place au centre de notre relation et s'intéresse à moi, mais il ne m'a jamais livré son ressenti sur nous deux. Le découvrir de cette manière est compliqué à gérer. Je le connais assez pour savoir qu'il ne se serait pas confié sur ce point si c'était faux, car il n'a jamais été question de ça entre nous. Sauf que je me rends compte que nous avons tous les deux développé un attachement pour l'autre. Aujourd'hui, nous ne pourrons pas avancer davantage ensemble, nos parcours se séparent et même si aucun de nous n'en a envie, nous n'avons pas le choix. Finalement, ce n'est pas plus mal qu'il reparte demain, je pourrai m'en tirer sans trop de peine cette fois.

Je décide de les rejoindre et les deux hommes tournent la tête dans ma direction lorsque j'arrive à leur hauteur, stoppant leur discussion. J'avance vers Keijo pour l'enlacer, et nous nous installons tous au salon où se trouvent déjà du café et des brioches à la cannelle. J'en saisis une dans laquelle je mords pour éviter de parler. Les discussions s'animent, mais mon attention est focalisée sur Isaac.

Qu'est-ce qu'il m'arrive, je ne suis pas une adolescente énamourée, il faut que je me reprenne. Demain ça ira mieux. Je dois réussir à me concentrer sur autre chose et profiter de l'instant présent.

Cette journée de *Joulu* s'annonçait pourtant bien. Nous avons prévu de la passer à la maison en famille, en compagnie de mon frère et sa fiancée. Mon regard se perd sur l'immense manteau vert du sapin apporté hier. Je ne l'avais pas trouvé si imposant lorsque nous l'avions choisi, mais il remplit une bonne partie du salon. Il est encore nu...

Le voir ainsi dénué de parure m'attriste. Je me lève et pars en quête des décorations pour l'embellir. Je profite de mon passage à l'étage pour faire un détour par ma chambre. Les cadeaux de la veille sont posés sur mon bureau, et je ne peux m'empêcher de les reprendre un à un en main. Il m'est impossible de retenir une grimace devant celui de mes parents, que je n'utiliserai pas. Matias et Keijo ont une nouvelle fois tapé dans le mille. Puis j'ouvre l'étui et en sors les deux bracelets offerts par Isaac. Je ne me suis pas attardée dessus lorsque je les ai déballés, mais je prends le temps d'admirer le tressage. Les jeux de couleurs complémentaires sont magiques. Une opale scintille au milieu du cuir noir, les teintes semblables à celles des aurores se reflétant à tour de rôle sur la surface. Et à l'inverse, sur l'autre, une obsidienne d'un noir abyssal me captive, me ramène à la profondeur des yeux d'Isaac. Comme s'il avait capté dans cette minuscule sphère une partie de son âme. Je dois offrir le deuxième à une personne de mon choix, mais elle est toute trouvée. Je passe celui avec l'obsidienne autour de mon poignet et glisse l'autre dans ma poche.

34

Kyllikki

25 DÉCEMBRE

Je ressors de ma chambre, le sourire aux lèvres, heureuse d'être si bien entourée. Puis je me dirige vers le grenier pour récupérer les cartons de décorations. Un bruit de pas dans les escaliers attire mon attention et Keijo me rejoint.

— Tout va bien ? me demande-t-il.

— Oui, pourquoi ?

Je sais très bien où il veut en venir, mais je n'ai pas envie d'y penser.

— Kiki… pas à moi, s'il te plaît.

Je pousse un profond soupir, je ne veux pas penser à ce qu'il va se passer demain.

— Qu'est-ce que tu veux que je te dise ? On était au clair depuis le départ. Des *sentiments* ne sont pas les bienvenus dans une équation sans inconnue.

Mon ton s'emporte un peu, et je me détourne de mon frère pour prendre une caisse par terre. Je dépasse Keijo pour redescendre, mais il ne l'entend pas comme ça.

— Kiki, je ne veux pas te voir de nouveau souffrir, pas pour un de mes meilleurs potes...

Pour ne pas avoir le droit à une redite de notre conversation de la veille, je le coupe.

— Tu l'as déjà dit, je l'ai compris.

— OK, ne t'emballe pas. Je veux...

— Stop, K... Ça va... Et ça ira. Ne t'en fais pas. Maintenant, aide-moi à descendre ça.

Sans attendre son accord, je dépose dans ses bras le carton que je tenais avant d'en saisir un nouveau.

Il ne pense pas à mal, mais il remue le couteau dans la plaie.

En arrivant au salon, je remarque qu'Isaac a enfilé son bonnet et son anorak. Son regard est plus sombre que d'habitude, comme si une lumière s'était éteinte à l'intérieur. Son départ l'affecte-t-il autant que moi? Pourquoi a-t-il accepté, dans ce cas ?

Peut-être parce que je l'ai poussé à le faire... Mais c'est le mieux pour nous deux. Un avenir est inenvisageable... Je me le répète pour m'en persuader. C'est peut-être l'opportunité pour nous de ne pas nous attacher davantage.

Il s'approche de moi et m'informe :

— Je dois dire au revoir à mes parents. Ma mère souhaite que je passe un peu de temps en leur compagnie, et je ne peux pas le lui refuser. On se voit ce soir ?

Son ton s'est teinté d'espoir lorsqu'il a posé sa question. J'acquiesce d'un signe de tête et un léger sourire apparaît sur son visage. Ses doigts effleurent ma joue avant qu'il ne se détourne en direction de la porte.

Je reste immobile quelques secondes, je ne sais pas si j'aurais aimé qu'il m'embrasse, ou simplement un peu plus de démonstration affective de sa part. Quand mon attention se reporte sur Matias, Keijo et Aija en train de m'observer, je comprends pourquoi il n'a rien montré de plus. Il n'est pas démonstratif, et nous ne sommes même pas ensemble. D'autant plus que notre bulle va éclater demain, nous rendant chacun à notre monde. Les lueurs de nos aurores vont se dissiper, laissant place à une obscurité profonde.

Ce n'est pas le moment de penser à demain, il nous reste ce magnifique sapin à embellir, et avec un élan conquérant, je pose la boîte de décorations sur la table du salon.

La journée a un goût de « comme avant ». Nous prenons un vrai plaisir à placer chaque objet sur les branches de notre arbre, à l'éclairer avec des guirlandes lumineuses, de nombreux himmelis de toutes les tailles, des friandises, des lutins et tout ce qui donne vie à ce roi de la forêt.

Quand nous sommes satisfaits du résultat, nous partageons un repas simple avant de regarder un film à la télévision. Nous n'avons pas l'habitude de nous poser ainsi, nos journées sont tellement remplies que nous n'avons pas le temps de profiter de moments comme celui-ci.

Je m'allonge sur le canapé, la tête sur l'accoudoir, un plaid polaire me tient chaud, mes pieds sont posés sur les cuisses de Mat. Sur le fauteuil, Keijo enlace tendrement Aija. Une pointe d'envie se fait sentir, j'aimerais aussi pouvoir partager un instant simple comme aujourd'hui avec Isaac... Cette constatation m'attriste, ce n'est pas une vision à laquelle je peux aspirer avec le Viking, encore moins maintenant, même si toutes les personnes présentes sont au courant pour nous deux.

L'odeur du café me tire du sommeil, et je me redresse vivement. Sommes-nous déjà le matin? Ai-je manqué ma dernière soirée en compagnie d'Isaac?

Affolée, je regarde autour de moi et constate qu'il ne reste plus que Matias, assis à la place qu'occupaient Keijo et Aija tout à l'heure.

— Calme-toi, Kiki. Keijo est rentré avec Aija, et il n'a pas voulu te réveiller. Nous sommes invités chez eux demain à midi.

J'inspire profondément, Isaac n'est pas encore de retour.

Il est tout juste dix-huit heures, quand notre colocataire revient de chez ses parents. Matias lui propose une bière qu'il accepte et nous trinquons tous les trois à cette dernière soirée. Isaac n'est pas très loquace, son esprit semble voguer loin de nous.

Quand il nous abandonne pour aller boucler ses valises, mon cœur se serre. Nous y voilà...

— Va le rejoindre, m'incite Matias. C'est votre ultime soirée, si j'ai bien compris. Ne la gâche pas, profites-en.

Je le remercie et lui souhaite bonne nuit. Un poids se forme mon estomac et grossit au fur et à mesure que je grimpe les marches. La porte de la chambre d'Isaac est ouverte, et je m'avance dans l'ouverture, pensant le trouver dans ses préparatifs. Je suis surprise de le découvrir debout devant sa baie vitrée, le regard perdu au loin.

— Tout va bien ?

Il se tourne pour m'observer.

— Je m'imprègne une dernière fois de ce paysage magnifique. Je ne sais pas quand j'aurais l'occasion de revenir ici…

Cette constatation alourdit davantage la masse dans mon ventre. Mes yeux s'embuent malgré moi. D'un pas tremblant, j'avance jusqu'à lui, mais ne relève pas la tête dans sa direction. Je me sens faible, mes sentiments me trahissent, jamais je n'aurais dû m'attacher à cet homme. Ses doigts viennent se saisir délicatement de mon menton. Cependant, je refuse de lui faire face, de lui montrer mes failles.

— Kyllikki, s'il te plaît, regarde-moi.

Il est difficile d'ignorer la douleur dans sa voix, elle sonne comme une supplique à mes oreilles. Mon regard se perd sur l'horizon du désert de glace qui s'étend sous les fenêtres, cherchant une échappatoire à cette situation, mais rien ne pourra me préserver du manque qui surviendra fatalement lorsque Isaac franchira pour la dernière fois la porte de ma maison.

Comme pour répondre à mes prières intérieures, le ciel s'illumine une nouvelle fois.

— Nous le savions, c'était écrit depuis le début. Les feux du ciel ont ensorcelé nos moments ensemble, les rendant uniques, les gravant juste là.

Pour appuyer ses paroles, il se saisit de ma main et la dépose à l'endroit où bat son cœur. Je rends les armes et mes prunelles s'arriment aux siennes, y cherchant un refuge, une alternative, une autre voie… La profondeur de son regard d'obsidienne me happe bien plus que n'importe quel abysse, m'offrant une fenêtre ouverte sur son âme.

— Me ferais-tu cadeau de cette dernière nuit entre tes bras ?

Sa demande est à la fois romantique, mais aussi tragique. La fatalité du lendemain revient sur le devant de mes pensées. Même si je ne peux rien changer à l'issue, je décide de profiter avec lui de ces instants si importants, et de m'en gorger pour ne jamais oublier ce que cela fait de se sentir aimée.

Je songe à ces semaines passées ensemble, à l'évolution de cette relation qui n'en a jamais été une. À la connexion de nos âmes au travers de la magnificence des aurores, à cette passerelle entre nous chatoyant plus intensément lorsque nos esprits vibrent à l'unisson.

Instinctivement, j'ai besoin de matérialiser ce lien entre nous, et j'enroule mes doigts aux siens, les faisant glisser le long de son corps, puis entre nous jusqu'à ce qu'il arrive à hauteur de mon bassin. Dans un souffle je lui annonce :

— J'ai un cadeau pour toi...

Délicatement, je sors de ma poche le bracelet qu'il m'a offert hier et le glisse autour de son poignet. Il relève son bras pour examiner mon présent et le sourire sur son visage illumine l'instant. Il saisit ma main pour la porter à ses lèvres et s'aperçoit que j'ai mis l'autre bijou.

— Je souhaite que tu emportes ça. Comme ça, tu auras toujours un bout d'ici avec toi.

Je me retiens de lui dire qu'il symbolise le morceau d'âme que je lui cède, celui qui lui appartient. Avec une tendresse infinie, il dépose sa bouche contre la mienne et m'emmène virevolter au milieu des aurores.

35

Isaac

2 JANVIER

Après notre rendez-vous du vingt-sept décembre, le client vient de signer le devis pour lequel je suis revenu de vacances. Déjà sept longs jours que je suis rentré. Dire que le retour a été simple serait mentir.

Le soir précédant mon départ, j'ai profité de notre dernière nuit… Plutôt que de me perdre en elle, d'évacuer toutes mes angoisses liées à notre fin, je l'ai serrée fort contre moi. Je lui ai fait l'amour, sachant que mon cœur allait se fissurer le lendemain pour en laisser un morceau à Inari.

Aujourd'hui, devant cette feuille signée dans les pièces jointes de l'email du client, je ne suis même pas satisfait. Un nouveau contrat pour un pack publicitaire complet, un nouveau challenge pour moi, et finalement cela m'importe peu.

Roosa passe devant mon bureau, et je ne peux m'empêcher de la suivre du regard. Mes yeux examinent ce corps pourtant si longuement parcouru, apprécié et aimé. Je me mets à la comparer avec une autre femme, plus petite, plus sportive, moins maniérée... Je me demande si mon aventure avec Kyllikki n'était pas une façon d'explorer l'exact inverse de Roosa... Je chasse cette idée plus loin, car penser à la jolie brune est douloureux. L'impression de m'être servi de Kyllikki pour oublier mon ex m'enserre la poitrine, ce n'est absolument pas ce qu'il s'est produit. C'était bien plus que ça. Elle m'a libéré, a ouvert une cage que je ne voyais même pas.

Jason sort de son bureau et embrasse Roosa en passant à côté d'elle. J'ai du mal avec ce genre de comportement démonstratif en public. C'était d'ailleurs un des reproches de Roosa. J'étais d'accord pour la prendre par la main ou entourer sa taille d'un bras, mais je restais *soft* avec elle, et il était impensable pour moi de lui dévorer la bouche comme ils sont en train de le faire en ce moment. Je ne comprends absolument pas à quoi sert une telle exposition. Je suis quelqu'un de passionné, mais pas un acteur voulant montrer aux autres cette facette privée de ma vie. Dans l'intimité, je ne suis pas avare de baisers et autres caresses.

Heureusement pour moi, je n'ai pas à assister longtemps au spectacle, il est enfin l'heure de rentrer à la maison. Depuis la reprise, mon travail ne me passionne plus, je n'ai plus aucun entrain à me lever chaque jour. Après une bonne heure dans les transports en commun et un détour par l'épicerie, je pousse la porte de chez moi.

Le silence m'accueille, angoissant, froid, vide... Tout ce que je déteste. Dans cet appartement encore marqué par la présence de Roosa, vivre est aussi devenu un défi. D'autant plus que mon ex a profité de mon départ pour Inari afin de déménager le reste de ses affaires, préférant ne pas me « déranger » comme elle le dit si bien. Elle était surtout contente de pouvoir prendre ce qu'elle désirait. Au bout du compte, cela ne me change pas grand-chose. Je pose mes achats sur le petit plan de travail de la cuisine et en sors le paquet de *piparkakku*. Mes pensées ne peuvent s'empêcher de s'envoler plusieurs semaines plus tôt, lors de cet après-midi où je me suis attelé à la réalisation de ces petits biscuits avec Kyllikki. À bien y réfléchir, notre complicité était déjà naissante. Je prends un gâteau et le fourre dans ma bouche en une seule fois. Mon téléphone choisit le moment pour sonner. Après avoir regardé l'identité de mon interlocuteur, j'avale le biscuit et décroche.

— Bonjour *aïti*.

— *Kulta*, tu vas bien ? me demande-t-elle.

Je ne peux pas lui répondre la vérité. J'ai l'impression d'avoir atterri dans une nouvelle dimension, je ne retrouve aucune de mes marques, elles ont disparu avec Roosa… Je me sens étranger dans une ville que je fréquente depuis une dizaine d'années, dans un appartement qui ne me ressemble pas, avec un travail démotivant… Et aujourd'hui, je me suis senti seul.

— Ça va…

Je mens à ma mère, sinon elle va se faire du souci pour moi, et ce n'est pas le but.

Elle me raconte leur passage à la nouvelle année en compagnie de leurs résidents. Ces derniers sont repartis ce matin en se donnant à nouveau rendez-vous l'année suivante pour leurs retrouvailles annuelles.

Ma mère m'appelle beaucoup plus souvent que d'habitude. Trois fois en sept jours, je n'ai plus grand-chose à lui raconter.

— Tu as bien fait la fête samedi? s'enquiert-elle. Helsinki doit regorger d'endroits pour s'amuser...

Je ne peux pas lui avouer que je suis resté seul à la maison, à manger un ramen devant les bêtisiers diffusés à la télévision. Tellement pathétique. Je n'ai pas eu envie de faire la fête, même quand mon collègue Niko m'a proposé de me joindre à eux. J'étais couché bien avant minuit en fixant l'extérieur depuis mon lit, dans l'espoir d'apercevoir une aurore pour me rapprocher un peu d'*elle*.

— La ville est très chouette à cette période de l'année. Les illuminations envahissent les rues, on se croirait en plein jour...

Je lui raconte une soirée vécue il y a quelques années pour ne pas l'inquiéter.

— Si j'organise une fête pour l'anniversaire de ton père au mois d'avril, je peux compter sur toi?

— Je vais prendre mes vacances pour être là, *aïti*. Je ne peux pas louper ce passage important pour papa.

Ravie, elle me conte les derniers ragots, déjà entendus avant-hier pour la plupart, puis nous raccrochons. Je sors une bière du frigo, cette journée a été interminable. Je ne bois quasiment jamais la semaine, encore moins quand je suis seul. Il faut une première à tout, j'ai l'impression de toucher le fond. Je me pose sur mon canapé, ma canette à la main, et parcours les réseaux sociaux. Pas mal de messages m'attendent en me souhaitant une bonne année, la santé, etc. Il y en a un de Kyllikki, mais il est très simple. Je suis presque déçu. À quoi est-ce que je m'attendais ?

J'ai refusé qu'elle m'accompagne à l'aéroport, ne voulant pas d'adieu larmoyant ou pire, un au revoir banal... C'est mon père qui m'a conduit jusqu'à Ivalo, et chaque kilomètre me séparant d'Inari me faisait de plus en plus mal. J'ai caché la douleur sous un sourire de façade et nous avons passé l'heure de route ainsi. Je ne savais pas comment dire au revoir à Kyllikki, je ne voulais pas m'exposer au regard de qui que ce soit pour notre séparation, après avoir bouclé ma valise, elle m'a rejoint dans ma chambre. Une dernière étreinte, et un baiser passionné plus tard, j'ai eu beaucoup de difficulté à me détacher d'elle. Mon cœur s'est à nouveau brisé ce matin-là. Un abysse s'est créé dans ma poitrine, emportant dans ses profondeurs chacune de mes envies. Tout est fade, tout est gris, tout est froid... Même les rayons du soleil éclairant le ciel le midi ne m'apportent aucun réconfort.

Le lendemain matin, mon humeur est toujours aussi maussade. Pourquoi est-ce si dur d'avancer ? Je ne comprends pas la cause de mon état. Avec Kyllikki, nous étions d'accord depuis le début, alors pour quelle raison mon traître de cœur en a-t-il décidé autrement, et me laisse gérer la perte... Je me sens trahi par mes propres sentiments, par ce corps qui réclame une présence contre lui, cet univers qui n'est plus le mien... L'anniversaire de Kyllikki a lieu dans deux mois, ce serait une bonne occasion de retourner à Inari, avril me paraît bien trop loin. Ma semaine de congé peut bien me servir à ça, non ? Est-ce vraiment une si bonne idée ? Je ne veux juste pas passer à côté de l'opportunité de lui exprimer ce que je ressens. Mon regard se porte sur le bracelet qui ne me quitte plus depuis que Kyllikki me l'a offert. La perle d'opale me ramène aux aurores et à ces moments si parfaits partagés ensemble. Un long soupir s'échappe d'entre mes lèvres. Je dois sortir de cet état presque dépressif dans lequel je m'enfonce depuis une semaine.

Décidé, je me rends dans le bureau de Jason pour demander ma semaine de vacances en plus de celle d'avril. Curieusement, Roosa n'est pas à son poste, tant pis, je m'approche de la porte et frappe avant d'entendre la permission d'entrer. Aucun bruit ne me parvient depuis l'autre côté. Je réitère, il ne m'a peut-être pas entendu.

— Une minute, j'arrive…, lance Jason depuis l'intérieur.

En patientant, je suis surpris de voir Roosa sortir de l'endroit, les yeux rougis. Son regard croise le mien, et j'y lis une profonde tristesse. Elle ne s'arrête devant son bureau que le temps d'attraper ses affaires, puis s'en va. Le visage de Jason apparaît dans l'embrasure de la porte :

— Ah, Isaac, entre.

Je lui emboîte le pas et prends place dans le fauteuil face à lui.

— Tout va bien ?

Je ne peux m'empêcher d'être curieux quant au départ de Roosa.

— Elle s'en remettra. Nous n'étions pas compatibles de toute façon. Nous avons pris du bon temps, c'était sympa, mais rien de plus.

Je suis choqué par la facilité dont il fait preuve en parlant de la fin de sa relation avec mon ex. En me remémorant leur baiser d'hier dans l'open space, j'ai du mal à comprendre un tel revirement de situation. Finalement, ce n'est plus mon problème.

— Quel bon vent t'amène ? me demande mon patron.

— J'ai besoin de la semaine du six au douze mars.

— Tu rentres tout juste de vacances et tu veux déjà repartir ? s'étonne-t-il.

— J'ai mes raisons, est-ce bon pour toi ?

Il se frotte l'arrière de la tête et je n'aime pas du tout l'air désolé qui se peint sur son visage.

— Impossible. Je ne peux pas te donner de congés si rapidement. Certains n'ont pris que les trois jours de *Joulu*, tu comprendras que je dois faire preuve d'équité dans l'entreprise et que je ne peux pas accorder des jours comme ça, tout le temps. Tu as déjà pris tout le mois de décembre, cela devrait te suffire jusqu'à cet été non ?

— Pourtant, lorsque tu m'as demandé de les écourter, j'ai compris que je pourrais reprendre cette semaine n'importe quand. Je voulais...

— Nous avons beaucoup de travail à l'horizon, je dois revoir ma position à ce propos.

Je n'en crois pas mes oreilles. Qu'est-ce qu'il me fait là ? C'est un sketch, il revient sur sa parole ? L'avantage de cette semaine à poser a joué dans ma décision d'accepter de revenir plus tôt, sinon j'aurais décliné. Résigné, je me rabats sur ma deuxième option :

— Et celle du six au seize avril ?

Il consulte son agenda, et grimace.

— Je suis en congrès à Paris, m'informe-t-il. Nous ne pouvons pas être absents tous les deux en même temps.

Tiens, c'est nouveau ça ?

— Je ne vois pas le problème.

— Tu es une des personnes sur qui je peux m'appuyer ici lorsque je ne suis pas là, Isaac. Je comptais t'offrir le poste de responsable de l'équipe marketing, pour me seconder.

Les bras m'en tombent. Il me sort une promotion, comme ça, alors que je viens lui demander des vacances qu'il me refuse.

— J'ai besoin de réfléchir…

J'ai surtout besoin de prendre l'air et de faire le point. Je me lève et quitte le bureau sans attendre de réponse de sa part.

Je passe les portes de l'établissement et aperçois Roosa plus loin. Elle semble guetter quelque chose sur la route. Un taxi peut-être ? Je m'approche d'elle et lui pose la même question qu'à Jason un peu plus tôt :

— Tout va bien ?

Elle essuie ses joues du dos de sa main, et fuit mon regard.

— Tu dois te réjouir…

Ses mots me font l'effet d'un coup de poignard. Je n'ai jamais souhaité le moindre mal à qui que ce soit, encore moins à elle.

— Jamais, et le fait que tu penses ça prouve à quel point tu ne me connais pas.

Finalement, je me fous de savoir comment elle va. Je voulais être gentil, car je tiens encore à elle, mais si c'est pour qu'elle s'en prenne à moi alors que je n'y suis pour rien, ce n'est pas la peine.

— Isaac, me retient-elle. Je suis désolée…

— Pour quoi, au juste ?

J'ai terriblement besoin d'explication pour pouvoir avancer maintenant. Je dois la laisser derrière moi et passer par-dessus mes sentiments avortés à l'égard de Kyllikki. Étouffer ce trop-plein d'émotions devrait m'aider à reléguer ces histoires au rang de souvenir…

— J'avais besoin d'autre chose, je veux partir ailleurs, explorer le monde, recommencer une nouvelle vie…

Je ne peux m'empêcher d'ajouter :

— Avec Jason…

— Tu ne m'as pas retenue, m'assène-t-elle.

Je reçois cette phrase comme une lame aiguisée, en plein dans le cœur. Je me suis fait violence pour lui laisser de l'espace, ne pas être envahissant à la suite de son départ, et elle ose me dire une telle chose…

— Tu avais pris ta décision.

— J'aurais voulu que tu te battes pour nous, Isaac. Que…

D'un geste de la main, je lui intime d'arrêter. Je n'en reviens pas. Bientôt je vais avoir droit à des reproches…

— Que je rampe à tes pieds pour te récupérer ? Que je pleure sous ta fenêtre alors qu'un autre partageait déjà ton lit ? Est-ce que c'est ainsi que tu voulais me voir ? J'ai tout de même ma fierté. Tu es partie. Et je me suis accroché à un espoir vain, Roosa, jusqu'à…

Je m'arrête, ne voulant pas lui parler de Kyllikki. Cela ne la concerne pas. En revanche, impossible d'ignorer la déception qui traverse son regard.

— Tu as rencontré quelqu'un ? se hasarde-t-elle. C'est…

— Ce n'est pas la question, Roosa. Ce qu'il s'est passé à Inari m'a permis de me reprendre après ton départ… Ce n'est pas moi qui t'ai quitté pour une autre… Je suis désolé de ne pas avoir su être *assez* pour toi, que notre relation n'ait pas eu plus de valeur à tes yeux et que tu sois partie sans même avoir déclenché une alarme pour que nous en discutions et essayions d'arranger les choses.

Ses épaules s'affaissent dans un long soupir, et elle murmure :

— J'accumule les erreurs, mais c'est un mal pour un bien finalement, je vais enfin prendre mon courage à deux mains et quitter la Finlande. J'espère que tu trouveras le bonheur, Isaac.

Je ne peux m'empêcher de lui retourner son souhait, et je l'observe s'éloigner. Perdu, encore sous le coup de cette conversation, j'analyse ce qu'il vient de se passer.

Son ton était plus assuré. Roosa s'est perdue en chemin, désire corriger sa trajectoire, et tout à coup, l'évidence me frappe…

36

Kyllikki

6 mars

Mes doigts glissent sur la fourrure d'Asha. Ma chienne est un réel réconfort depuis le départ d'Isaac. Déjà deux mois et demi qu'il a repris le cours de sa vie à Helsinki, et de mon côté, la mienne continue… Je m'autopersuade que rien n'a changé, seulement, même si je suis toujours aussi passionnée par mon métier, un grand vide s'est installé en moi.

Chaque soir, je m'enroule dans mes couvertures, espérant voir la porte de ma chambre s'ouvrir sur mon Viking. J'observe seule les aurores de plus en plus rares dont les nuances me paraissent beaucoup plus fades… Matias et Keijo s'emploient à me changer les idées, organisant souvent des soirées à la maison pour nous quatre, mais ce n'est plus la même chose. Nous n'étions pas un vrai couple, il n'y avait aucune marque d'affection en public, mais sa simple présence suffisait à m'apporter une quiétude salvatrice. Malgré ce que nous nous étions promis, je me suis lamentablement fait avoir.

— Qu'ai-je fait ?

Ma voix est étouffée par le pelage doux de mon husky. L'amour est un sentiment vicieux. Pourquoi se développe-t-il alors qu'il sait très bien qu'il ne pourra pas éclore ? Je tente de l'éteindre en moi. Il me manque une partie de mon cœur, elle a pris l'avion il y a des semaines en direction d'Helsinki pour demeurer auprès d'un homme maintenant inaccessible.

Nous avons gardé le contact, mais nos échanges sont distants. Je lui mens pour ne pas le faire culpabiliser par rapport à mes sentiments à son égard. Il doit avoir assez à gérer avec son ex là-bas. Il m'a annoncé qu'il cherchait un nouvel appartement, car il lui était difficile de vivre dans celui qu'il avait en commun avec Roosa. Ce jour-là, je mourais d'envie de lui dire qu'il y avait toujours une chambre libre ici…

Pathétique…

Je rentre enfin à la maison, Asha sur les talons. Les protestations de Matias quant à la présence de ma chienne avec nous à l'intérieur ont cessé lorsqu'il a compris qu'elle remplissait un vide douloureux. Nous n'avons pas eu besoin de mot, mon ami me connaît assez pour réussir à comprendre mes silences. Keijo n'a pas non plus fait de commentaires là-dessus.

Une bonne douche est nécessaire après la longue randonnée du jour. Je me perds dans le travail en enchaînant les balades, les initiations aussi bien de jour que de nuit. Je n'ai rien de mieux à faire. Ma vie est devenue monotone depuis le départ d'Isaac.

Lorsque je suis enfin propre, je redescends au salon, et aperçois Matias sur le canapé avec une tasse de café en main. Sa posture me fait instantanément penser à mon Viking, même si mon meilleur ami est beaucoup moins imposant. Je me sers aussi un mug d'or noir avant de prendre place à côté de lui.

— Tout va bien, Kiki ? me demande-t-il.

— Oui, oui…

— Tuuli m'a appelé tout à l'heure. Elle aimerait nous inviter à manger la semaine prochaine.

Mon estomac se noue. La mère d'Isaac s'est rapprochée de nous depuis le départ de son fils. Elle nous propose souvent de partager un repas avec elle et Aleksander. Elle m'a confié que, malgré la distance, elle se sentait plus proche de son fils lorsque nous étions là. Mon cœur se serre, Isaac ne sera pas davantage de la partie cette fois-ci que les précédentes. Dans son dernier message, il m'a informée que son patron avait refusé sa demande de congé pour avril, ses parents organisant une grande fête pour l'anniversaire de son père. Cette fameuse semaine qu'il lui devait pour me l'avoir enlevée quelques jours trop tôt.

Mon téléphone vibre sur la table basse, signalant une nouvelle notification. Machinalement, je m'en saisis pour découvrir qu'il s'agit d'une réservation de randonnée pour le lendemain. C'est mon anniversaire, et j'avais demandé à Keijo de ne pas prendre de sortie, je voulais profiter d'une journée pour moi. Il n'a rien écouté.

Je compose son numéro et attends qu'il décroche.

— Je m'attendais à ton appel, déclare Keijo de l'autre

côté du fil.

— T'es sérieux ? Je t'avais averti que je prenais ma journée.

La déception quant au manque de considération de mon frère est douloureuse.

— Je n'ai pas vraiment eu le choix, le client voulait absolument cette date, et Matias est déjà pris. Il aimerait une balade sur le lac et une dernière chasse aux aurores si les conditions sont favorables.

Pour la balade, ça peut le faire, mais je pensais profiter de ma fin de journée en compagnie de mes amis. Cela ne m'arrange pas vraiment.

Je souffle, déçue par la tournure des événements :

— Je sais comment occuper ma matinée de demain alors... Je suppose que je n'ai pas le choix ?

— Malheureusement non, me confirme-t-il d'un ton désolé. En compensation, tu prendras le jour suivant et celui d'après si cela te convient. Nous organiserons une soirée pour fêter ton anniversaire dignement.

Après avoir validé les derniers détails pour l'excursion, nous raccrochons. La soirée est très calme, nous mangeons une bonne soupe, et je ne tarde pas à me mettre au lit en prévision de la journée du lendemain.

Lorsque j'ouvre les yeux, la lassitude s'empare de moi. Je n'ai ni envie de me lever, ni de partir en promenade toute la journée avec un inconnu. D'habitude, j'aime faire un point sur l'année écoulée avant de célébrer ce jour spécial autour d'un repas avec mes amis.

Je regarde l'heure sur mon téléphone, et découvre qu'il

y a déjà un grand nombre de messages pour me souhaiter mon anniversaire. Parmi eux, je suis à la recherche d'un en particulier, mais aucune des notifications ne concerne Isaac.

À la cuisine, une brioche à la cannelle est posée sur un mot griffonné par Matias. Son attention me fait sourire. Il est si prévenant, je suis étonnée qu'il n'ait toujours pas trouvé la perle rare qui lui corresponde, car il a tout pour plaire. Tout aurait été si simple si c'était de lui que j'étais tombée amoureuse. Cette pensée est de nouveau douloureuse, venant me rappeler le morceau manquant de mon âme... Je croyais connaître l'amour avec Tim. Cependant, lorsqu'il m'a quittée, je n'ai pas éprouvé un tel vide. Isaac a su conquérir mon cœur, charmer mon corps et capturer mon essence... Sans lui, chaque jour est difficile, mais je tiens bon. La plaie béante finira par se refermer un jour.

J'avale mon petit-déjeuner et sors pour préparer le matériel nécessaire à la journée et à la soirée.

Lorsque les chiens sont enfin attelés, le traîneau chargé pour la journée et la soirée, je patiente. Mon client se fait attendre. Je me rends compte que je ne connais même pas son prénom... Ce sera un moyen comme un autre d'entamer la discussion. J'espère seulement que ce n'est pas un gros lourd.

Les yeux rivés vers le ciel, je ne suis pas attentive à la personne qui arrive avant d'entendre ce timbre si particulier :

— Hyvää syntymäpäivää ![21]

21 Bon anniversaire en finnois.

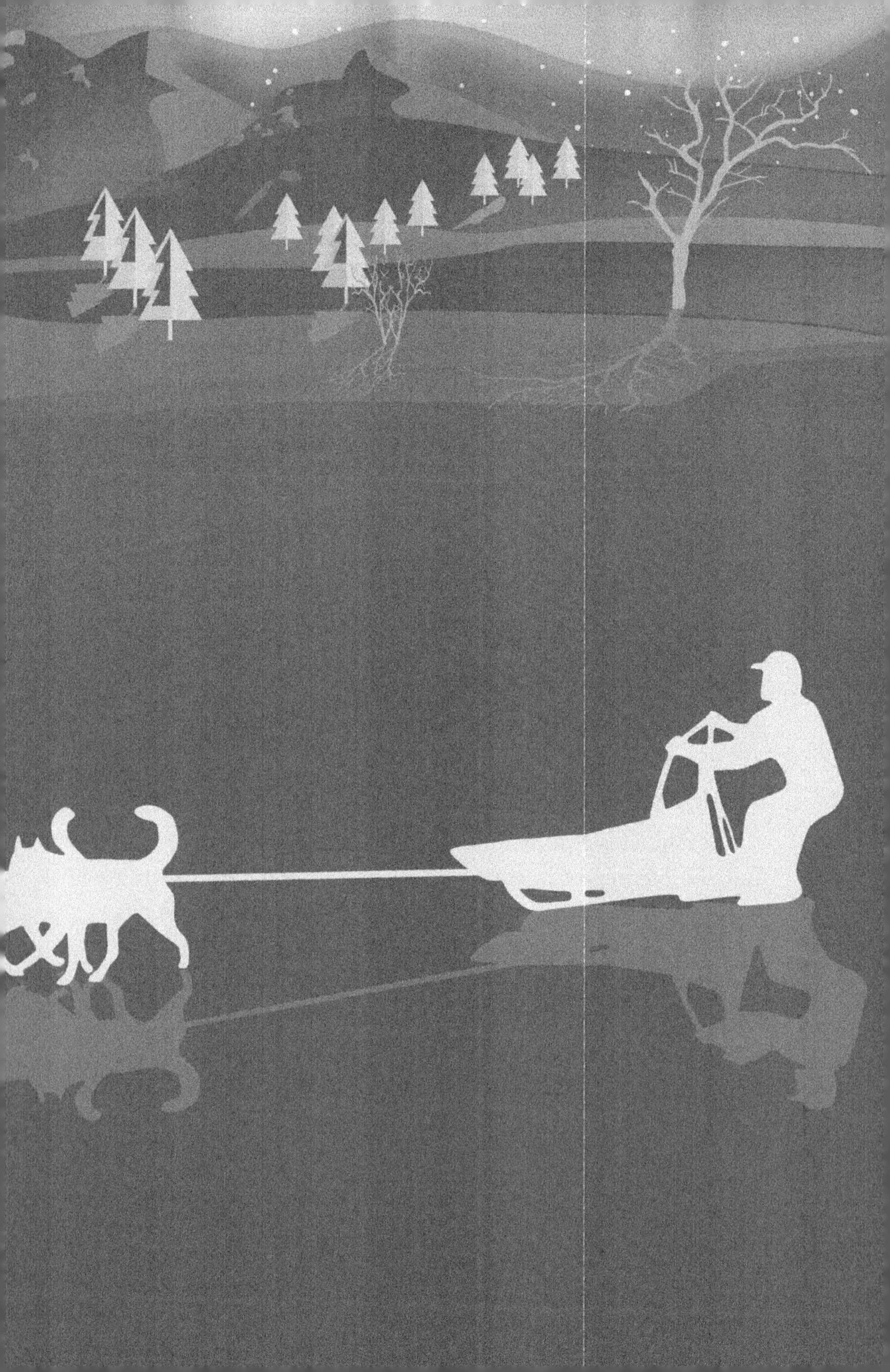

37
Kyllikki

6 MARS

L'illusion est si parfaite que je pourrais presque croire qu'Isaac est là, devant moi. Qu'il ait fait le déplacement aujourd'hui me touche, et mon cœur semble retrouver un entrain perdu depuis qu'il est parti. Cependant, je n'ai aucune idée de l'attitude à adopter à ce moment précis. Je ne peux décemment pas me jeter à son cou pour l'embrasser. C'est pourquoi je me retiens pour ne pas courir vers lui, et approche à une allure mesurée.

Je peine à réaliser qu'il est ici…

Alors que je ne suis qu'à quelques pas de lui, mon regard se lève pour accrocher le sien. Isaac comble le dernier vide entre nous et plaque ses mains gelées sur mes joues.

La sensation est vivifiante. Le contact glacé reconnecte l'ensemble de mon corps à mon cerveau, et le fait sortir de son état second.

Je n'y tiens plus. Je passe mes bras autour de son cou, et l'attire à moi. Il pose ses doigts contre ma joue et dépose un chaste baiser sur mes lèvres avant de s'écarter. J'aimerais plus, l'embrasser plus passionnément, mais je me souviens qu'il n'aime pas se donner en spectacle. La simple caresse de sa bouche sur la mienne est déjà un exploit en soi. Isaac est ici, et je compte bien ne pas le laisser repartir sans rien lui avouer cette fois-ci. Je suis prête à faire un compromis, à vivre quelque chose de différent si au bout du compte, il est avec moi.

— Que fais-tu ici ?

Ma question n'est qu'un souffle.

— J'ai rendez-vous pour une excursion.

Je me détache de lui et le dévisage, incrédule. Cependant, il n'ajoute rien et ses paroles se frayent un chemin dans mon cerveau jusqu'à ce que la lumière se fasse. Pour être certaine de mes déductions, je m'assure :

— Mon client du jour, c'est toi ?

Il hoche simplement la tête et chacune des pièces du puzzle s'imbrique enfin. Apparemment, Keijo m'a offert une escapade avec Isaac. S'il m'avait avertie avant, sans que je connaisse l'identité de mon « client » du jour, j'aurais tout fait pour décommander la prestation. La surprise n'en aurait pas été une. Incrédule, je ne peux m'empêcher de lui poser la question qui me brûle les lèvres :

— Quand repars-tu ?

J'ai besoin de connaître la nouvelle échéance, pour me préparer au manque à venir.

Son pouce caresse ma pommette d'un geste tendre.

— Profitons de cette journée, tu veux bien? Nous

parlerons demain, me suggère-t-il.

J'acquiesce, d'accord avec cette trêve, mais consciente de l'épée de Damoclès au-dessus de mon cœur. Pour couper court à mes pensées tristes, je décide de profiter de ce moment en sa compagnie. Je dois m'imprégner de lui le plus possible, faire le plein pour tenir jusqu'à la prochaine fois.

— Les chiens sont prêts, nous pouvons y aller quand tu veux.

Il me suit jusqu'au traîneau et s'y installe. J'ai de nouveau les rênes, il me laisse le guider pour cette journée. Je l'avais commencée en ruminant ma tristesse, et elle se poursuit dans une allégresse revigorante.

Asha en tête de file, nous partons à la découverte des étendues blanches. En début d'après-midi, le soleil commence déjà à décliner à l'horizon, offrant au lac des teintes très chaudes en total contraste avec la neige et la glace le recouvrant. Un tel coucher de soleil en bonne compagnie devient un véritable trésor. Le traîneau glisse la première heure dans un silence apaisé. Le plaisir d'avoir Isaac avec moi a remplacé la douleur du vide qu'il avait laissé. Je l'emmène dans l'un de mes coins préférés de la toundra. Ici, beaucoup de mushers viennent pour explorer les petites îles à la recherche d'un endroit insolite à vendre à leurs clients. De mon côté, j'ai préféré trouver un lieu secret pour me réfugier. Au fil des années et des explorations, j'ai déniché la perle rare. Je crie un ordre aux chiens pour qu'ils s'arrêtent :

— *Whoa*[22] !

L'attelage stoppe et je descends de la luge pour venir me placer à côté d'Isaac. Pour la première fois, je le domine en

22 Ordre de musher qui demande l'arrêt complet du traîneau.

taille :

— Tu veux voir mon paradis ?

Il se retourne et le sourire que je lis sur ses lèvres manque de me faire défaillir.

— Le paradis, c'est d'être n'importe où avec toi, Kyllikki.

La sincérité dans sa voix me désarçonne. Je ne m'attendais pas à une réponse réveillant des frissons en moi. J'ai besoin d'être certaine de ce que je viens d'entendre :

— Que viens-tu de dire ?

Encore sous le choc de ses paroles, j'ai peur de n'avoir pas bien compris ni ses mots ni la signification qu'il leur donne.

Il repousse la couverture de côté, déplie ses jambes et se redresse. Sa stature imposante est toujours si agréable à regarder... Je ne peux retenir un sourire en remarquant les petits glaçons formés dans sa barbe à cause de la vitesse et du froid. Loin de le rendre ridicule, la glace illumine sa barbe et lui ajoute un côté authentique. D'une lenteur calculée, il franchit le pas nous séparant. Mon souffle s'accélère alors qu'il n'est plus qu'à quelques centimètres de moi.

— Kyllikki, tu n'es peut-être pas prête pour ce que j'ai envie de te dire...

Son hésitation me gagne, les pulsations de mon cœur deviennent erratiques, et je dois me forcer pour ne pas le supplier de continuer.

— Passons cette journée comme si rien d'autre n'existait, s'il te plaît..., m'implore Isaac. Juste nous deux, dans une bulle qui n'appartient qu'à nous.

Difficile de répondre défavorablement à une telle demande. Sauf que n'avoir aucun indice sur la suite me fait peur. Cette journée avec lui sera magnifique, mais s'il repart dans quelques jours, pour laisser mon âme en miettes, c'est non. J'ai souffert, plus que je ne l'ai montré, gardant pour moi une peine profonde et douloureuse. Ne pas perdre la face s'il joue avec moi sera impossible. Je pourrais lui dire qu'aujourd'hui peut faire partie de notre arrangement, en revanche, je ne le souhaite pas. Je désire Isaac aujourd'hui, mais aussi pour la suite. Je refuse un contrat avec une date de fin… Je n'imaginais pas penser ça de nouveau un jour, moi qui fuis toute forme d'engagement et de démonstration publique d'affection.

Avec Isaac, c'est différent. Je veux plus. Il a été à mes côtés sans rien attendre, me laissant à chaque fois l'initiative d'avancer ou non. Lorsque le monde semblait se liguer contre moi, il a été une épaule réconfortante et quelqu'un sur qui j'ai pu m'appuyer. Jusqu'à présent, les hommes ne prenaient pas en considération mes choix, raison pour laquelle je n'ai plus eu de relations sérieuses depuis Tim. Isaac, lui, est à l'écoute, en plus d'être tendre et bienveillant. Certes, son physique tend à le faire passer pour quelqu'un de plus rustre, comme le dit si bien ma mère, sauf qu'ils se trompent tous, sur toute la ligne.

— Kyllikki ?

Isaac me ramène dans la réalité, et je m'aperçois que je n'ai pas répondu à sa proposition. Maintenant que je sais ce que je veux, j'affirme :

— Non !

— Non ? s'étonne-t-il.

Il est temps pour moi de vider mon sac. Ici, ou plus tard, est-ce que cela change vraiment quelque chose au fond ?

— Je ne veux plus jouer avec toi, pas aujourd'hui, ni demain ni plus jamais…

Ses pupilles s'agrandissent devant la véhémence de mes paroles. La douleur les traverse, et il recule. Ne voulant pas le laisser croire au pire, je continue :

— Je ne voulais pas d'une histoire suivie et encore moins éprouver à nouveau des sentiments pour un homme… Lorsque tu es parti, tu as emporté une partie de moi, et la distance est difficile à supporter.

— Kyllikki…

— Laisse-moi finir ! Donc non, même si ton arrivée ici pour mon anniversaire me fait espérer un avenir, je ne veux pas revivre le déchirement de te voir repartir, c'est trop.

Il passe un bras dans mon dos pour m'attirer contre lui, mais je détourne le regard. Mes yeux sont embués, les larmes menacent de couler, et je ne veux pas être faible et triste pour une histoire qui n'a jamais débuté.

— Je t'aime, Kyllikki…

Ces mots murmurés au creux de mon oreille me font l'effet d'un électrochoc.

Il aura réussi à me surprendre depuis le début. Je ne m'attendais pas à un tel aveu, à une telle démonstration de sa part. Jamais ces paroles n'ont résonné aussi fort dans mon esprit. Il les a prononcées sans aucune retenue, alors qu'elles sont le plus souvent tues de peur de la réaction de l'autre. Isaac a le don de m'étonner un peu plus à chaque fois.

Il est venu à Inari juste pour mon anniversaire, et m'offre en prime un cadeau sans avoir conscience de sa valeur. Qui a dit un jour que les hommes ne savaient pas montrer leurs sentiments ? Comment peut-on laisser partir une personne telle que lui…

D'un autre côté, j'ai peur de la suite. Comment faire pour avancer un bout de chemin tous les deux, avec nos vies chacun dans un coin de la Finlande ? Mes réticences sur ce point refont surface et mon estomac se tord à la perspective des discussions que nous devons avoir si nous voulons envisager un avenir ensemble.

J'attends qu'Isaac poursuive.

38

ISAAC

6 MARS

Kyllikki se tend entre mes bras. Ai-je été trop loin ? J'ai eu envie de lui montrer que je n'étais pas là pour lui faire du mal, et lui proposer seulement une poignée de nuits ensemble. Je ne sais pas si je suis capable de me réengager après Roosa, mais j'ai envie d'essayer. Peut-être pour quelques semaines, mois ou plus… L'avenir nous le dira, ma seule certitude est mon envie d'essayer, avec Kyllikki. Alors je réitère ma proposition :

— Profitons d'aujourd'hui, nous discuterons demain, tu veux bien ?

Elle hoche la tête, mais ne me regarde toujours pas. Je sens mon cœur se fissurer. Et si c'était trop pour elle ? Je la relâche et reprends ma place dans le traîneau pendant qu'elle se réinstalle derrière moi.

Je la laisse m'emmener découvrir ce coin de paradis

dont elle me parlait avant que je ne gâche tout. Je reste silencieux. Mon regard se perd sur les îlots ressortant au milieu du lac gelé. Plusieurs nuages viennent encombrer le ciel, accentuant encore le camaïeu orangé de notre environnement. Quelques sapins stoppent la course des rayons du soleil traversant la masse nébuleuse, et parsèment l'étendue de glace d'ombres aléatoires. Ce paysage est d'une beauté incroyable. Les virées dans cette contrée isolée m'avaient vraiment manqué.

Être ainsi perdu au milieu d'une nature sauvage m'aide à me détendre. Le traîneau tourne en direction d'un amas de sapins semblables à beaucoup d'autres, et nous nous arrêtons à l'orée de la forêt plus dense qu'elle n'en avait l'apparence de loin.

Kyllikki attache l'attelage et part vers le centre de l'île. Elle n'a aucun mot pour moi. Ma déclaration est restée sans réponse, même si je ne lui demandais pas de me retourner mes paroles. Une simple réaction m'aurait suffi. Mais Kyllikki m'évite maintenant, et je regrette de ne pas avoir retenu mes sentiments à son égard.

C'est bien trop tôt, je le sais... Ces deux mois séparés d'elle m'ont appris à voir mon avenir sous un nouveau jour. J'ai commencé à mettre en ordre mes affaires, et le refus de Jason vis-à-vis de mes vacances a sonné le glas de cette vie que je ne souhaite plus. Même la possibilité d'une promotion n'a pas réussi à me redonner de l'entrain. Un travail, un appartement vide, une existence monotone... voilà les seules choses qui m'attendaient à mon retour à Helsinki... À Inari, j'ai au moins l'envie de recommencer, d'avancer auprès de gens qui croient en moi. Kyllikki mérite des explications concernant mes décisions. Je refuse qu'elle s'imagine que je joue avec elle. J'ai remarqué la joie sur ses traits lorsqu'elle m'a vu à mon arrivée. Peut-être ne veut-elle pas de faux espoirs quant à un avenir entre nous. Mais j'ai besoin d'un moment rien qu'à nous, avant de me dévoiler davantage. Je pensais que cette promenade nous mettrait dans de bonnes dispositions avant que nous ne jouions cartes sur table. Je me suis trompé. En revanche, je ne veux pas qu'elle se sente coincée lorsque j'aborderai le sujet avec elle. Elle doit être libre de rester ou de partir, et ici, au milieu de nulle part, le moment ne semble pas adéquat. Je n'ai pas envie de devoir rentrer à pied si elle me laisse ici.

Je la suis au milieu des pins millénaires et me stoppe lorsque nous arrivons dans une clairière. Le spectacle qui s'offre à nous est tout simplement incroyable. Me plaçant à côté de Kyllikki, je saisis ses doigts entre les miens pour me convaincre que je ne rêve pas. La vue de cette cascade gelée est splendide. C'est comme si le temps s'était arrêté, rien de plus. J'ai déjà vu des chutes d'eau en hiver, mais celle-ci me paraît spéciale. Est-ce grâce au soleil rasant l'horizon, et qui plonge l'espace dans une semi-pénombre rouge orangé ? Est-ce à cause de mes émotions à fleur de peau ? Est-ce dû à la présence de Kyllikki à mes côtés ?

Comment savoir ? Mais le mélange de tous ces éléments crée un instant parfait.

Ma main serre davantage celle de Kyllikki. J'ai peur de prononcer de nouvelles paroles maladroites, alors je me contente de m'imprégner de l'endroit et de la magie en silence. Lorsque l'obscurité emplit l'espace à la disparition des derniers rayons du soleil, la température chute de plusieurs degrés.

— J'ai une question..., murmure Kyllikki, me sortant de

ma contemplation.

Je tourne la tête dans sa direction, mais son regard est toujours fixé sur la cascade. Alors je lui réponds :

— Je t'écoute…

— Le programme était de continuer sur le lac encore quelques heures avant de partir chasser les aurores, mais toi comme moi savons qu'elles ne seront pas visibles ce soir. Serais-tu d'accord de rentrer, et de remettre cette partie de l'excursion à un autre jour ?

Le ciel a considérablement changé depuis notre départ, annonçant davantage une tempête de neige qu'une aurore boréale. Rester volontairement à la merci des éléments n'est pas une bonne idée.

— Tu as raison. Rentrons.

Nous laissons derrière nous ce vrai coin de paradis, et prenons le chemin du retour. Quelques flocons commencent à tomber, mais rapidement, ils se font de plus en plus nombreux. Kyllikki pousse les chiens à un rythme plus rapide qu'à l'aller et nous atteignons la maison avant que la tempête ne nous empêche d'avancer. Je l'aide à détacher l'attelage, et ne peux m'empêcher de l'observer alors qu'elle nourrit sa meute. Elle passe près de chacun des membres pour leur prodiguer des caresses et leur chuchoter des mots doux. Même avec la neige qui nous fouette le visage, elle prend du temps pour eux.

Je me sens de trop. Après m'être éclipsé, un flot de questions m'assaille. Ai-je pris la bonne décision en revenant ici ? Cela fait un mois que je prépare mon retour. La quête d'une nouvelle maison et les formalités administratives liées aux bouleversements professionnels ont pris une grande partie de mon temps. Toutefois, ce qui est fait est fait ! Je ne sais pas ce que j'espère dans le futur, et j'aurais aimé faire un bout de chemin avec Kyllikki, mais elle ne semble pas prête à ça. Je dois prendre la nouvelle direction de ma vie, celle que j'ai choisie et ne compter que sur moi.

Je décide de m'éclipser et de retourner chez mes parents. Mon avion a atterri ce matin à Ivalo et je n'ai pas encore eu l'occasion de les voir. À chaque pas supplémentaire, un poids grossit dans mon estomac. La neige brouille le chemin et mon visage est bientôt mouillé par les flocons fondus au contact de la chaleur de ma peau. Une couche se forme sur mon manteau et s'épaissit au fur et à mesure de mon avancée. Mes pas sont lents, la tempête rend difficile ma progression, mais mes efforts finissent par payer, et j'atteins la maison qui m'a vu grandir. Je sonne à la porte et en profite pour ôter un maximum de poudreuse accumulée sur l'ensemble de ma combinaison. Tuuli vient ouvrir et son large sourire suffit à me réchauffer le cœur.

— Isaac ! s'exclame-t-elle en m'apercevant.

Elle s'écarte pour me laisser entrer. Je retire mes habits trempés et secoue mes cheveux mouillés, eux aussi. Mes chaussures trouvent leur place à côté de la porte, alignées juste à gauche du battant. Il y a comme un goût de nostalgie. Petit, j'adorais les mettre à cette place, persuadé qu'ainsi je serais toujours le premier à partir. Le destin m'a donné raison puisqu'elles ont déserté leur emplacement pendant une dizaine d'années. Les revoir là signifie que je suis rentré à la maison.

Je serre ma mère contre moi, heureux de la retrouver, même si nous ne nous sommes pas quittés depuis très longtemps. Aujourd'hui, me revoilà pour de bon. Ailleurs, loin des miens, ma vie n'a aucun sens. Ma famille ne m'a jamais abandonné, contrairement à… J'ai mal en pensant à Roosa et à Kyllikki. Les sentiments sont douloureux…

— J'ai eu peur que vous soyez pris dans la tempête, me confie-t-elle.

Je la rassure :

— Kyllikki a eu du flair. Nous sommes rentrés juste à temps.

Elle se penche pour observer derrière moi, comme si elle s'attendait à voir quelqu'un.

— Elle n'est pas là ? s'étonne-t-elle. Pourtant c'est en partie grâce à elle que tu es de nouveau avec nous, je me trompe ?

C'est à mon tour d'être surpris.

— Qu'est-ce qui te fait dire ça ?

— La façon dont elle t'a défendu à *Joulu*, face à Piritta. J'ai compris qu'elle ressentait plus qu'une simple amitié pour toi. Elle te connaît assez pour savoir tes failles, et celle-ci en particulier. Ton physique t'a toujours appartenu, la façade que tu offres au monde est présente uniquement pour maintenir les autres à distance…

Entendre ma mère s'ouvrir à moi de cette façon me touche. Je n'imaginais pas qu'elle m'avait si bien cerné, et pourtant…

— Ne sois pas surpris, *kulta*, je t'ai élevé et j'étais là lors des événements les plus importants de ta vie. Ne pense pas que cette dernière décennie à Helsinki ait fait de toi quelqu'un de différent.

Je ne peux m'empêcher de l'étreindre plus fort. Cette

femme est vraiment un de mes piliers, le seul sur lequel je peux compter, peu importe la tempête que j'affronte.

— Va te doucher, mon grand, je prépare de quoi te restaurer. Tu peux t'installer dans ton ancienne chambre.

Elle passe son pouce sur ma pommette et recueille une larme que je n'ai même pas conscience d'avoir laissé échapper. Puis je lui dépose un baiser sur la joue avant de regagner l'étage.

Je pousse la porte de la pièce qui m'a vu grandir, et si l'entièreté du mobilier a été remplacée, l'espace est toujours empli de souvenirs.

Je me dirige vers la fenêtre pour observer les flocons tournoyer dans une valse endiablée. Aussi tourmenté que mon esprit…

Il est temps d'avancer. Si je suis ici, c'est pour reprendre ma vie en main, et non pour sombrer à cause d'une histoire qui n'avait même pas vraiment débuté.

Décidé à prendre un nouveau départ, je me rends dans la salle de bains sur le palier et une meilleure idée me vient. Je me déshabille et m'enroule dans une serviette-éponge, avant de retrouver ma mère dans la cuisine.

— Le sauna est-il ouvert ?

Elle acquiesce et retourne à sa préparation. Je rejoins la porte au fond du couloir et pénètre dans l'espace saturé de chaleur. L'odeur du bois humide me réconforte, et je verse une louche d'eau sur les pierres brûlantes avant de m'allonger sur l'un des bancs. L'air embrase mes poumons, me réchauffant de l'intérieur. Je laisse l'atmosphère ambiante me nettoyer, faire suer ma peau comme si mes déconvenues partaient avec les fines gouttelettes.

Un courant d'air me parvient et j'ouvre les yeux. Suis-je resté trop longtemps et Tuuli vient me sortir de là ? Je me redresse en apercevant Kyllikki devant la porte, le seul détail surprenant, et pas des moindres : elle est encore totalement habillée.

— Il y a un problème ?

Pour qu'elle soit ici, dans cette tenue, il y en a forcément un. Je bondis sur mes pieds. À cause de la chaleur, je vacille légèrement et prends quelques secondes pour me stabiliser.

— Je voulais te voir, et Tuuli m'a dit que je te trouverai ici.

Des gouttes commencent à perler sur son front, elle doit avoir très chaud. Je lui propose :

— Monte dans ma chambre, je me douche et je te rejoins.

Elle hoche la tête, mais ne sort pas pour autant. Ses yeux parcourent mon corps et bien que ce ne soit pas la première fois, aujourd'hui, il y a un nouvel éclat dans ses iris que j'ai du mal à interpréter. Je ne sais pas si j'apprécie ou non. Pour couper court à son inspection, j'ouvre la porte derrière elle et l'invite à sortir. Elle me précède, monte l'escalier, puis s'arrête au milieu du couloir, observant chaque possibilité. Je lui indique :

— La deuxième à droite.

Sans se retourner, elle s'y rend et me laisse là. Je ne sais pas pourquoi elle veut me voir, mais l'issue n'est pas certaine, et la boule dans mon ventre prend à nouveau place. Cette journée me fait vivre un véritable grand huit émotionnel. Et ce n'est pas fini.

6 MARS

Je reste debout dans la pièce et contemple le mobilier occupant l'espace. Mes doigts effleurent la couverture douce, le bois du bureau, puis se posent sur le miroir recouvrant un pan complet de la porte. J'observe le reflet et découvre mon allure. Mes cheveux sont plaqués sur le front, humides, le maquillage a coulé sous mes yeux le temps du trajet jusqu'ici, les joues sont rougies par le froid extérieur puis la chaleur du sauna… Je me montre vraiment sous mon pire jour.

Isaac revient dans la pièce, puis se place dans mon dos. Ses mains ne se posent pas sur moi comme j'aimerais qu'il le fasse. Pourquoi le ferait-il ? Je suis certaine que mon attitude tout à l'heure à la cascade l'a fait fuir. N'importe qui aurait réagi comme lui. J'ai été très surprise par sa déclaration, je pensais être la seule à avoir développé des sentiments, et les avoir cachés. Ces quelques semaines à ses côtés m'ont ouvert des possibilités que je me refusais d'envisager. Sauf avec lui. Mais la distance me freine ainsi que toutes les incertitudes pesant encore entre nous.

Nos yeux se trouvent, mais il n'ouvre pas la bouche. Je dois engager le dialogue pour lui expliquer.

— Je suis désolée...

Un éclair de douleur traverse son regard, et je me retourne pour lui faire face avant de continuer :

— Je n'ai pas su te répondre tout à l'heure pour la simple et bonne raison que cela me fait peur. Les hommes ne prononcent jamais *ces* paroles...

Je n'ai aucun souvenir de Tim les exprimant. Seul Jimmy les a utilisés lors de sa venue à *Joulu*, mais elles n'avaient pas de sens. On n'aime pas quelqu'un avec qui on a passé seulement une poignée d'heures.

— C'est une première pour moi...

Je prends ses mains entre les miennes. Mes jambes flageolent en réaction à mon stress grandissant. Si ça continue, je vais flancher. Pour assurer le coup, je l'attire avec moi vers son lit pour m'y asseoir. Il m'imite et je resserre ma prise sur ses doigts.

— J'ai peur, Isaac... Peur de l'abandon, peur que tu souhaites quelque chose que je ne peux pas te donner, peur d'avoir mal si tu t'en vas...

Je réalise que si je veux me faire comprendre, je dois commencer par lui relater les deux mois qui viennent de s'écouler.

— Lors de ta venue pour *Joulu*, tu as bouleversé ma vie. Tu as débarqué dans mon quotidien aussi soudainement que dans ma maison un beau jour de décembre. Malgré les histoires dans lesquelles je me suis retrouvée avec ma

mère, la tienne et Jimmy, tu as su me prouver qu'il existait aussi des hommes capables de me respecter. Plus les jours passaient, plus je redoutais ton départ. Je n'avais pas envie de sortir de notre cocon...

Je m'interromps pour reprendre mon souffle, espérant entendre Isaac rebondir sur le début de ma déclaration, mais son visage reste impassible. Alors je poursuis :

— Lorsque tu as eu cette opportunité de rentrer plus tôt, j'ai pris la nouvelle de manière positive : je ne deviendrais pas plus accro à toi et la séparation serait moins douloureuse, mais la vérité, Isaac...

Une perle salée glisse le long de ma joue, et je déglutis pour pouvoir retrouver une certaine contenance. Il n'y a plus rien à garder pour moi, si je ne joue pas cartes sur table avec Isaac aujourd'hui, je ne sais pas si j'aurai de nouveau cette possibilité avant un long moment. Mon regard se fixe sur le plafond pour empêcher de nouvelles larmes de s'échapper. Il est indispensable que j'aille au bout.

— Je ne pensais pas qu'il serait si difficile de t'avouer tout ça. Mais j'ai détesté te voir partir, redevenir juste une amie et me forcer à garder ce rôle. Aujourd'hui, j'ai du mal à me laisser aller, comme tu vas repartir, je ne veux pas ouvrir à nouveau la brèche pour en souffrir davantage...

Voilà, c'est dit, je n'arrive plus à ajouter quoi que ce soit. Un sanglot s'étouffe dans ma gorge et je peine à le maîtriser. Je me force à soutenir son regard, malgré ma détresse.

— Kyllikki...

Il m'attire vers lui, et je me blottis contre son torse,

m'installant tout près, la tête nichée contre sa poitrine, et je me laisse aller. Le chagrin retenu depuis plusieurs semaines se déverse sans que je ne cherche plus à le contenir.

— J'ai aussi détesté chaque minute loin de toi, me confie-t-il à son tour. Comme si mon corps vivait une vie et que mon esprit était encore avec toi. Notre arrangement était clair depuis le début, nous étions d'accord, et je ne voulais pas revenir dessus.

Entendre ses mots me fait du bien. Pas de savoir qu'il a aussi souffert, mais que mes sentiments trouvent un écho dans son cœur. Isaac me tient plus fort contre lui, me berçant pour que je me calme. Son étreinte me rappelle celle que nous partagions sur mon balcon les premières nuits où nous nous sommes retrouvés. Rien n'était encore compliqué, il était juste présent pour moi.

Quand mon souffle est enfin redevenu régulier, mes yeux s'ancrent à nouveau aux siens. Je n'y lis ni pitié, ni déception, mais de la compréhension et de l'acceptation, les deux mots qui qualifient si bien l'attitude de cet homme exceptionnel à mon égard.

— Il est important que tu saches, déclare-t-il, sérieux, je suis revenu pour de bon. Je n'ai pas encore eu le temps de te l'annoncer avec tout ça, mais je reste à Inari.

Les mots se frayent un chemin dans mon esprit, allumant un millier de possibilités sur leur passage. De nouveaux horizons s'ouvrent et un profond soulagement m'envahit lorsque je comprends enfin le sens premier de sa phrase.

— Tu ne repars pas à Helsinki? Et ton travail, ton appartement, ton...

Son index se pose sur ma bouche pour m'intimer de me taire.

— J'ai trouvé une charmante maison ici, et je vais prendre le temps de la retaper selon mes envies, m'explique-t-il. Pour le travail, j'ai décidé de me lancer dans le grand bain, seul. J'en avais envie depuis quelque temps et ma place confortable à Helsinki m'a toujours fait repousser le projet... Le reste, ça n'a aucune importance. Je n'ai plus aucune attache là-bas, alors qu'ici...

Son regard glisse sur mon corps et une douce chaleur chasse le poids au creux de mon ventre. Il reste... Il ne repart plus là-bas...

— Je ne veux pas te forcer à quoi que ce soit, Kyllikki. J'ai juste envie de faire un bout de chemin avec toi et nous verrons bien où le destin nous mène.

— Tu veux d'une jeune femme complètement lunatique et cabossée ?

— Si tu acceptes un Viking encore brisé, mais qui souhaite laisser son passé derrière lui, alors je suis ton homme.

Je change de position et m'assieds sur ses cuisses. Face à lui, je glisse mes bras autour de son cou et l'attire à moi. Au moment où nos lèvres se rencontrent, j'ai l'impression que mon cœur a repris sa place, Isaac m'a rendu cette part de moi qu'il avait emportée avec lui à l'autre bout du pays. Je ne suis pas encore capable de lui dire que je l'aime, mais j'ai envie d'essayer, de construire cet avenir à ses côtés. Peut-être cela durera seulement quelques semaines, ou mois... Ou alors même quelques années. Nous pouvons profiter du temps qui nous est accordé.

40

Kyllikki

9 avril

Je pose une main à côté de moi. Les draps sont froids. Je n'aime plus me réveiller seule le matin, et lorsque cela arrive, je suis grognon. J'observe autour du lit pour voir où ont atterri mes habits hier soir. Mon regard s'arrête d'abord sur le t-shirt d'Isaac, et je ne cherche pas plus loin. Je l'enfile et il tombe au niveau de mes genoux. Notre écart de taille ne cesse de me faire sourire. Je descends les escaliers pour le rejoindre, il doit encore être en train de bricoler. Depuis qu'il a emménagé dans sa maison à deux pas de la mienne, il passe beaucoup de temps dans les travaux. Je l'aide comme je peux, mais je n'ai pas envie non plus de trop m'impliquer. Nous sommes ensemble seulement depuis un mois, et si notre histoire ne marchait pas, je ne voudrais pas avoir imprégné cet endroit.

Isaac le comprend, et il me laisse avancer à mon rythme.

Cette relation est quelque chose de nouveau. Si nous sommes en couple maintenant, nous ne nous affichons pas en public. Isaac a mis au courant ses parents. Même si nos retrouvailles laissaient supposer que nous allions essayer de construire quelque chose ensemble, j'apprécie le fait que Tuuli ait respecté notre discrétion cette fois-ci.

Mon frère, Aija et Matias sont bien évidemment au parfum, mais nous n'avons pas ressenti le besoin d'en parler à tout le monde. Nous continuons notre vie, chacun de notre côté. Les randonnées occupent beaucoup de mon temps alors que la saison hivernale s'achève. Nous allons pouvoir mettre en place de nouvelles activités en vue de la période estivale.

Pour l'heure, je scrute le salon, mais Isaac n'y est pas. Le bruit de l'eau m'aiguille sur l'endroit où il se trouve. Je le découvre debout devant l'évier de sa cuisine. Mes bras glissent autour de sa taille et j'appuie ma joue contre son dos. Il sent ce parfum boisé que j'aime tant et une odeur de vernis. Je suppose qu'il a enfin mis le point final à la table du salon.

Il saisit une serviette posée sur le plan de travail et s'essuie les mains avant de se retourner pour me faire face.

— Bonjour toi, murmure-t-il.

Il prend mon visage en coupe et dépose un délicat baiser sur mes lèvres.

— Bien dormi ? me demande-t-il.

Je hausse les épaules, et il se renfrogne.

— Des cauchemars ?

— Non, j'étais seule ce matin.

Il se détend d'un seul coup et sourit tendrement.

— Il est près de onze heures. Tu sais que je suis incapable de rester au lit aussi tard.

Ses cauchemars ont cessé depuis son retour définitif ici, mais cela ne l'empêche pas de se lever tôt.

— Je file sous la douche, m'informe-t-il. Nous sommes attendus dans une heure chez mes parents.

Je ne desserre pas mon étreinte pour autant, mais c'est sans compter sur mon Viking toujours plein d'idées. Il empoigne mes fesses et me hisse contre lui. Je lâche un cri de surprise et entoure son cou.

Il nous amène jusqu'à la salle de bains encore en travaux. Isaac me dépose dans la vieille baignoire qui trône dans un coin de la pièce. Il regarde mieux mes habits de fortune et l'excitation éclaire la nuit de ses pupilles.

— J'adore te voir porter mon t-shirt, mais je te préfère largement sans.

Il s'empare du bas du tissu et le relève par-dessus ma tête pour me l'ôter, puis il se déshabille à son tour et me rejoint. Il prend le pommeau et le dirige dans ma direction avant d'actionner le jet.

Perdue dans la tendresse des gestes d'Isaac, je ne m'attendais pas à recevoir une salve d'eau glacée en pleine poitrine. J'en perds mon souffle et maudis mon Viking.

— Isaac !

Il éclate de rire et éloigne la douchette de moi pour la poser au sol en s'agenouillant. Ses mains chaudes viennent se plaquer sur mes hanches, provoquant un long frisson le long de ma colonne. Il embrasse la peau de mon ventre, puis remonte lentement jusqu'à ma poitrine sur laquelle il dépose un baiser de chaque côté. Puis il se redresse entièrement et reprend d'assaut ma bouche. Je ne me lasse pas de son contact, de sa délicatesse, de ses attentions... Il s'empare du pommeau et, cette fois-ci, c'est une cascade beaucoup plus agréable qui ruisselle le long de mon épiderme. Cette douceur, conjuguée aux baisers d'Isaac, me fait oublier le sentiment de solitude éprouvé à mon réveil.

Une demi-heure plus tard, alors qu'Isaac termine de sécher ses cheveux, je finalise mon maquillage. Nous sommes attendus chez les parents de Isaac pour *Pääsiäispäivä*[23]. Après la catastrophe de *Joulu*, c'est le premier repas important que je vais partager avec mes parents. Je n'ai pas parlé avec ma mère depuis notre dernière altercation. Mais Tuuli a insisté pour les inviter aussi aujourd'hui. Elle m'a raconté avoir mis les choses à plat concernant son fils, et Piritta se serait platement excusée. Je n'arrive pas à imaginer ma mère sincère sur ce point, mais ce ne sont pas mes affaires.

— Tu es magnifique ! s'exclame Isaac en arrivant dans sa chambre.

Dans le reflet du miroir, je l'observe se placer derrière moi, et j'ai tout le loisir de le contempler à mon tour. Il a revêtu une chemise blanche dont il a relevé les manches, lui conférant une allure sexy, et son jean brut ajoute à son charme. Les cheveux attachés en catogan et la barbe parfaitement taillée, il est divin. Je me surprends à aimer de plus en plus son côté viking.

— Ne me fixe pas comme ça, me prie-t-il. J'ai l'impression d'en faire trop.

Je me retourne pour lui faire face et glisse mes bras

23 Jour de Pâques en Finlande.

autour de son cou. Il baisse la tête pour me regarder dans les yeux, et je lis de l'appréhension sur ses traits.

— Tout va bien se passer, ne t'inquiète pas.

Un sourire peu convaincu ourle ses lèvres. Il m'a confié redouter la réaction de ma mère. Bien que je me fiche éperdument de ce qu'elle peut penser de nous, Isaac n'a pas envie d'être la source d'une nouvelle dispute entre elle et moi.

En arrivant chez mes beaux-parents – quelle sensation étrange de songer à eux de cette manière – tout le monde est déjà là. Je commence par serrer dans mes bras Keijo, Aija et Matias.

— Ah, Kyllikki, te voilà ! s'écrie ma mère en nous apercevant.

Mon sang se glace, mes poils se hérissent, la voir m'irrite déjà. Isaac est à quelques pas derrière moi. Il nous contourne, salue Piritta d'un geste de tête avant de rejoindre sa mère en cuisine.

— Contente de constater que tu es en vie…

Encore du venin, mais il ne m'atteint plus.

— Tu as mon numéro, et tu sais aussi où j'habite, il me semble…

— Ne commence pas, ma fille, s'agace-t-elle. On sait très bien toutes les deux que tu fais tout ton possible pour m'éviter.

— On se demande pourquoi ?

J'en ai marre, elle m'énerve à se faire passer pour la victime. La pauvre mère qui n'a plus de mes nouvelles depuis quatre mois... Heureusement, Tuuli annonce que l'apéritif est servi. Je rejoins Isaac en train de servir à boire pour ne pas m'asseoir à côté de Piritta. Hors de question ! Mon père n'est pas mieux, il se tait, ne dit jamais rien et ne prend jamais position. Ni l'un, ni l'autre ne m'a manqué.

Quand tout le monde a pris place autour de la table, je remercie Keijo de nous avoir gardé deux chaises près d'eux.

Le repas se déroule sans accrocs. Lorsque Tuuli dépose sur la table le *pasha*[24] et le *mämmi*[25], je me sens plus détendue.

Une fois tous rassasiés, nous décidons de sortir pour faire une balade digestive. Le soleil ne réussit pas à réchauffer l'atmosphère, mais il éclaire nos journées. Je me rapproche d'Isaac, et il passe un bras autour de mes épaules pour me garder contre lui.

— Ah, je savais bien qu'il y avait quelque chose entre vous...

Le timbre acide de ma mère vient gâcher le moment. Je sens Isaac se raidir, mais il ne me lâche pas pour autant. Il me surprend même, quand il me devance pour lui rétorquer :

— Cela te pose un problème ?

Son ton est aussi glacial que l'air extérieur. Je tourne la tête pour fixer Piritta et elle hoche la tête.

— Je suppose que je devrais me réjouir, maintenant que tu as quelqu'un, tu vas enfin songer à te construire une famille.

Je vois rouge, elle ne changera donc jamais. Il est temps pour moi de mettre un terme à tout ça.

---

24 Dessert de Pâques à base de fromage blanc et de fruits confits.
25 Gâteau traditionnel de Pâques à base de farine de seigle et de zeste d'orange.

— Non. Je suis en couple, mais nous ne serons jamais plus que deux. Si tu oses aborder le sujet à nouveau, ce sera la dernière fois que tu me verras. Ensuite, tu pourras oublier jusqu'à mon existence…

Elle paraît choquée par mes mots, mais je ne veux plus lui laisser le pouvoir de m'atteindre. Si elle ne comprend pas, tant pis pour elle. Toutefois, une petite voix me souffle que je ne suis plus seule aujourd'hui, ma mère a raison. Si Isaac avance à mes côtés depuis quelques semaines, je ne sais pas ce qu'il en sera dans quelques années. Malgré moi, je lui jette un coup d'œil, mais une sensation désagréable enfle en moi. Comme s'il lisait dans mes pensées, Isaac enlace nos doigts et les presse. Il me surprend en ajoutant :

— Tu devrais être heureuse pour ta fille, au lieu de désirer davantage.

— Je ne veux que son bonheur, rétorque Piritta, et qu'elle ne se réveille pas un beau matin en ayant l'impression d'être passée à côté de sa vie. Et toi, quand tu décideras que tu as envie de devenir père, comment ferez-vous ?

C'est à mon tour de déglutir. Comment fait-elle pour toujours appuyer là où ça fait mal ? Cette question, nous l'avons abordée, et s'il ne désire pas non plus d'enfant pour le moment, rien ne me dit qu'il ne changera pas d'avis un jour. Cette possibilité m'effraie. La peur de ne pas être *assez*. Si ce jour arrive, je ne suis pas certaine de pouvoir me relever. Ne devrais-je pas tout abandonner pour ne pas risquer de souffrir ?

— Ce n'est pas avec toi que je vais en discuter. Allez, viens, Kyllikki, rejoignons les autres.

Je le laisse m'entraîner loin de ma mère, encore bouche bée de s'être fait remettre à sa place par mon Viking, mais cela n'ôte pas le poids qui vient de se loger dans mon estomac.

— Isaac...

Il m'attire à l'écart, prend mon visage entre ses mains et me fixe droit dans les yeux avant de m'annoncer :

— Je ne peux pas te promettre un avenir simple et paisible, mais je peux te jurer d'être toujours honnête avec toi.

Je déglutis et sens une traînée humide dévaler le long de ma joue.

— Kyllikki, je n'ai jamais vu les enfants comme une nécessité, plutôt comme une continuité *logique* d'un couple.

Mon estomac se serre. Je ne suis pas dans cette *logique,* comme il dit. Elle ne m'intéresse pas, je ne me sens ni capable de l'assumer aujourd'hui, ni même jamais. Si tout le monde aime à croire qu'il est *normal* d'avoir des enfants, que l'instinct maternel est inné, ou d'autres conneries de ce genre, je leur cède ma place. Mais suis-je pour autant prête à renoncer à l'amour ? Celui d'Isaac plus précisément ? Non, mais je n'aurais pas le choix. Et si...

— Kyllikki...

Isaac m'interrompt dans mes pensées. Je me concentre de nouveau sur lui, une peine grandissant en moi à l'idée de devoir, un jour peut-être, le laisser partir.

— Tu n'en veux pas, je l'ai accepté et j'ai choisi d'avancer sur ce chemin avec toi, juste nous *deux*.

Je ne retiens plus mes larmes. Comme s'il venait de poser un pansement sur la plaie béante de mon âme, celle ouverte depuis des années. Le soulagement m'envahit alors que les vannes sont ouvertes. Elle déverse hors de moi cette solitude que j'affronte depuis le départ de Tim, nettoie le venin injecté à chaque nouvelle entrevue avec ma mère, me fait comprendre que tout n'a pas besoin d'être parfait… *Il* n'a pas besoin d'être parfait, seulement de l'être pour moi. Et c'est exactement comme ça que je le vois.

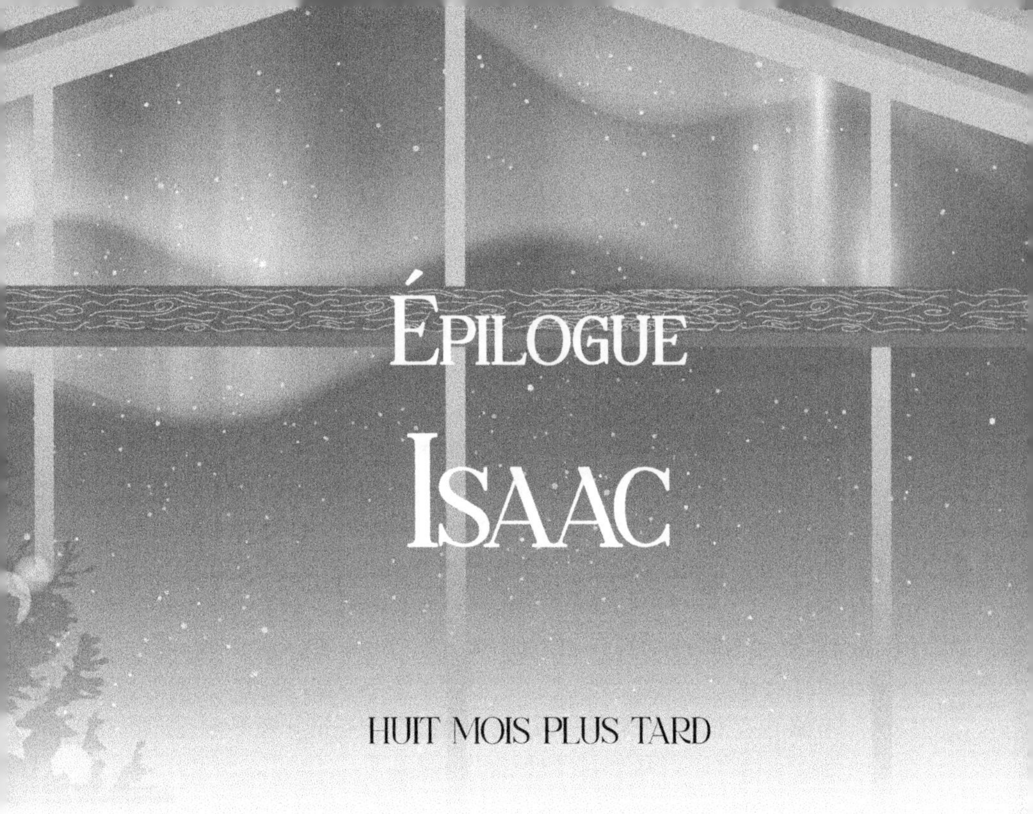

ÉPILOGUE
ISAAC

HUIT MOIS PLUS TARD

Les récents événements me donnent envie de profiter le plus possible. Tout est devenu si dur depuis qu'une tragédie a fauché l'un des nôtres. Le plus compliqué est de garder la face tout en étant là pour nos amis.

Aujourd'hui, j'ai décidé qu'il était temps pour moi de prouver à la femme que j'aime que la vie était souvent trop courte, alors il faut utiliser chaque seconde pour être heureux. Kyllikki doit me rejoindre pour la soirée. Nous passons de plus en plus de temps chez moi.

Je me suis mis aux fourneaux pour lui préparer un dîner un peu spécial. J'ai une demande particulière à lui faire et j'aimerais qu'elle soit dans les meilleures dispositions possible. Elle enchaîne les heures de travail, maintenant seule pour faire les randonnées, même si je l'accompagne régulièrement. Les clients sont toujours aussi nombreux et la période de *Joulu* est une des plus chargées de l'année.

J'ai passé l'après-midi à accrocher les décorations pour les fêtes, égayant la grande pièce de vie de ma maison. J'ai mis presque six mois à tout refaire. J'ai commencé par le plus urgent comme ma chambre et la cuisine afin de pouvoir emménager, puis j'ai continué petit à petit, pour arriver enfin au résultat sous mes yeux aujourd'hui. Un feu crépite dans la cheminée, et mon canapé se trouve juste en face. Il est séparé de l'âtre par la table basse en bois fabriquée par mes soins, et j'en suis fier. Ma tasse de l'après-midi trône encore sur le plateau en bouleau. Je la ramasse et l'apporte jusqu'à l'évier. J'ouvre le four pour vérifier la cuisson de mes *rieskas*[26]. Je cuisine davantage depuis que je suis seul. Je me fais à manger, et Kyllikki, même si elle excelle en cuisine, apprécie de mettre les pieds sous la table lorsqu'elle rentre de randonnée. C'est un de mes passe-temps favoris et j'adore expérimenter de nouvelles recettes.

Je remue la soupe et mets la table en attendant l'arrivée de la femme qui fait battre mon cœur.

Nous avons mis du temps à nous réapprivoiser. Nous ne voulions rien précipiter entre nous, nos pas ont été étonnants, mais cette nouvelle découverte nous a énormément appris.

Je monte me changer. J'hésite entre lui sortir le grand jeu ou une tenue plus simple, mais qui fera tout de même son effet. Comme je ne veux pas qu'elle prenne peur, la simplicité l'emporte, je ne suis pas un pingouin, et je préfère rester moi-même. Sinon autant dire qu'elle va se douter de quelque chose dès qu'elle arrivera.

Lorsque Kyllikki passe enfin le seuil de l'entrée, je fais

26 Pains lapons.

comme si je ne l'avais pas remarquée, et m'affaire derrière les casseroles. En vérité, la tension qui m'habite est telle que cela fait plusieurs heures que tout est prêt. Il ne manque qu'elle. Kyllikki me rejoint et m'attire à elle pour m'embrasser. Je la serre contre moi.

— Ça sent délicieusement bon par ici. Une nouvelle recette ? cherche-t-elle à savoir.

Sa main se pose sur un des couvercles et, d'une tape sur les doigts, je l'empêche de le soulever.

— Oui, mais tu verras plus tard. Allons nous installer au salon.

Après avoir récupéré une bouteille de vin exprès pour l'occasion, je la guide vers le salon.

— Isaac ? m'interroge-t-elle. Du vin, un repas sûrement élaboré et des cachotteries, tu me fais peur...

Je savais que le vin serait de trop, mais je n'ai pas pu m'empêcher d'en acheter. Elle aime ça, même si nous n'en ouvrons qu'en de très rares occasions.

Me laissant glisser sur le canapé, j'assieds Kyllikki sur mes genoux.

— Tu as raison, je me suis un peu emballé. Mais bon... J'aurais préféré attendre le dessert pour te le demander, mais tu vas être tendue tout le repas.

Ses yeux s'arrondissent de surprise et l'appréhension que j'y lis me convainc de mettre un terme à ses craintes. Alors je me lance, prenant ses mains dans les miennes.

— Kyllikki... Je sais que cette année n'a pas été facile. D'abord un faux départ puis un autre, plus lent, plus maîtrisé. Et nous avons traversé des épreuves compliquées, cela nous a rapprochés et m'a persuadé que tu es indispensable à mon équilibre.

Ses yeux se voilent et la tristesse se lit sur ses traits. La perte est encore douloureuse, elle le sera toujours, mais nous devons apprendre à avancer malgré ça.

— Je sais que c'est peut-être trop tôt, mais je n'ai plus envie de perdre mon temps loin de toi. Il y a une chose dont je suis certain, c'est que je t'aime, Kyllikki…

Je glisse comme je peux une main dans ma poche pour en sortir une petite pochette en velours. J'ai voulu faire les choses bien. Alors je lui fais part de ce que je retiens depuis plusieurs jours :

— J'aimerais que tu viennes vivre avec moi, t'avoir chaque matin au réveil, avoir une vraie vie à deux…

Dans l'attente de sa réaction, mes mots restent en suspens. Lorsqu'une larme coule sur sa joue, je suis certain qu'elle va refuser. Elle lève devant elle la clé de ma maison autour de laquelle j'ai attaché un nœud rouge.

— Je…, commence-t-elle, les paroles coincées dans sa gorge. Je…

Un sillon supplémentaire apparaît sur sa pommette, puis un autre, et les sanglots qui dévalent son visage me brisent le cœur. Mais dans un son presque inaudible me parvient un mot que je n'espérais plus :

— Oui…

Cette femme ne se rend pas compte de ce qu'elle a apporté dans ma vie. Chaque jour, à chaque épreuve, à chaque respiration, elle est là, le dos droit, prête à tout affronter. Il n'y a que dans notre intimité qu'elle s'autorise à se laisser aller, à relâcher la pression. Cette marque de confiance vaut tous les mots du monde même…

— Je t'aime, Isaac.

Elle réussit à me surprendre avec cette phrase qu'elle prononce pour la première fois. Elle n'est finalement pas la seule à avoir reçu un cadeau ce soir.

Remerciements

Qui aurait cru que ce roman verrait le jour si vite ?

Pour l'anecdote, il n'avait encore pas germé dans mon esprit avant mon retour du salon Romance à Dienné en juin 2022. Avec celle qui m'accompagne depuis maintenant presque trois ans sur les chemins de l'écriture, nous avons débriefé tout le long du trajet du retour. Je voulais absolument proposer une nouvelle histoire cette année. C'est ainsi qu'Isaac et Kyllikki ont vu le jour.

Ils se sont insinués dans ma tête et, après deux mois intensifs d'écriture, ils vivaient enfin leur propre histoire.

Il est donc temps de remercier ceux qui m'ont entourée et soutenue dans ce projet à commencer par les Power Rangers. Ce livre est un véritable travail d'équipe, sans vous, il ne sera pas si parfait.

Élodie, à toi, c'est tout le roman que je dédie, pour m'avoir poussée, toujours plus loin, d'avoir livré une partie de toi, et avoir fait une double bêta lecture en plus de la correction.

Samantha, merci d'avoir su me faire sortir de ma zone de confort pour m'entraîner encore plus loin dans mes descriptions et mes ressentis.

Fabrice, ton œil de lynx avisé a permis de chasser les dernières coquilles et parfaire ce roman.

Maman, merci pour ta relecture et tes conseils pour approfondir mon histoire, même si tu relis les mêmes passages non modifiés en les trouvant meilleurs.

Mon homme, merci de me laisser du temps pour écrire.

Isaac et Kyllikki, je suis ravie de vous avoir laissé une place dans mon univers. Maintenant, vous faites partie de moi, et mon petit doigt me dit qu'on va encore se croiser pendant un moment, mais chutttt...

Toi qui lis ses dernières lignes, merci d'avoir ouvert ce roman et d'avoir lu cette histoire. Merci de faire vivre mes personnages dans ton imaginaire et de savoir les apprécier.

Mes partenaires, merci de la confiance que vous me témoignez en parlant de ce livre, en étant présente quand j'en ai besoin et même au-delà.

J'ai une pensée pour ma page gauche, Audrey, sans qui je ne me serais jamais lancée dans la folle aventure de l'écriture. Tu es un vrai pilier.

À la vie, tout simplement, merci de me donner l'imagination nécessaire pour faire naître mes histoires, de m'accompagner chaque jour, et de me faire rêver.

Charlie L

Vous pouvez retrouver mon actualité sur :
www.charlielautrice.com

ou en devenant un Lecteur Chouchou :
www.charlielautrice.com/abonnés

et sur les réseaux sociaux :
Facebook
www.facebook.com/charlielautrice

Instagram
www.instagram.com/charlielautrice/

From North to South

METRONOMY

Quand la vie ne vous fait aucun cadeau, il est difficile de croire à cette main que l'on vous tend.
Sa passion pour la musique et plus particulièrement son violon attire l'attention d'un agent.
Lorsqu'il propose à Rebecka un contrat des plus surprenants, elle y voit l'occasion de sortir enfin la tête de l'eau.
Elle intègre le groupe des From North to South, alors que certains de ses membres n'y voient aucun intérêt.
Difficile dans ce contexte de se faire une place pour mener à bien sa mission.

Entre amitiés, manigances et faux semblants,
Rebecka réussira-t-elle à propulser les garçons sous le feux des projecteurs ?
Arrivera-t-elle à faire face dans ce nouveau milieu dont
elle ne connaît pas les codes ?

From North to South
GRAVITY

Il ne veut plus faire confiance.
Elle a décidé de tourner la page.

Pour ne plus souffrir, Sanders s'est retranché derrière une épaisse carapace. Les filles viennent, puis s'en vont, et elle ne fait pas exception. C'est une révélation qui va bouleverser ses certitudes et le mettre face à la réalité de ses sentiments.
Enfin prêt à croire de nouveau en l'avenir, il fera tout afin que l'objet de son obsession lui revienne, et ce, malgré le manque de tact dont il a fait preuve par le passé.

Pourra-t-il affronter les épreuves du destin ?
Auront-ils assez confiance l'un en l'autre pour franchir les étapes une à une sans se réfugier derrière leurs barrières ?

LE MURMURE DES PROFONDEURS

Il ne veut plus faire confiance.
Elle a décidé de tourner la page.

Pour ne plus souffrir, Sanders s'est retranché derrière une épaisse carapace. Les filles viennent, puis s'en vont, et elle ne fait pas exception. C'est une révélation qui va bouleverser ses certitudes et le mettre face à la réalité de ses sentiments.
Enfin prêt à croire de nouveau en l'avenir, il fera tout afin que l'objet de son obsession lui revienne, et ce, malgré le manque de tact dont il a fait preuve par le passé.

Pourra-t-il affronter les épreuves du destin ?
Auront-ils assez confiance l'un en l'autre pour franchir les étapes une à une sans se réfugier derrière leurs barrières ?